佐伯真一
目黒将史
徳竹由明
松本真輔
金　時徳

笠間書院刊
青山学院大学文学部日本文学科編

日本と〈異国〉の合戦と文学

日本人にとって〈異国〉とは、合戦とは何か

はじめに……………佐伯真一

日本人にとって、異国とは何か、合戦とは何か。列島の中にあって、異国とは戦わずに過ごしてきたかのように言われることも多い日本人だが、そうした把握は果たして正しいのだろうか。

本書は、そのような問題意識によりつつ、二〇一一年一二月三日に、青山学院大学で行われたシンポジウムに基づいている。当日は、まず司会・コーディネーターの佐伯真一が企画趣旨を述べた後、パネリストとして、目黒将史・徳竹由明・松本真輔・金時徳の順で報告があり、コメンテーターとして、牧野淳司・大屋多詠子が発言した後、パネリストがそれに答え、フロアを交えた全体討論に移った。

本書では、佐伯の企画趣旨とパネリストの報告については、各自が改めて論文原稿化したものを当日の順序通りに掲載し、コメンテーターの発言以降の部分については、当日の録音を文字に再現して掲載することとした。当日の報告と討論は、たちまちのうちに時間が足りなくなるような、熱気に満ちたものであったが、諸氏の原稿もまた、それ以上に熱気に満ちている。いささか手前味噌ながら、日本文学・文化の研究に新たな視野を開く議論が展開されていると思う。シンポジウム当日、ご参加いただけなかった方々にも、そのような議論に、本書を通じてご参加いただければ幸いである。

もくじ

はじめに◉佐伯真一……3

第1部　趣旨説明

日本人にとって〈異国〉とは、合戦とは何か……10
◉佐伯真一

1　はじめに—日本文学は国内の合戦のみを描いたのか？……10
2　〈征夷〉の記憶……12
3　〈征夷〉と〈異国〉合戦の交錯……14
4　〈異国〉合戦の諸相……16
5　異域渡航の英雄……18
6　〈異国〉合戦と琉球・朝鮮……20
7　おわりに……22

第2部　シンポジウム

琉球侵略の歴史叙述―日本の対外意識と〈薩琉軍記〉―……28
◉目黒将史
1　はじめに……28
2　琉球侵略の歴史叙述―琉球・ヤマト双方の資料から―……29
3　〈薩琉軍記〉の語る琉球侵略……35
4　〈薩琉軍記〉の描く歴史叙述の背景―琉球使節到来から貸本屋、寺子屋まで―……46
5　おわりに……56

敗将の異域渡航伝承を巡って―朝夷名義秀・源義経を中心に―……62
◉徳竹由明
1　はじめに……62
2　朝夷名三郎義秀の高麗渡航伝承の展開……63
3　源義経の蝦夷渡航伝承……74
4　おわりに……92

古代・中世における仮想敵国としての新羅……98
◉松本真輔
1 はじめに……98
2 新羅に侵攻する日本の諸相……101
3 神功皇后の新羅侵攻譚……102
4 推古天皇代の新羅侵攻とその後……105
5 新羅の恐怖と自然災害……107
6 『聖徳太子伝暦』と新羅の脅威……110
7 神功皇后の新羅侵攻譚と津波……113
8 聖徳太子の新羅侵攻譚と絵伝……120
9 まとめ……128

太閤記・朝鮮軍記物の近代—活字化・近代太閤記・再興記—……140
◉金時徳
1 問題の設定……140
2 活字化—『絵本太閤記』の場合……146
3 近代太閤記—歴史小説と偉人伝……155
4 朝鮮軍記物の終末—『仮年偉業豊臣再興記』……175
5 結論と課題……185

第3部　討議

コメンテーターより［牧野淳司氏］……191
コメンテーターより［大屋多詠子氏］……195
目黒将史氏による返答……200
徳竹由明氏による返答……202
松本真輔氏による返答……203
金時徳氏による返答……208
フロアーより［小峯和明氏］……210
小峯和明氏の発言を受けて［パネリスト全員］……214
フロアーより［井上泰至氏］……218

あとがき◉佐伯真一……221

第1部

趣旨説明

日本人にとって〈異国〉とは、合戦とは何か

◉佐伯真一

1　はじめに──日本文学は国内の合戦のみを描いたのか？

「日本の軍記物語は日本国内の合戦を描くことを特色とする」という言い方は、しばしばなされる。それは文学史の問題であるだけではなく、日本人論・日本文化論の前提とされることの多い「常識」であるとさえいえよう。しかし、こうした物言いには、正当性と限界性の二面があるように思われる。まずは、文学史、軍記物語に関する問題として、その両面を考えてみよう。

右のような言説の正当性は、「軍記物語」の文学性の把握、とりわけヨーロッパ叙事詩などとの比

佐伯真一（さえき・しんいち）

青山学院大学文学部教授。1953 年生まれ。東京大学大学院文学研究科博士課程修了。博士（文学）。著書に『建礼門院という悲劇』（角川選書、2009 年）、『平家物語（物語の舞台を歩く）』（山川出版社、2005 年）、『戦場の精神史　武士道という幻影』（NHK 出版、2004 年）ほか、編著に『平家物語大事典』（東京書籍、2010 年）、『四部合戦状本平家物語全釈』〈巻 6 ～ 10〉（和泉書院、2000 ～ 2012 年）などがある。

較としての立論において、認められるように思われる。たとえば、『平家物語』諸本に描かれる、敦盛を討って涙する熊谷直実の形象は、同文化・同民族同士の戦いによってこそ生まれた文学であるといえよう。熊谷は、敵の敦盛の顔に自分の息子との同一性を瞬時のうちに見て取るのであり、また、その遺品の笛などから、同一文化のヒエラルキーの中で、敦盛の文化的な優位を感じ取るのである。「叙事詩に熊谷的人物は登場しない」という日下力▼注(1)の指摘があるように、こうした形象は、ヨーロッパ叙事詩などでは成り立ちにくいだろう。たとえば、『平家物語』としばしば比較される『ロランの歌』の登場人物は、チュルパン大僧正のような聖職者も含めて、異教徒の殺戮に何の問題も感じていない。戦争の悲劇は描かれても、敵の殺害に対する苦悩や後悔は描かれないのである。もちろん、日本の軍記物語においても、敵の殺害には何らためらいを見せない形象の方が一般的ではあるのだが、このような点においては、国内の合戦を描く日本の軍記物語の文学的特色を認めてよいだろう。

だが、限界性として理解しておくべきは、こうした把握が、「『将門記』に始まり、『平家物語』『太平記』を頂点とし、以後衰退する軍記物語」といった意味での「軍記物語」の認識、即ち、近代に作られた文学史の枠組▼注(2)の枠内においては正しいといえるにせよ、その枠を越えた戦争と文学の問題、あるいは日本人の戦争認識の問題として考え直してみると、さまざまな問題をはらんでいることである。前近代の日本人にとって、「対外戦争」の経験が少なかったということは、日本文化の相対的な特色とまではいえるのかもしれないが、それはあくまでも相対的な特色にとどまる。異国認識、戦争認識という認識の問題として考える場合、そうした捉え方は必ずしも絶対的な前提にはできないように思われる。以下、そうした問題を考えてみたい。

2 〈征夷〉の記憶

日本人にとって、最初の「合戦」とは何だろうか。言うまでもなく、文字などの無い時代に繰り返された合戦の中で、どれが「最初」であったかを考えることなど不可能だが、私たちが忘れてはならないことの一つとして、『宋書』夷蛮伝倭国条（いわゆる「宋書・倭国伝」）に見える、順帝昇明二年（四七八）、倭王武の上表がある。

封国偏遠、作二藩于外一。昔祖禰躬擐二甲冑一、跋二渉山川一、不レ遑二寧処一。東征二毛人一五十五国、西服二衆夷一六十六国、渡平二海北一九十五国。

極めて著名なこの史料は、日本人の発言として文字に残る最古のものだが、それは、日本列島内の多くの「国」、「夷」の征服を誇るものであった。その「国」の多くは、後に「日本」という国家に支配され、その領土の中に組み込まれてゆく地域だが、もちろん、それらが最初から「日本国内」だったわけではない。東夷の小帝国として出発した日本国家は、周辺に〈夷狄〉が存在するという構図によってこそ自らを中央と位置づけ得たわけである。実際、〈征夷〉は平安前期頃まで、日本国家の現実的な重要課題であった。こうした意識が、日本における合戦の原像ともいえる位置にあることは重要であろう。

そして、東北地方の征服の進行により、「東夷」「夷狄」といった言葉が現実味を失ってからも、「征夷」という認識の枠組みは残った。たとえば、『陸奥話記』は、異民族とは言い難い安倍氏を討つ前九年合戦(十二年合戦)を描くにあたり、〈征夷〉の将軍である源頼義の讃嘆という枠組みを取った。さらに、源頼朝は「征夷大将軍」となり、江戸時代の終わりまで、日本の実質的な主権者はその名を引き継いだ。武家の代表の呼称として「征夷大将軍」の名が選ばれたことには、多分に偶然的な面もあるが、▼注(3)「征夷」の戦いという実質が失われても、その認識の枠組みが、観念的にせよ、日本人の中に残っていたことの表れであるともいえよう。

3 〈征夷〉と〈異国〉合戦の交錯

日本人が語り継いだ〈征夷〉の物語の一つとして、『聖徳太子伝』における聖徳太子の蝦夷合戦の物語を挙げることもできる。『聖徳太子伝』が合戦譚と密接な関係を有することを指摘した松本真輔[注(4)]は、とりわけ中世に展開した物語的『聖徳太子伝』において、合戦に深く関与する太子の姿が描かれていることを明らかにしている。著名な守屋合戦の他にも、太子十～十一歳条に記される蝦夷合戦、さらに二十九～三十一歳条の新羅侵攻の記述も含めて、中世『聖徳太子伝』では、現代日本人の持つ聖徳太子像とは大きく異なる、武人としての聖徳太子が描かれている。その中では、『聖徳太子伝暦』などの初期太子伝に見られた太子像とは異なり、仏法擁護の大義名分のもと、「一殺多生」理論を以て殺生を肯定する論理も見られると指摘する松本は、さらに、「一殺多生」の語が幸若舞曲「入鹿」「満仲」等々にも見られ、中世日本において一定の広がりを持っていたと指摘する。日本文化が〈熊谷直実〉的なものだけで埋め尽くされているわけではないことを、私たちは理解しておかねばならない。

蝦夷合戦は、『日本書紀』敏達天皇十年閏二月条を淵源として、『聖徳太子伝暦』以降の太子伝でさまざまに語られるが、とりわけ、叡山文庫本『太子伝』などで、超人的な怪力を示して蝦夷を威圧する太子の姿などは印象的である。同時に、松本の論考の中で注目しておきたいのは、『聖徳太子伝暦』以下の太子伝において、蝦夷観と新羅観が深く関係しているという指摘である。これらの太子伝においては、新羅は当初から凶悪な敵国として認識されているが、その代表的な表現である「豺狼」「虎狼」といった語句が、蝦夷の表現と一致するなど、新羅の形象は蝦夷のイメージを転用した面があるというのである。このように、外敵としての蝦夷と新羅が交錯するという現象は、日本人の〈異国〉観念を考える上で注意すべき現象であろう。

類似の問題を、幸若舞曲「百合若大臣」について考えることもできる。「百合若大臣」は、主人公の百合若が、異国から攻め寄せた「むこくのむくり」と戦うところから物語を始める。これは明らかに蒙古を意識したものだが、その具体的形象は、『聖徳太子伝』を介して、蝦夷との戦いの記憶を継承するものである。まず、「むくり」の大将の名は「りやうさう・くわすい・飛ぶ雲・走る雲」とされるが、これは、『聖徳太子伝』の太子十歳条に見える東夷の大将「綾糟・魁師・飛雲・走雲」によったものと見られ、さらにその淵源は、『日本書紀』敏達天皇十年条の、降伏した蝦夷（毛人）の首長「魁師綾糟」の名にあると考えられる。▼注(5) しかも、「むくり」の戦いぶりは、毒矢を放ち、霧を降らすと描かれるのだが、これも『聖徳太子伝』に描かれる夷の描写と同様である。「霧を降らす」とは、「こさ吹かば曇りもぞするみちのくの蝦夷には見せじ秋の夜の月」（『夫木和歌抄』秋三、五二二一。西行）の歌があるように、蝦夷が霧を吹くとされていたことによるものと見られ、『義経記』巻一には、安倍一族の「さかみの冠者良増」が「霧を残し霞を立て」たとも描かれる。また、毒矢は実際に蒙古軍が使用したようだが、蝦夷が毒矢を使用すると考えられていたことも『蒲生軍記』などに見える。さらに、異国の敵が毒矢を用いるという記述は、後述する『薩琉軍記』の琉球との戦いにも見られる。▼注(6)

蒙古襲来は、そうした外敵との戦いの認識の枠組みの中で捉えられているのであり、外敵の認識の枠組みには、「征夷」の戦いの記憶が作用しているのである。

さらに、堀杏庵『朝鮮征伐記』においては、「夷」として、朝鮮の他、北条氏・奥州・琉球、そして明国までが「征伐」の対象となっているという金時徳[▼注(7)]の指摘も、これに類する問題として考える事ができよう。

このシンポジウムにおいて、〈異国〉というカッコ付き表記を用いた一つの理由としては、このように、現代の日本人が「異国」と認識しなくなった日本列島内のかつての〈異国〉の問題と、近代国家の枠組みにおいても「異国」と認識される〈異国〉との問題とが、分かちがたく結びついているという認識がある。

4　〈異国〉合戦の諸相

蒙古襲来が、空想的な〈異国〉認識の枠組みの中で捉えられたのは、必ずしも「百合若大臣」固有の特徴ではない[▼注(8)]。蒙古襲来に関する実録的な重要文献の一つでもある、『八幡愚童訓』（甲本）を見ておこう。同書の冒頭には、「異国襲来」の歴史が述べられる。そこでは、開化天皇・仲哀天皇・神功皇后・応神天皇・欽明天皇・敏達天皇の各時代に、それぞれ何万人もの規模で「異国襲来」があり、敏達天皇の時代のそれは「播磨ノ国明石浦」まで侵入したが、「其子孫ハ今ノ屠児」となっているとの記述がある。また、仲哀天皇の時には「塵輪」という、身は赤く頭の八つある鬼神のような者が襲来したともいう。神功皇后説話以外は『日本書紀』などにもなく、いかにも荒唐無稽な記述といえようが、これを石清水神官の思いつき的な創作と片付けるわけにはいかない。▼注(9) たとえば、伊予国の豪族・河野氏の伝承をまとめて一五世紀頃に作られた『予章記』にも、推古天皇の時代に百済国から「鉄人」を大将とした軍勢が日本に攻め寄せ、須磨・明石の辺りまで侵入したが、河野氏の先祖がこれを倒し、異国の軍勢の一部の子孫は海人となった、それゆえ、西国の海人は河野の下人なのだという伝承が見られる。中世日本人の外敵に対する意識の一面を伝えるものだろう。

だが、そのような、いわば被害者的な「異国襲来」の認識とは裏腹に、日本国家の〈異国〉征服を語る伝承として、右の『八幡愚童訓』にも見える神功皇后説話がある。記紀に始まり、中世には、八幡神などの神々の縁起と関わることによっても増幅されて、『水鏡』や『平家物語』『太平記』などの歴史物語・軍記物語、あるいはまた『宮寺縁事抄』『諏訪大明神絵詞』『熱田の神秘』『武家繁昌』などの神祇関係書・室町物語など、非常に多くの書に引かれ、近世には『絵本三韓軍記』等々において、さらに多様に展開する、著名な説話である。▼注(10) その内容には、「新羅国ノ大王ハ日本ノ犬也」(『八幡愚童訓』)などというように、新羅を日本の属国とする無根拠な言説が見られる。多分に空想的な物語ではあるが、日本人の国際感覚の一面を示していることは確かで、この説話の展開一つをとっても、日本人が〈異国〉との戦いの記憶を持たないなどと簡単にはいえないことが明らかであろう。また、古代の神功皇后説話においては朝鮮半島を富の収奪の対象としてみていたのに対して、蒙古襲来以降、防衛戦争としての把握が目立つという、村井章介・清水由美子（いずれも前掲注10論文）の指摘も注意しておきたい。

「征夷」の物語が、日本列島内の敵を〈異国〉に類する〈夷〉として描き出すという問題とは好一対の、海外の〈異国〉を日本国内であるかのように言いなす言説が、神功皇后説話には見られるわけである。後者の朝鮮半島に対する意識は、『聖徳太子伝』にも見られるものであったし、この後に見る朝鮮軍記物においても、大いに問題となるものである。〈夷〉と〈異国〉の交錯、そして、〈異国〉に対する被害者的態度と尊大な自意識との交錯から、日本人の〈異国〉意識と自意識を考えることができよう。

5　異域渡航の英雄

さて、右のような問題を、多少角度を変えて考えてみよう。日本国内の辺境と〈異国〉、そして合戦に関わる問題として、源為朝・源義経・朝夷奈（朝比奈）義秀などの異域渡航伝承を考えることができる。これらは、国内の合戦において敗れた英雄達が、辺境ないし〈異国〉に渡航する、そして征服を遂げるといった物語である。

為朝渡琉説は、保元の乱で敗れた為朝が、伊豆大島に流された後、琉球に渡航、現地を征服して王朝の始祖となったという。渡琉説は、『幻雲文集』など五山僧関係の文献から見え始め、琉球王朝の歴史として『中山世鑑』『中山世譜』『球陽』などに記され、一方では曲亭馬琴『椿説弓張月』などの文学を生んでゆく。[注(11)]日本側の琉球への蔑視や、日本・琉球双方の政治的な思惑により、そして奔放な空想によって、中世末から近世にかけて、きわめて多様に展開した伝承である。そこでは、琉球という〈異国〉が日本に呑み込まれてゆく際、物語がどのように用いられたのか、そのありようを見ることができる。

また、義経には、中世の段階で御伽草子『御曹子島渡』があるが、これは若年の異境訪問譚である。しかし、近世に入って展開したのは、近松門左衛門「義経将基経」や、馬場信意『義経勲功記』、藤英勝『通俗義経蝦夷軍談』などに見える、敗北後の生存・蝦夷地渡航伝承である。これらは、従来、判官贔屓などの言葉で説明される義経への国民的な人気の延長上に捉えられてきただろうが、近年では、菊地勇夫[注(12)]によって、幕藩制国家の華夷秩序システムに都合のよい物語として、中央の知識人によって創り出された面が強いことが明らかにされた。金時徳[注(13)]は、さらに、これらを「蝦夷征伐」の歴史と近世の対ロシア関係の状況の中に位置づけ直し、さらに琉球軍記物や朝鮮軍記物との対比によって、壮大な展望を示している。これによって、義経入夷説に関する研究状況は一変したといえよう。それは必ずしも牧歌的な英雄伝説の問題ではなく、「異国征伐」の論理、ナショナリズムに関わる政治的な言説との関連が問われるべき問題なのであった。近代に入って一世を風靡した義経ジンギスカン説が、帝国主義的なナショナリズムの表現であったことはいうまでもない。

為朝・義経に比べれば注目されてこなかったが、和田合戦で敗れた朝夷奈（朝比奈）三郎義秀にも、高麗渡航伝承がある。徳竹由明[注(14)]が明らかにしたように、林羅山『本朝神社考』以下の書には、朝鮮半島に「朝夷奈社」があると記され、実際、対馬には朝夷奈社が祀られており、近世末期には釜山の草梁倭館の中にも勧請された。また、『続本朝通鑑』『諸家系図纂』『大日本史』などには、朝夷奈が敗戦後、高麗に渡航したという伝承と、その祭祀が記されている。徳竹は、朝夷奈社祭祀に至る経緯をつぶさに検討すると共に、一八世紀の『鎌倉繁栄広記』から、超人的な武勇で高麗を制圧した征服者としての朝夷奈像を読み取り、近世日本人の朝鮮観の中に位置づけている。為朝・義経と類比し得る問題として、興味深い。

こうした英雄の物語は、為朝の琉球渡航が「鬼ヶ島」征服物語の延長上に想像されているように、空想的な異境訪問の物語に関わる面もある。義経は、『天狗の内裏』などで地獄巡りが語られるが、チェスター・ビーティ・ライブラリィ所蔵・絵本『義経地獄破り』▼注(15)では、義経が大将として地獄を攻め破り、朝夷奈はその軍勢の中にあって、門破りにおいて活躍する。朝夷奈の門破りは和田合戦における活躍に由来するもので、狂言「朝比奈」などにおいても語られる。文学の問題としては、これらの英雄の空想的な異界における戦いと、〈異国〉征伐の物語との連関のあり方も、一つの課題であろう。

6 〈異国〉合戦と琉球・朝鮮

以上、古代に始まって、時代を行きつ戻りつしながら下降しつつ、記述を進めてきたが、前近代における現実の〈異国〉合戦の問題としては、中世末期・近世初期の、豊臣秀吉による朝鮮侵略（壬辰戦争。文禄・慶長の役。一五九二〜九八）と、薩摩による琉球侵略（一六〇九）が最大の事件であり、それを語る近世のテキスト群が、文学としても最大の問題であろう。

もっとも、薩摩の琉球侵略を扱う『薩琉軍記』については、近年、小峯和明[注(16)]によってその存在が指摘されるまで、ほとんど問題にされることがなかったが、その後、目黒将史[注(17)]が精力的に研究を進めている。『薩琉軍記』は、薩摩による琉球侵攻に基づきつつ、架空の合戦を描き出す、数多くのテキスト群（一八世紀頃成立か）の総称であり、多様な異本を包含することが明らかにされつつある。「軍記」といっても、実録的な軍記とは異なり、その内容は多分に空想的である。たとえば、右にも見たように蝦夷や蒙古に共通する「毒矢」などの描写や、架空の琉球語などをも織り交ぜつつ、〈異国〉との虚構の合戦物語が展開される。こうした戦争を扱う「軍記」を、中世の軍記物語や、近世の軍書あるいは実録の類との、どのような区別と連関において把握するかという問題は、文学史的な一つの課題である。だが、同時に、『薩琉軍記』では、単に現実離れしたファンタジーが展開されるわけではなく、神功皇后説話、蒙古襲来、秀吉の朝鮮侵略などにも触れつつ、侵略を正当化する論理が織り込まれていることも踏まえておかねばなるまい。侵略を支える論理という問題においても、『薩琉軍記』は右に見てきた諸領域と密接な関連を有する。このシンポジウム企画において、欠くことのできない題材の一つであることが理解されよう。

一方、朝鮮侵略について、近世に「朝鮮軍記物」と総称される膨大なテキスト群が生まれたことについては、桑田忠親・中村幸彦・崔官等によって、整理と分析が進められてきた。[注(18)]さらに近時、金時徳（注7前掲書）が、東アジアの国際情勢との関連をも視野に入れて、多様な展開を明らかにしている。金の著作は、崔官と共にまとめた文献一覧[注(19)]の成果に基づき、従軍者の経験に基づく初期文献群から『太閤記』へ、そして中国の『両朝平攘録』『武備志』や、韓国の『懲毖録』などの影響を受けて『朝鮮軍記大全』『朝鮮太平記』に集成され、さらに大衆化されて『絵本朝鮮軍記』『絵本太閤記』などへと展開していく様相を、きわめて詳細に分析したものである。金は同時に、「琉球征伐」「神功皇后・百済救援戦争」「義経入夷説」をも分析対象として、それぞれの問題が朝鮮軍記物とどのように関わるかを明らかにし、「東アジアにおける『正しい戦争』論」、「異国征伐戦記における征伐の論理」を探っている。今後、こうした研究の指針となるべきものであり、このシンポジウム企画自体が、この書を最も多く参考としていることは、明記しておかねばなるまい。金は、その後さらに、朝鮮軍記物の近代における展開にも分析を進めている。本書収録の論稿が、その成果である。

7　おわりに

以上、このシンポジウムで扱いたい問題を、駆け足で概観してきた。ごく簡単に要約すれば、前近代の日本人も、実はさまざまな形で〈異国〉との合戦を意識してきたのであり、また、それはしばしば「文学」と呼び得る形を取ったのである。それをふまえて、二つの問を提起しておきたい。

（一）日本人の〈異国〉認識とはどのようなものか？〈異国〉との合戦はどのように意識されるのか？

（二）「合戦」を描く物語とはどのようなものか？〈異国〉との戦いを描く文献は、軍記物語とどう重なり、どうずれるのか？

私がシンポジウム企画にあたって考えていた基本的な問題意識は、以上の通りである。しかし、以下の諸氏の論稿の中では、さらに豊かな問題が種々提起されている。読者が、そこからさらに新たな問題領域を開いてくださることを期待する。

注……

（1）日下力『いくさ物語の世界―中世軍記文学を読む―』（岩波新書二〇〇八年六月）

（2）佐伯真一「「軍記」概念の再検討」（『中世文学と隣接諸学3　中世の軍記物語と歴史叙述』竹林舎二〇一一年四月）

（3）「征夷大将軍」の称号の採用については、櫻井陽子「頼朝の征夷大将軍任官をめぐって―『三槐荒涼抜書要』の翻刻と紹介―」（『明月記研究』九号、二〇〇四年一二月）参照。

（4）松本真輔『聖徳太子伝と合戦譚』（勉誠出版二〇〇七年一〇月）。

（5）岡田希雄「幸若舞の研究」（『日本文学講座・四』改造社一九三四年九月）。

（6）目黒将史『〈薩琉軍記〉の合戦描写をめぐる―〈琉球侵略物〉として―』（『立教大学日本文学』一〇二号、二〇〇九年七月）。

（7）金時徳『異国征伐戦記の世界―韓半島・琉球列島・蝦夷地―』序論（笠間書院二〇一〇年一二月）。

（8）なお、蒙古襲来と文学の関係については、小峯和明「〈侵略文学〉の位相―蒙古襲来と託宣・未来記を中心に、異文化交流の文学史をもとめて―」（『国語と国文学』二〇〇四年八月）が、包括的に扱っている。注16に掲げる論文と共に、小峯の提起した「侵略文学」論は、このシンポジウム企画の重要な先行研究となっている。
（9）本書の中では、神功皇后説話については松本真輔が中心的に論じた。「塵輪」の問題などについては、松本論文を参照されたい。なお、『予章記』は『八幡愚童訓』を参照しているが、鉄人伝承の問題を『八幡愚童訓』依拠に還元することはできない。この点、近時佐々木紀一「系図と家記―伊予河野氏の例から―」（『国語国文』二〇一〇年一〇・一一月）が詳細に論じるところでもある。
（10）村井章介『アジアのなかの中世日本』（校倉書房一九八八年一一月）、多田圭子「中世における神功皇后像の展開―縁起から『太平記』へ―」（『国文目白』三一号、一九九一年一一月）、清水由美子「延慶本『平家物語』と『八幡愚童訓』―中世に語られた神功皇后三韓出兵譚―」（『国語と国文学』二〇〇三年七月）、金時徳前掲注（7）書・第三章など。
（11）村井章介『東アジア往還―漢詩と外交―』（朝日新聞社一九九五年三月）。渡辺匡一「為朝渡琉譚のゆくえ―齟齬する歴史認識と国家、地域、そして人―」（『日本文学』二〇〇一年一月）、同「日本〈ヤマト〉からのアプローチ―中世における琉球文学の可能性―」（『中世文学』五一号、二〇〇六年六月）。
（12）菊池勇夫「義経『蝦夷征伐』物語の生誕と機能」（『史苑』四二巻一・二号、一九八二年五月。『幕藩体制と蝦夷地』雄山閣出版一九八四年一〇月再録）、同「義経蝦夷渡り〈北行〉伝説の生成をめぐって―民衆・地方が作り出したのか―」（宮城学院女子大学『キリスト教文化研究所研究年報』三九号、二〇〇六年三月）。
（13）金時徳・前掲注（7）書・第四章。
（14）徳竹由明「朝夷奈三郎義秀高麗渡航伝承と「朝夷奈社」信仰の変容―逃亡者／海神から高麗征服の英雄／武神へ―」（『国語国文』七七巻一号、二〇〇八年一月）。
（15）『甦る絵巻・絵本1　義経地獄破り』（勉誠出版二〇〇五年二月）参照。
（16）小峯和明「琉球文学と琉球をめぐる文学―東アジアの漢文説話・侵略文学―」（『日本文学』二〇〇四年四月）。

（17）目黒将史「〈薩琉軍記〉の物語展開と方法―人物描写を中心に―」（『立教大学日本文学』九八号、二〇〇七年七月）、同「〈薩琉軍記〉の合戦描写をめぐる―〈琉球侵略物〉として―」（『立教大学日本文学』一〇二号、二〇〇九年七月）、同「〈薩琉軍記〉物語生成の一考察―近世期における三国志享受をめぐって―」（『説話文学研究』四六号、二〇一一年七月）他。

（18）桑田忠親『太閤記の研究』（徳間書店一九六五年一二月）。中村幸彦「朝鮮軍記物」（『日本古典文学大辞典』項目執筆。岩波書店一九八四年七月）、同「絵本太閤記について」（『中村幸彦著述集・六』中央公論社一九八二年九月）など。崔官『文禄・慶長の役―文学に刻まれた戦争』（講談社一九九四年七月）。

（19）崔官・金時徳『壬辰倭乱関連日本文献解題』（ムン二〇一〇年。韓国語）。

第2部

シンポジウム

琉球侵略の歴史叙述
——日本の対外意識と〈薩琉軍記〉——

◉目黒将史

1　はじめに

〈薩琉軍記〉とは、慶長十四年（一六〇九）の薩摩藩による琉球侵略を、新納武蔵守と佐野帯刀との対立譚を軸に描く物語の総称であり、また実際には起きていない合戦を作りだし、様々な武将たちの活躍を創出している。写本を中心にひろまり、次第に増広し多種多様な伝本を生み出していく。幕末には『絵本琉球軍記』として出版され、明治期には活字版も刊行される。

実際の島津氏の琉球侵入には〈薩琉軍記〉に描かれるような壮大な軍兵たちが海を渡ることなど

目黒将史（めぐろ・まさし）

立教大学兼任講師。1979 年生まれ。立教大学大学院文学研究科博士課程修了。博士（文学）。主論文に「琉球言説にみる武人伝承の展開―為朝渡琉譚を例に―」（「中世文学」55 号、2010 年 6 月）、「〈薩琉軍記〉物語生成の一考察―近世期における三国志享受をめぐって―」（「説話文学研究」46 号、2011 年 7 月）などがある。

なく、大将樺山久高、副将平田増宗を筆頭に三千余人の島津軍が、慶長十四年（一六〇九）三月初めに薩摩国山川を出立、奄美諸島以南の琉球国の島々を次々と攻め、四月初めには首里城を包囲し、琉球王尚寧を降伏させるにいたったというのが資史料からうかがえる琉球侵攻である。本稿では、〈薩琉軍記〉と他資料とを比較しつつ、〈薩琉軍記〉の特異性、描かれた琉球侵攻の歴史叙述を読み解いていくとともに、〈薩琉軍記〉に描かれた琉球叙述の背景について考察していく。

2　琉球侵略の歴史叙述―琉球・ヤマト双方の資料から―

〈薩琉軍記〉の多くの諸本には軍師新納武蔵守が備え立てを行い、各部隊が事細かに記されていく章段がある。この章段は〈薩琉軍記〉の基礎テキストである『薩琉軍談』などの増広が進んでいない諸本ほど長大に記し、増広が進むにつれ記述がまとめられる傾向にある。物語を分断しかねないほどの記述の長さだが、初期の〈薩琉軍記〉はこの備え立て、それに加え「享保十七年分限張」を描くことにより、島津家の偉大さ、薩摩の広大さを物語っていると思われる。▼注(1)『薩琉軍談』に描かれる「都合物惣人数弐拾弐万弐千六百六拾壱人」(二二二、六一一人)という出陣の規模は、常識では考えられない規模であり、いかに〈薩琉軍記〉が誇張した表現を用いているかがわかるだろう。しかし、先にも述べたとおり、これはいわゆる歴史的事実とはかなり様相を異にする。そのため、始めに琉球侵略がいかに語られ、叙述されてきたのかをみていきたい。

まずは島津の琉球侵略の叙述を琉球側からの視点で追っていくことにする。十八世紀半ばに成立した琉球の史書である『球陽』巻四、尚寧王二十一年(一六〇九)条には、

> **日本、大兵を以て国に入り、王を執へて薩州に至る**。本国素薩州と隣交を為し、紋船の往来は、今に至るまで百有余年なり。奈んせん、権臣**謝名**の言を信じ、遂に聘門の礼を失す。是れに由りて、太守**家久公**、特に**樺山氏**、**平田氏**等を遣はし、来りて本国を伐つ。**小、大に敵し難く、寡、衆に勝たず。王、彼の師軍に従ひて、薩州に到る**。

とあるのみであり、▼注(2)謝名親方の言により、薩摩との国交を閉ざしたため、島津家久により攻められ、樺山久高や平田増宗といった武将らにより、琉球は衆寡敵せず敗れ、琉球王尚寧は薩摩へ連れて行かれたことが記されている。ここでは詳しい合戦の描写などはなく、淡々と事件の経過のみが記される。

しかし、琉球側が侵略について記述を残していないかというとそうではない。琉球王府によってまとめられた琉球王国の外交文書集『歴代宝案』には、琉球那覇に侵入した薩摩軍を精兵三千をもって迎え撃つ琉球軍の様子が語られている。▼注(3)

四月初一日、**倭寇、中山の那覇港に突入す**。卑職、帥官**鄭迵**、毛継祖等に厳令して、**技兵三千余を統督せしむ**。兵を披け、鋭を執り、雄として那覇江口に拠りて力敵す。彼の時、球兵は陸に居りて勢強し蠢倭は水に処りて勢弱し。百出して拒敵すれば、倭は其れ左なり。且つ又、**倭船は浅小にして、勢は武を用い難し**。箭もて射れば逃ぐるに難く、鋭もて発すれば避ける莫し。急処に愴忙し、船は各自携り角いて礁に衝る。沈斃し、及び殺さるるもの、勝げて紀す可からず。

これは万暦三十七年(一六〇九)五月に琉球王から明、福建の布政司(最高地方官庁である布政使司の長官)に宛てた文書である。『球陽』以前の琉球王府による歴史叙述として着目すべきであろう。『球陽』とは登場人物は一致するが、戦さの描写はかなり細かい。薩摩の侵攻に対して、琉球側は鄭迵(謝名親方)を指揮官に精兵三千をもって那覇で薩摩勢を迎え撃つことになる。琉球側は陸側、薩摩側は海側であり、舟が近づいても矢を射て薩摩勢を近づけさせなかったが、薩摩勢は那覇から上陸するのではなく、防備の薄い東北から兵を進める。その結果、「虞喇時(浦添)▼注(4)」などの地方が悉く戦禍を受けた。琉球側の兵の数には限りがあり、ついには那覇に追い込まれ、菊居隠僧法印などを遣わして薩摩と停戦したとある。

『歴代宝案』では、那覇に侵入した島津軍は琉球軍にさんざんに負かされる様子がみて取れる。琉球と明との外交文書を記した文書において、琉球が日本の侵攻に対して最大限に抵抗したことを描き、また、首里からも近い貿易の中心である那覇での戦いでは、薩摩勢に引けを取らなかったと述べることで、対外的に強い琉球を少しでもアピールしようとしたのであろうか。あるいは明との関係から、無抵抗で薩摩（日本）に降ったことを隠匿したかったのかも知れない。この文書が島津侵入直後であるという点も見逃せない。『歴代宝案』では、那覇での戦さは琉球軍の抵抗により薩摩軍敗退という結果を生む。しかし、薩摩軍の伏兵が東北へ迂回、浦添などの地方が戦火に遭い、琉球は薩摩軍に敗北する。最終的に『歴代宝案』も「衆寡弁ずる莫し」と島津の大軍に琉球軍はかなわなかったとする。これは『球陽』と同じである。次に尚寧に仕えた僧喜安の著述である『喜安日記』を見てみると、▼注(5)

去程に薩州には老中僉議ありて、急ぎ琉球破却せんとて、大将軍には**樺山権左衛門尉**、副将軍には**平田太郎左衛門尉**、宗徒侍三百余人、**都合其勢三千余人**、七十余艘の船に取乗、（中略）去程に、夜も漸く明行侭、那覇へ下りぬ。卯月一日未の刻計、**敵那覇の津に入る。大将は湾より陸地を被レ越、浦添の城并に龍福寺焼払ふ**。

ここでは島津の侵入のルートは『歴代宝案』と同じであるが、那覇における抵抗が描かれない。那覇から侵入した島津軍は、浦添を通って、首里に行くことになるが、地理的に浦添は首里の北にあたり、北から攻めてこなければルートとしておかしいので、『歴代宝案』にもある通り、島津勢は軍を分け北からも侵入したと考えるべきだろう。また、『喜安日記』によれば、薩摩勢は鉄砲を雨のように撃ちかけ、早々に戦さの決着をつけており、『歴代宝案』とは戦さの様相を異にしている。合戦描写の相違はあるが、戦禍を被る地「浦添」は共通している。

次にヤマト側からの視点で琉球侵略を見ていく。まずは薩摩の琉球侵略に同行したトカラ七島、影佐の日記、『琉球入』には次のようにある。▼注(6)

それより**那覇をさして御寄せなられ、御大将樺山殿、御船は湊の沖に御控え遊ばされ、七島頭立ちの者共大将として、七島の船に島中の人数ばかり召し寄せ、真先かけて乗り入りける**。然らば、那覇の湊口広さ二十五間、内の流五十間の間に、高き石垣に所々矢狭間をあけ、大石火矢を構え置き、湊の底に鉄の網を張り、きびしく用心仕り置き、大将**謝名親方、三千騎**を引きつれ、右の綱を持ち上げ、石火矢を打ち掛け候ふ故、悉く討ち破られ候ふ。され共、一人も怪我はなく、沖およぐ如く、御大将樺山殿御船、その外余船に乗り申す故、大将の御船も乗り入るべき様これなく候ふ。五里余方荒波にて、船を寄すべき様これなく候ふ。その時、美濃守殿（樺山久高…引用者注）、諸船頭へ仰せ付けられ候ふは、「この分にては、蛇名も取り得ず、鹿児島へ登るべき様これなく候ふ。ここにおいて腹を切るより外はなし、さりながら別に寄すべき所もこれなき哉」と御尋ねなられ候ふ処、頭立の者共より、「ここにて御腹なされ候ふ所にて御座なく候ふ。これより倭の方へ寄り候はば、**運天**と申す湊、これあり候ふ。この湊より那覇まで道程、陸地にて二十里ばかりこれあり候ふ。別に寄すべき所はこれなく候ふ」由申し上げ候ふ。さあれば、**その湊より押し寄すべしと運天さして船を漕がせ給ふ**。

ここでは薩摩側から琉球侵略を物語っているが、あくまで侵攻において活躍したのは、トカラ衆であるという記述態度をとっている。内容は『歴代宝案』に酷似しており、島津軍は那覇に侵入するが、謝名親方率いる三千騎の軍が待ちかまえており、湊の高垣から火矢を浴びせ、湊の底に鉄の網を張り船の進入を拒む。薩摩軍はこれに苦戦し、大将樺山久高は苦悩するが、トカラの船頭たちにより琉球北方には運天という港があると導かれ、運天へ迂回し琉球を攻略する。ここではトカラの船頭たちの話題が入り込むものの、謝名親方が率いる兵の数や那覇津における攻防戦の様子、琉球北方への迂回などが『歴代宝案』と合致する。『琉球入』が『歴代宝案』を披見していたとは考えづらいので、『歴代宝案』と『琉球入』とを結ぶ資料の存在があるかと思われるが現在未詳である。

　薩摩側から見た琉球侵略を描く資料として注目すべきは、琉球侵攻に従軍した市来孫兵衛の日記、『琉球渡海日々記』である。▼注(7)

　四月朔日卯ノ時ニ、**諸軍衆ハ、陸路ヲ御座候フ。諸舟ハ勿論ナガラ、海上ニテ両手ヲ御サシ候ヒテ**、コアン《本ノママ》マニテ御座候ヒテ、那覇、首里ノ様子キコシメシ、「合セテ有ルベシ」トノ御議定ニ、足軽衆、首里へ差懸リ、**鉄放取合仕リ、殊ニ放火共仕候フノ間ヨリ**、其計ラズ、軍衆首里へ差懸リ成サレ候フ処ニ、琉球王位様、御舎弟ヲ始、名護、浦添、謝内波、三司官、質ニ差シ出シ成サレ候フ。

『琉球渡海日々記』には、三千余人の薩摩軍が、慶長十四年（一六一九）二月晦日に「高山」を出発して、侵攻を終えた四月二十八日に「山川」に帰着するまでの記録が記されている。しかし、薩摩と琉球との戦いはほとんど描かれず、陸路と海路とからそれぞれ琉球へと侵入した薩摩の圧勝であることがみて取れる。この資料について歴史学では市来孫兵衛の見たままの記述がなされており、よって那覇の交戦が描かれることがないという立場が主流であるが、それにしても合戦の叙述が少なく、琉球侵略は、例え那覇での抵抗があったにせよ、薩摩の圧勝であり、民間に多数の被害はだしたものの、合戦というにたる合戦はなかったことに疑いはなかろう。

こうして諸資料から琉球侵攻をうかがうと、〈薩琉軍記〉で語られるような攻防戦はまったくみられない。〈薩琉軍記〉の描く合戦が架空のものであることは、すでに小峯和明により指摘されているが、[注(8)]他の文献にみられない架空の合戦描写を描くことが〈薩琉軍記〉の大きな特徴である。そこに〈薩琉軍記〉が描こうとする琉球侵攻の世界が広がっているはずであり、注視すべき問題であると言えよう。

3 〈薩琉軍記〉の語る琉球侵略

ここまで〈薩琉軍記〉以外の諸資料から琉球侵略についてみてきたわけだが、では〈薩琉軍記〉の描く琉球侵略とはどのようなものであろうか。諸資料との相違をあきらかにしていきたい。まずは〈薩琉軍記〉を定義しておく。〈薩琉軍記〉とは、つぎの物語を有した作品をいう。[注(9)]

薩摩藩の大名島津氏は頼朝を始祖とする源氏であり、慶長十四年（一六〇九）、徳川家康の指示のもとに軍団を編制し琉球へ侵攻する。薩摩武士**新納武蔵守一氏**が軍師に任ぜられ、琉球侵攻の指揮をとる。琉球の「要渓灘」より侵入し、一進一退の攻防を繰り返す。「日頭山」の戦いでは先駆けをする薩摩武士**佐野帯刀**が琉球軍の大軍に囲まれ戦死するが、ついに琉球国の「都」に攻め入り、王や官人らは捕虜となり、薩摩に降服する。

すべての諸本にうかがえる基本的な枠組みであり、薩摩方の武士新納武蔵守と佐野帯刀との対立譚を通して物語が展開する。よって、先にみた『琉球入』などは〈薩琉軍記〉とは呼べないわけである。まず諸資料とは大将が違う。諸資料では大将を樺山権左衛門尉久高とするのが一般的だが、〈薩琉軍記〉では、薩摩武士新納武蔵守忠元をモデルにした架空の人物、軍師新納武蔵守一氏が侵攻の指揮を執る。〈薩琉軍記〉における大将はあくまで薩摩太守の島津義弘（家久）であるという立場をとる。[注(10)] 登場する地名も「要渓灘」「千里山」「虎竹城」「乱蛇浦」「日頭山」など、現在知られない架空の地名ばかりである。[注(11)]『絵本琉球軍記』などの増広本になると首里なども描かれるようになるが、〈薩琉軍記〉は架空の異国「琉球」という場所において、架空の人物たちが、架空の合戦を行う物語であり、それこそが〈薩琉軍記〉の世界構成なのだ。〈薩琉軍記〉が描く戦さが異国合戦であると、はっきりとわかるものに琉球における詞争いがある。次に引用したのは、『薩琉軍談』「虎竹城合戦之事」の一場面である。

暫く有て、追手の木戸の高櫓へ**武者壱人かけ上り**、狭間の板八文字に押開き大音声上て申けるは、「**襲兵ノ爰何未レ聞琉球国敵於薩州異雖、然理不尽囲の者汝等常以二磐石一如レ砕レ卵自滅。無裏迅速に退去**」と言。**是を聞ける軍勢共いかんとも答へしかねける。**爰に里見大内蔵が組下の浜島与五左衛門と云者、**蛮夷の言葉を知て書付を以て新納武蔵守一氏へ持せ遣す。**武蔵守大き歓び抜き見るに、其言葉に曰、「**我国に軍勢を爰に向るは、不思儀千万昔より琉球国より薩州へ敵したる事一度もなしと言共、理不尽に取かこまハ則磐石を以玉子を打つぶすが如し。自滅うたがい有べからず。すみやかに退べし退べし**」と云也。武蔵守からからと打笑ひ、「きやつは此国の弁舌しやと見へたり。言を以て取ひしがかんとの儀ならん。されども此様成申分にて伏ざらんや。只無二無三に責破りて、もみにもふで」下知なせば、

虎竹城の戦いは、張助幡と薩摩勢との戦いを描く。薩摩勢は虎竹城へと押し寄せると、琉球方の武者が、櫓の上から薩摩方に言葉を発する。本格的な合戦の前哨戦としての詞争いの模様である。ほとんどの薩摩武士はその言葉の意味を理解できず、何と答えて良いのか分からない。琉球語で語りかけた琉兵の問いかけに誰も答えることができず、薩摩軍は琉兵の言葉の前に身動きできなくなってしまうのである。まさに言葉の魔力である。ここで薩摩側から琉球語を理解できる者が名乗りを挙げて、今言われた言葉を翻訳する。相手の言葉を理解したことで、初めて次の行動に移ることができる。新納武蔵守は突撃の命令をくだし虎竹城へと攻め込むことになる。

琉兵が琉球語を話し、言葉を理解する者（通詞）を介して物語が進む。この琉兵の言葉が漢文で示されていることは興味深い。異国の言葉である琉球語を漢文で表すことは、読者側にも異国語を体感させる意味で効果的である。しかし、もとよりその言葉自体琉球語ではない。みせかけの異国語である。『薩琉軍談』の増広本である『琉球静謐記』では、「リキイトルニニヤクルミシヨヒリナシヨサヒルミインキンニヤヤニヤルニミユルリンリキスタアイシ」という言葉を琉兵が発する。これはより琉

球語らしくして、異国を意識させようとする『琉球静謐記』の方法であり、『薩琉軍談』よりも手の込んだ手法と言えよう。つまり、〈薩琉軍記〉は詞争いにおいて異国語を用いることによって、異国「琉球」を描きだしているわけである。▼注(12)

架空の合戦の一例を見てきたが、〈薩琉軍記〉において架空であるのは合戦ばかりではない。登場人物や場所のほとんどが架空であり、未詳のものが多い。特に登場する地名は、「乱蛇浦」「虎竹城」など、いずれとも現在場所を比定しえない場所が舞台となっている。しかし、架空だからと言って、まったく琉球を知らない者により記されたというわけではなく、琉球というものを異国として描くために、わざと架空の地名を採用していると考えるのが妥当だろう。

それをあらわすものに「絵図」がある。〈薩琉軍記〉にはその世界観をあらわした絵図が描かれる伝本が数種あり、それらの絵図は、諸本の増広とともに増していく琉球知識の増幅に伴って付加されていく傾向がある。描かれる絵図は、〈薩琉軍記〉における「琉球」認識をうかがう上で恰好の資料になるはずである。絵図を持つ伝本をまとめてみると次の通りである。

図Ⅰ 立教大学小峯研究室蔵『薩琉軍監』

図Ⅱ 京都大学蔵『島津琉球合戦記』鹿児島図・琉球図

図Ⅲ『絵本琉球軍記』

図Ⅳ『琉球属和録』

『絵本琉球軍記』、『琉球属和録』については、散逸における例外を除いて、伝本すべてに描かれる

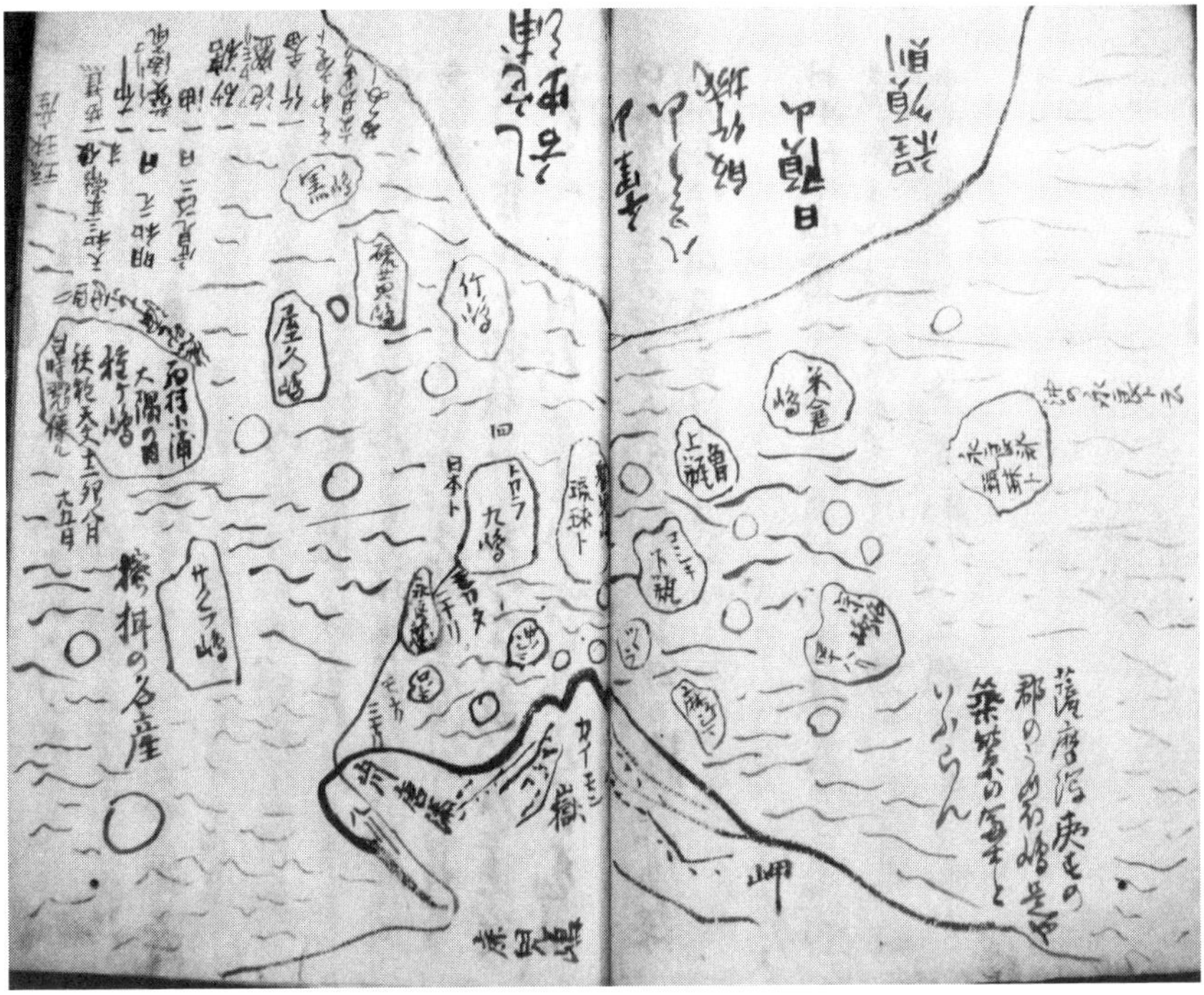

図Ⅰ　立教大学小峯研究室蔵『薩琉軍監』
（池宮・小峯編『古琉球をめぐる文学言説と資料学―東アジアからのまなざし―』三弥井書店より引用）

ものである。まず、図Ⅰ、立教大学小峯研究室蔵『薩琉軍監』に描かれた絵図についてみていきたい。ここには琉球と薩摩とが対面するように描かれている。薩摩の開聞岳を中心として描かれているが、〈薩琉軍記〉に登場する地名「交の浦」などは描かれず、実際に島津軍が船出した「山川」という地名が記される。琉球側には〈薩琉軍記〉において主戦場となる「乱蛇浦」や「千里山」などの地名がうかがえる。

また様々な琉球情報を盛り込んでいるのも特徴的である。左上に「琉球産」として、琉球の名物が描かれ、桜島の横には「𣝣楫（みかん）の名産」と書かれている。種子島には「鉄砲、天文十二卯ノ八月廿五日、曰時尭伝ル」と鉄砲の由来が記され、さらには琉球の幣使来朝の記録として、「芭蕉」や「泡盛」といった琉球産物があげられるように（寛政の年号も見える）、直接本文の内容には関わらない記事が盛り込まれている。これは地理、風土を理解し、その「場」を理解するために必要不可欠なものなのであろう。

右下には「薩摩潟夷すの郡のうつほ島是や筑紫の富士といふらん」という和歌が書かれている。「筑紫の富士」とは開聞岳のことであろう。この絵図における開聞岳の重要性がうかがえる。開聞岳を薩摩の中心に据えているのは興味深い。開聞岳は薩摩一宮枚聞神社の御神体であり、まさに薩摩の守り神であるとともに、薩摩を象徴する存在である。また、枚聞神社には琉球王子の額（寛政七年・一七九五、琉球尚周義村王子）も奉納されており、琉球側にとっても航海の守護神であったことがうかがえる。まさに薩摩と琉球とを結ぶ象徴であったともいえよう。

注目すべきは、琉球に書かれる「程順則」であろう。程順則は〈薩琉軍記〉の物語とは無縁であり、ここに「程順則」という名が記されることは、この絵図における最大の問題点である。これにはやはり、江戸中、後期において、「琉球と言えば程順則」という認識が存在していたことを象徴しているのではないだろうか。そのような連想が起こる土壌がなければ起きえない書き込みである。程順則についての問題を考察する上で、『六諭衍義』などの流布や学問所における琉球知識の伝達状況を分析していかなければならないだろう。これについては後述する。

次に、図Ⅱ、京都大学蔵『島津琉球合戦記』についてみていきたい。この絵図には淡彩の色彩が付いており、見開きで一面となっている。紙幅の都合により割愛したが、[▼注13] 当本には鹿児島の絵図も描か

図Ⅱ　京都大学蔵『島津琉球合戦記』
（池宮・小峯編『古琉球をめぐる文学言説と資料学―東アジアからのまなざし―』三弥井書店より引用）

れている。鹿児島の絵図には左上に「タネカシマ」、上に「イハウカシマ」、右に「カコシマナリ」とあり「島津城」の図が描かれているが、〈薩琉軍記〉に登場する地名は記されていない。

一方の琉球の図には〈薩琉軍記〉に登場する琉球の主だった城が記載されている。絵図の左手の雲間に、「要浜灘番所、九州ヨリ此所迄百七十里」とある。この薩摩軍が上陸した「要浜灘」▼注(14)を基点に、右上に進み、薩摩軍が朱伝説の夜討ちにあった「千里城」、右に進み、張助幡と激闘を繰り広げた「虎竹城」、その上に、張助幡が逃げた「米倉島」、右に進み、小城ながらも最後まで抵抗が激しかった「乱蛇浦」、その隣に、先駆けする佐野帯刀が攻め落とした「日頭山」、同じく右下、絵図右側の「高鳳門」、さらに絵図右下の「セキヤ」「ハン所」、左に進み絵図の真下には、佐野帯刀が戦死した「後詰城」、絵図の中央に「王城」と、絵図を時計回りに一周し地名を追って行くと、〈薩琉軍記〉の合戦の場面がたどれるというかたちになっている。右下の「セキヤ」「ハン所」は、佐野帯刀とその家臣団が活躍する戦場である。物語の内容通りだと、この関屋と番所は、右上にある「日頭山」にあるはずであり、絵図の位置と付合しないが、先ほども指摘したように、時計回りに、順次登場してくる地名を並べたために、この場所に描かれているものと思われる。

この絵図でもっとも注目すべきは、左上「キカイガシマ」の下に「アマクサ」があることである。これは島原天草の乱の「天草」だろう。当然、〈薩琉軍記〉には「天草」は登場しない。しかし、天草が島になって、しかも、薩摩の側にあることは非常に興味深く、異国琉球との合戦を描いている〈薩琉軍記〉の世界観の中に、「天草」が描かれていることは注目すべき点である。これは江戸中、後期において琉球侵攻と島原天草の乱とがつながってくる認識があったことを示しているはずであり、この認識が生まれる背景には〈薩琉軍記〉と〈島原天草軍記〉との結びつきがあり、両書が共通の世界観を持っていたことを浮き彫りにしているのではなかろうか。まさしくこれは近世中、後期における軍記の流布、異国合戦を描く軍記に関連する問題へと発展していく可能性を秘めている。もっと踏み込んで言えば、「天草」という土地が海を越えた日本とは別の地域、異国であるという認識が近世中、後期にあったことの証明になるはずである。また、天草という場所が、キリシタンと日本軍との戦いの場所であったと捉えられ、キリシタンとの戦さが日本と異国との戦いであることの傍証にもなるの

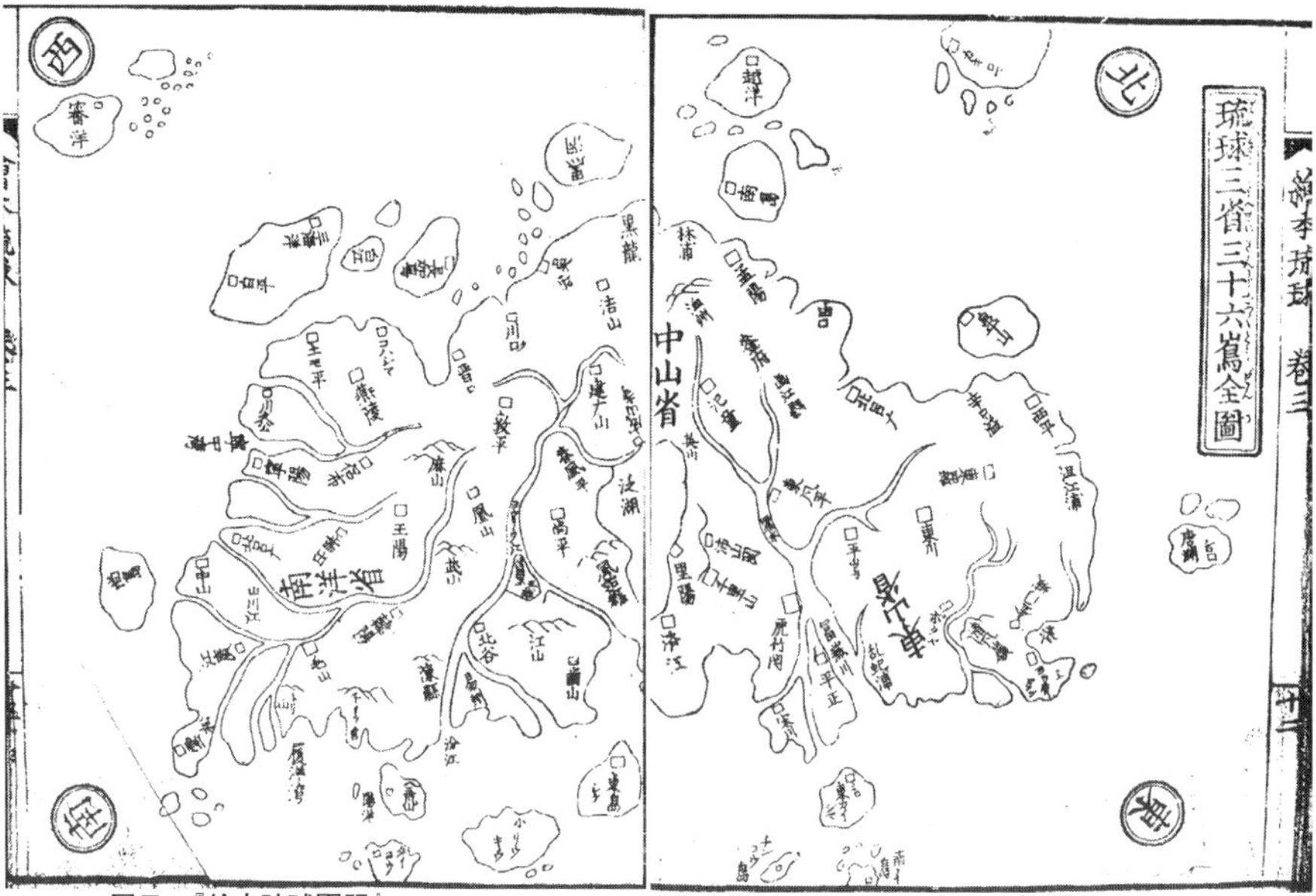

図Ⅲ　『絵本琉球軍記』
（池宮・小峯編『古琉球をめぐる文学言説と資料学—東アジアからのまなざし—』三弥井書店より引用）

ではなかろうか。「天草」が南西諸島の一群として描かれるのは、この『島津琉球合戦記』に限ったことではない。図Ⅳ『琉球属和録』では「種ヶ島」の下に「天草」が描かれている。よって、琉球と並び絵図に天草が登場することは、京都大学蔵『島津琉球合戦記』だけの問題ではないことがわかるだろう。

図Ⅲについて、この『絵本琉球軍記』に描かれる絵図には、当本で増補された物語が色濃く反映されており、地名も多く記載され、現在の沖縄の地名も少なからず垣間見られる。左側の真ん中右より、三角州になっている部分に「首里　王城」とある。〈薩琉軍記〉で描かれている地名は架空のものであり、その中には「首里」は存在しない。ほとんどの伝本では首里ではなくて「都」と書かれ、「首里」が出てくること自体が非常に稀である。当本が現実の琉球と〈薩琉軍記〉の世界観とを重

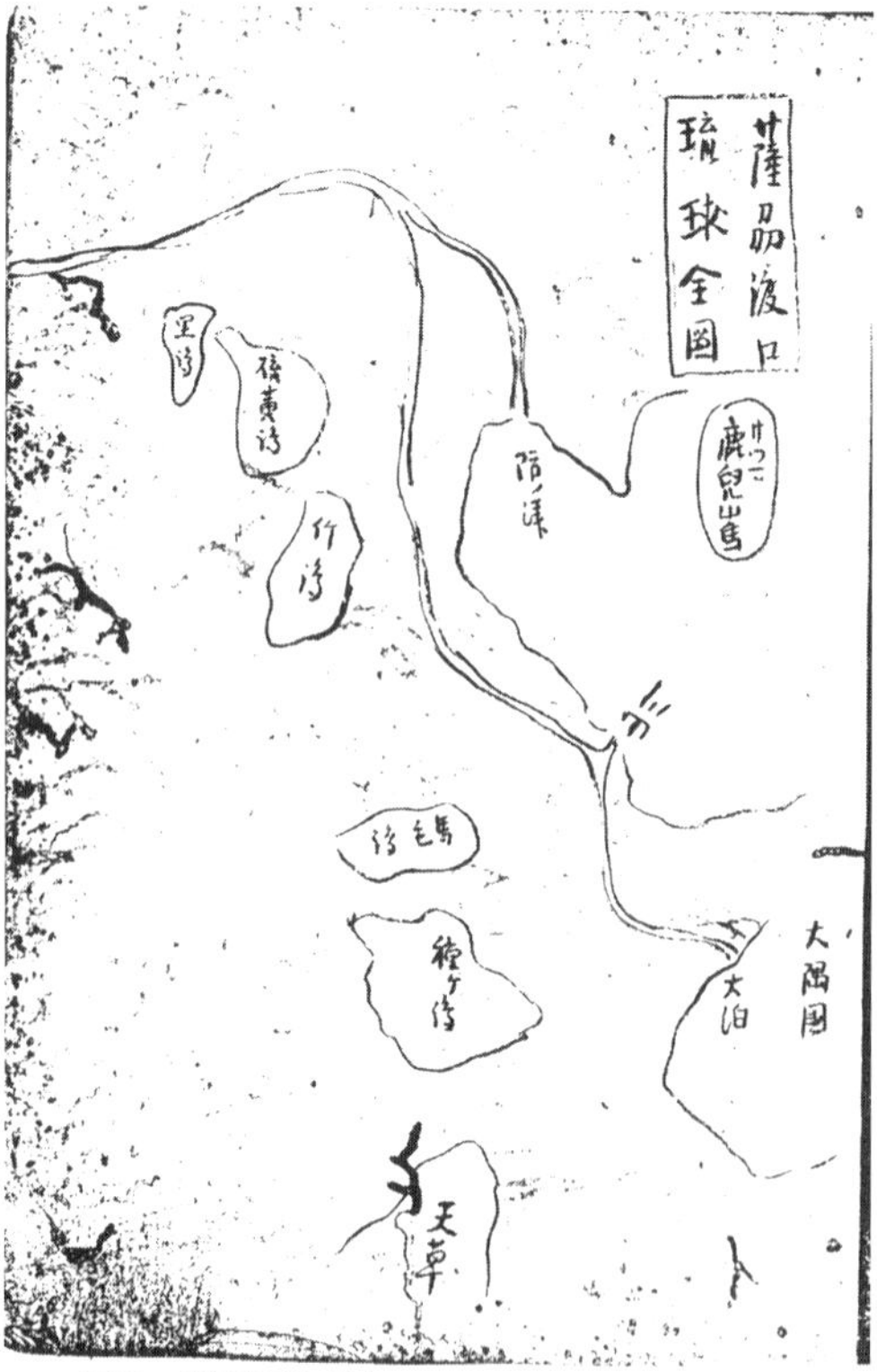

図Ⅳ　『琉球属和録』
（池宮・小峯編『古琉球をめぐる文学言説と資料学―東アジアからのまなざし―』三弥井書店より引用）

ね合わせている様相がみて取れる。ほかにも「王城」の左下には「北谷」とある。また右側の中央「東風平」などの例があり、『絵本琉球軍記』では、この東風平でも合戦が繰り広げられる。[▼注(15)] これらは『絵本琉球軍記』への増広過程の中で、琉球に関する知識が高まり、実際の地名も物語の中に織り込まれていったものと推測される。当然〈薩琉軍記〉に描かれる地名も描かれている。島のもっとも東の端に薩摩軍が上陸した「ヨウ広ダン（要渓灘）」があり、すぐ上には「湊」の文字がうかがえる。すぐ脇に琉球軍が陣を張った「清風嶺」があり、そこから右手に「乱蛇浦」がうかがえる。絵図で確認すると、薩摩軍は東側から東南に侵攻していったことがわかる。

最後に図Ⅳ、三丁におよぶ『琉球属和録』の絵図は、薩摩から琉球までの渡航図となっている。先の図Ⅲと同様に『琉球属和録』にも、現在の沖縄でみられる地名がかなり盛り込まれ、大まかな位置づけも現在の地図に近い。図Ⅲ、図

Ⅳは実際にある琉球という世界と、架空の〈薩琉軍記〉の世界観とが融合した独自の世界観を創りあげているのである。まさしく、架空の〈薩琉軍記〉世界を現実化する行為と言える。

『琉球属和録』の絵図を朝鮮側から日本と琉球との通交関係などを記録した『海東諸国紀』所収の「琉球図」と見比べると、興味深いことに重なり合う部分がある。▼注(16) 〈薩琉軍記〉には「米倉島」という島が登場する。この「米倉島」の位置を『海東諸国紀』で確認すると、「国庫」と記述された島がある。『琉球属和録』ではこの「国庫」の位置に「米倉島」をあてているのである。もともとあった適当な場所に地名をあてたものなのだろうか。『海東諸国紀』において、琉球の「国庫」が島として本島から離れていることが、〈薩琉軍記〉の世界観の中で描かれる「米倉島」とつながっているわけである。また、『琉球属和録』は新井白石の『南島志』を引いていることもあり、所収の絵図と『南島志』に描かれた絵図とにも類似点がうかがえる。▼注(17)

ここまでみてきたように、〈薩琉軍記〉の絵図は、〈薩琉軍記〉世界における琉球像を描き出しており、それは舞台の具現化であり、海を越えた「異国」である琉球を視覚化したものである。〈薩琉軍記〉は日本（ヤマト）の人々が「異国」琉球をどのように認識していたかを率直に写し出しているわけであり、日本の異国観をうかがう恰好の媒体となりうるのである。

また、〈薩琉軍記〉は琉球知識を吸収して増補されていくが、必ずしも正しく知識を利用するわけではない。『島津琉球合戦記』の増広本である『琉球軍記』には、琉球伝承や風俗、地理などを語る「琉球地理産物之事」という章段が新たに加わるが、ここに描かれる琉球の王統は歴史的事実にそぐわないものである。ここには、「然ニ琉球王尚寧卒シテ、子ノ尚礼立ツ。尚礼カ子ノ王、尚景カ代ニ至リ、秀吉公御薨去ナリ」とあり、[注(18)]尚寧の孫尚景の時に秀吉が死に、徳川政権に移ったことが述べられているが、尚寧その人こそが侵攻時の琉球王であり、尚寧のつぎは、尚豊、尚賢と続く。しかし、『琉球軍記』の世界では、尚寧は秀吉の侵攻を外交により未然に食い止め、秀吉より前に死去し、孫の尚景の代に島津氏による侵攻をうける物語になっている。言ってしまえば、〈薩琉軍記〉は琉球知識を下敷きに書かれてはいるが、そこに描かれる琉球は、はっきりとした別世界である「異国」として描き出されているのだ。

4 〈薩琉軍記〉の描く歴史叙述の背景―琉球使節到来から貸本屋、寺子屋まで―

ここまで〈薩琉軍記〉の描く琉球侵略についてみてきた。〈薩琉軍記〉は琉球をはっきりと「異国」として認識して描いており、独自の異国世界を創りあげながら物語を展開しているのである。では、この〈薩琉軍記〉の描く叙述の背景には何があるのだろうか。言い換えれば、〈薩琉軍記〉は何故ここまでの物語を創りあげることができたのだろうか。〈薩琉軍記〉の成立と享受の問題については別稿に譲るが、[注(19)]ここでは〈薩琉軍記〉の伝来を考察することにより、〈薩琉軍記〉の世界観が必要とされた空間（場）を探っていきたい。

まず、確認したいことは、徳川の代替わりに慶賀使を、琉球国王の代替わりに謝恩使を江戸に派遣した江戸上り（江戸立ち）ごとに、ヤマトにおいて琉球ブームが到来したことである。特に天保三年（一八三二）に尚育襲封の謝恩使に人々の関心が集まったとされており、▼注(20)天保六年（一八三五）には『絵本琉球軍記』前篇の出版もされている。また、宝永八年（一七一一）の『琉球うみすずめ』の出版以降琉球物の出版が広まったことも指摘されており、これらは〈薩琉軍記〉の書写年代と合致するのである。つぎに江戸上りの記録をまとめたものをあげた。▼注(21)

江戸上りの記録

回数	年次	使名	正使名	副使名
(1)	寛永十一年・一六三四	謝恩使（尚豊襲封）	佐敷王子朝益	
(2)	正保元年・一六四四	謝恩使（尚賢襲封）	国頭王子正則	
(3)	慶安二年・一六四九	謝恩使（尚質襲封）	具志川王子朝盈	
(4)	承応二年・一六五三	慶賀使（家綱襲職）	国頭王子正則	
(5)	寛文十一年・一六七一	謝恩使（尚貞襲封）	金武王子朝興	越来親方朝誠
(6)	天和二年・一六八二	慶賀使（綱吉襲職）	名護王子朝元	恩納親方安治
(7)	宝永七年・一七一〇	慶賀使（家宣襲職）	美里王子朝禎	富盛親方盛富
		謝恩使（尚益襲封）	豊見城王子朝匡	与座親方安好
(8)	正徳四年・一七一四	慶賀使（家継襲職）	与那城王子朝直	知念親方朝上
		謝恩使（尚敬襲封）	金武王子朝祐	勝連親方盛祐
(9)	享保三年・一七一八	慶賀使（吉宗襲職）	越来王子朝慶	西平親方朝叙

(10)	寛延元年・一七四八	慶賀使（家重襲職）	具志川王子朝利	与那原親方良暢
(11)	宝暦二年・一七五二	謝恩使（尚穆襲封）	今帰仁王子朝義	小波津親方安蔵
(12)	明和元年・一七六四	慶賀使（家治襲職）	読谷山王子朝恒	湧川親方朝喬
(13)	寛政二年・一七九〇	慶賀使（家斉襲職）	宜野湾王子朝祥	幸地親方良篤
(14)	寛政八年・一七九六	謝恩使（尚温襲封）	大宜見王子朝規	安村親方良頭
(15)	文化三年・一八〇六	謝恩使（尚灝襲封）	読谷山王子朝勅	小禄親方良和
(16)	天保三年・一八三二	謝恩使（尚育襲封）	豊見城王子朝典	沢岻親方安度
(17)	天保十三年・一八四二	慶賀使（家慶襲職）	浦添王子朝熹	座喜味親方盛普
(18)	嘉永三年・一八五〇	謝恩使（尚泰襲封）	玉川王子朝達	野村親方朝宣

以下管見の限り、年時のある奥書をまとめてみる。奥書に記された年時順に並べ、西暦を括弧で補った。ただし本奥書を含むものである。

〈薩琉軍記〉奥書集成

刈谷市立図書館蔵『琉球征伐記』（本奥書）

薩州之隠士／喜水軒書／寛永元（一六二四）仲秋日

国立公文書館蔵『薩琉軍鑑』

宝暦七丁丑年（一七五七）三月上旬写／明和三丙戌季（一七六六）九月上旬再写之

架蔵『薩琉軍記』

宝暦十三癸未歳（一七六三）／林祭酒之門人松田久微ヨリ得タリ／写〈相陳大島光周筆者／ヨリ写六月二十六日写畢〉

新潟県胎内市黒川地区公民館蔵『琉球征伐記』

此書為書肆烏豹膽写／与写／時宝暦第十三年（一七六三）舎癸未／冬十一月十一日原本烏豹之／所珍蔵也云／不保宇子〈花押〉

琉球大学蔵『琉球征伐記』

梅風舎五懐写〈花押〉／天明第七丁未（一七八七）春

立教大学小峯研究室蔵『琉球軍記』

寛政七乙卯年（一七九五）正月上旬写之　近藤姓〈印〉

琉球大学蔵『琉球国征記』

于時文化二乙丑年（一八〇五）十月写大夫将監源尚芳

池宮正治蔵『薩琉軍談』

文化三丙寅年（一八〇六）十一月／武州忍葛和田住／臥遊三十藤原景貞

沖縄県立図書館東恩納文庫『島津琉球軍精記』

文化三丙寅（一八〇六）正月

立教大学小峯研究室蔵『薩琉軍談』

文化十三丙子歳（一八一六）六月写之清兼〈印〉

上田市立図書館藤盧文庫蔵『琉球攻薩摩軍記』

于時文政四年（一八二一）巳八月吉／佐藤卯太吉写之〈印〉

鹿児島県立図書館蔵『琉球征伐記』

文政七年（一八二四）申五月吉辰／吉田藩中／亀井六郎兵衛／源重郎書〈印〉

池宮正治蔵『琉球責薩摩軍談』

信州埴科郡／鋳物師屋村／（墨消）／文政八乙酉（一八二五）正月写之／国岡兼盛〈花押〉

立教大学小峯研究室蔵『薩琉軍談』

文政十二年（一八二九）／丑七月朔日山本長悦／十四歳／福島よりうつす

立教大学小峯研究室蔵『薩琉軍鑑』

天保十五年（一八四四）辰正月吉日／倉下屋吉承郎持主／行年拾七才写之

池宮正治蔵『琉球軍記』

弘化三午年（一八四六）写之／（墨消）〈花押〉

都城市立図書館蔵『琉球征伐記』

嘉永元年（一八四八）戊申四月中旬〈印〉／任望不顧悪筆会書写之者也／本主織部氏嘉蔵

鹿児島県立図書館蔵『薩琉軍談』

嘉永五壬子年（一八五二）五月写之／門家忠栄□〈印〉

東北大学狩野文庫蔵『島津琉球軍記』
安政二卯年（一八五五）／十一月十三日写之／中山〈印〉〈印〉
国文学研究資料館『島津琉球軍精記』
于時安政三（一八五六）辰水無月上旬／令書写者也
島村幸一蔵『薩琉軍談』
安政四丁巳（一八五七）仲秋吉旦写之者也／城重敬
早稲田大学蔵『琉球軍記』
于時文久元辛酉（一八六一）秋八月写之／小野澤氏□□〈印〉
池宮正治蔵『島津琉球軍記』
明治四辛未歳（一八七一）／三月下旬写之

奥書に記される年時は、近世中期以降後期、末期のものが圧倒的に多く、十八世紀後半から十九世紀にあいついで書写されていることがわかる。さらに、諸本もその一世紀の間に多種多様に展開している。刈谷市立図書館村上文庫蔵『琉球征伐記』は、侵攻からわずか十五年後の寛永元年（一六二四）の本奥書ということになるか。本書は『薩琉軍談』の増補系と思われるので、この奥書の信憑性は薄い。なぜ寛永元年なのかは後考にまつ。

ここまでみてきたように、〈薩琉軍記〉の伝本の大半は、十八世紀初頭から重豪時代（宝暦五年

（一七五五）～天保四年（一八三三）までの間に成立したものではないかと思われる。そして、その背景には琉球ブームによる下支えが不可欠であったはずだ。

また、〈薩琉軍記〉の伝本には、貸本屋と思われる蔵書印が少なからず押印されており、貸本屋を媒介に、多くの伝本が書写され、現在に伝わったものであることがわかる。さらに『大野屋惣兵衛蔵書目録』第十冊「軍書」には、『吉田三代記』『通俗三国志』と並んで、『島津琉球軍精記』の書名がうかがえるなど、貸本屋が〈薩琉軍記〉伝本の伝播、展開の一翼を担っていたであろうことが推測される。[▼注(22)] 軍記、軍書類が貸本屋を通して、娯楽的読書として流布していたことはすでに指摘されており、[▼注(23)]〈薩琉軍記〉も同レベルで広まっていたと思われる。〈薩琉軍記〉の伝本は多岐にわたり種類も多いことはすでに述べたが、同じく貸本屋を媒介にした軍書などと比べても圧倒的に多く、琉球侵攻の物語が大衆に広く受け入れられたことをうかがわせる。以下これまで伝本調査の過程で管見に入った、貸本屋と思われる押印を挙げる。

〈薩琉軍記〉貸本屋押印集成

渡辺匡一蔵『薩琉軍談』

上州／南郷／鈴善

国立公文書館蔵『薩琉軍鑑』

勢州／白子／小川固治

西尾市立図書館岩瀬文庫蔵『薩琉軍鑑』

勢州／松坂／瀧川屋

池宮正治蔵『琉球軍記』

竜野／日山／津田宗

立教大学小峯研究室蔵『琉球征伐記』

秩父／日野沢／高橋

池宮正治蔵『島津琉球軍精記』

秋田／久保田／豊嶋□／□□（□＝墨消し）

韓国国立中央図書館蔵『島津琉球軍精記』

松前／箱館／山本屋・淡州／鯛中店

国文学研究資料館（史料館）蔵『島津琉球軍精記』

筑後福島／上古松町／山縣屋半助

東京大学史料編纂所蔵『島津琉球軍精記』

横浜／初音町／壱丁目／塩谷

弘前市立図書館岩見文庫蔵『島津琉球軍精記』

播伊・岩井

沖縄県立図書館蔵『絵本琉球軍記』
松浦・代人／井長／長助
沖縄県立図書館蔵『絵本琉球軍記』
虬州書屋

これらの押印により〈薩琉軍記〉は、北は北海道から南は九州まで、ほぼ全国的に流布していたといっても過言ではない。流通の面でも韓国国立中央図書館蔵本からは、函館と淡路島とをつなぐ流通ルートがうかがえるなど興味がつきない。[注(24)] 今後とも調査を継続していきたい。

貸本屋に加え、〈薩琉軍記〉の伝来で忘れてはならないのが学問所における享受である。先にも指摘したとおり、図I、立教大学小峯研究室蔵『薩琉軍監』には、「薩摩琉球図」が描かれているが、琉球に当たる場所に、「程順則」の名前が確認できる。もちろん〈薩琉軍記〉には、程順則は登場しない。考えうるに、「薩摩琉球図」には琉球の産物などが記されており、程順則も書写者の琉球知識の一端として表れているのであろう。[注(25)] 京都大学蔵『島津琉球合戦記』では、冒頭に「琉球故事談」という琉球記事を載せたり、『琉球軍記』では、「琉球地理産物之事」という章段が加わるなど、諸本の増広に琉球知識の流入が絡む事例は少なくない。問題は、「琉球の人物と言えば程順則」という連想が生まれる階層の人によって、〈薩琉軍記〉が書写されていることであろう。程順則は、明の太祖が民衆教化の目的で作った『六諭衍義』を琉球に伝えた人物として知れており、『六諭衍義』は、徳川吉宗の命により、荻生徂徠が和訳し、室鳩巣により説かれ、手習本になる。この『六諭衍義』を習うような場所における、〈薩琉軍記〉の転写の可能性は捨てきれないのではなかろうか。

国立公文書館と国会図書館とに所蔵される『琉球属和録』には、「編集地志／備用典籍」という蔵書印が押印されているため、昌平坂学問所の旧蔵であることがわかる。[注(26)]また、現所蔵機関からみても、加賀市立図書館聖藩文庫や蓬左文庫、市立米沢図書館興譲館文庫、宮城県図書館伊達文庫など、大名家、藩ゆかりのコレクションに〈薩琉軍記〉の伝本が伝わっていることが確認できる。昌平坂学問所や興譲館のような学問施設における〈薩琉軍記〉の利用、踏み込んで言えば、藩校や寺子屋などを含む学問所における書写の可能性が指摘できるだろう。

さらに〈薩琉軍記〉は押印から国学者の所蔵も確認できる。一例を挙げてみると、刈谷市立図書館村上文庫蔵『琉球征伐記』の村上忠順、早稲田大学蔵『琉球征伐記』の小寺玉晁、ハワイ大学ホーレー文庫蔵『琉球属和録』の屋代弘賢などである。これら国学者、蔵書家による〈薩琉軍記〉享受もテキストの伝播に無縁だったとは思えない。

近日、寺子屋で使われたと思われる『庭訓往来』『消息往来』などとともに『薩琉軍談』が発見された。[注(27)]今まで推測の域をでなかったが、これは〈薩琉軍記〉が学問所レヴェルで享受されていた傍証の一つになるはずである。また、〈薩琉軍記〉が、どのように学問所で使われていたのかという問題も突きつけられた。ここで詳述することはできないが、〈薩琉軍記〉が享受された〈場〉を明らかにするためにも、早急に解決せねばならない課題である。

5　おわりに

〈薩琉軍記〉は明らかに琉球を異国として認識している。〈薩琉軍記〉は物語を創造して肥大化していくが、その過程には琉球知識の増幅が欠かせない。まさに物語を創造する原動力となったのは、未知なる国「異国」という場である。知らない場所であるからこそ創造力が高まっていったわけだ。〈薩琉軍記〉にとって琉球は未知の国であり、未知の国を語る材料として異国語や絵図を用い、また架空の武人を出現させた。そして、〈薩琉軍記〉は独創的な合戦場面を造りだし、未知の国「琉球」を描きだしたのだ。まさに〈薩琉軍記〉は新たな琉球侵攻物語を語りかけているのである。

〈薩琉軍記〉の研究は、近世中、後期における、日本（ヤマト）側からみた琉球認識の一側面をうかがう上で必見の資料と言える。〈薩琉軍記〉の描く琉球像は、まさしく異国であり、当時の異国観を明らかにする資料としても重要視されるべきである。さらには〈薩琉軍記〉というテキストが伝来してきたという歴史も、日本側からの琉球史を考える上で考察されるべきなのである。

注……

（1）「享保十七年分限張」については、拙稿「異国戦争を描く歴史叙述形成の一齣―〈薩琉軍記〉の成立と享受をめぐって―」（『アジア遊学』〇、勉誠出版、二〇一二年七月）を参照。

（2）引用は、球陽研究会編『球陽　読み下し編』（『沖縄文化史料集成』5、角川書店、一九七四年）による。以下、歴史史料にみる琉球侵略については、紙屋敦之『大君外交と東アジア』（吉川弘文館、一九九七年）、上里隆史『琉日戦争一六〇九 島津氏の琉球侵略』（ボーダーインク、二〇〇九年）、上原兼善『島津氏の琉球侵略―もう一つの慶長の役』（榕樹書林、二〇〇九年）などを参考にした。

（3）『歴代宝案』第一集巻十八「国王尚寧より布政司あて、薩摩侵入を報ずる咨」（1-18-03）。引用は沖縄県立図書館資料編集室編、和田久徳訳注『歴代宝案 訳注本』第一冊（沖縄県教育委員会、一九九四年）による。引用文中の鄭迵は謝名親方のこと。参考、宮田俊彦「他魯濟・呉濟―歴代寶案に見える慶長十四年島津の琉球征伐―」（『茨城大学文理学部紀要（人文科学）』11号、一九六〇年十二月。

（4）前掲書注によると「虞喇時」は「浦添の音訳であろう」とする。この解釈に従う。

（5）『喜安日記』は琉球に渡り、茶道の師として琉球王尚寧に仕えた人物として知られる喜安入道蕃元の日記。引用は琉球大学伊波文庫蔵本による。参考、池宮正治『喜安日記』（榕樹書林、二〇〇九年）、樋口大祐「多重所属者と『平家物語』―『喜安日記』における琉球と日本」（『乱世のエクリチュール 転形期の人と文化』森話社、二〇〇九年）。

（6）『琉球入』は〈薩琉軍記〉とは内容が異なり、〈薩琉軍記〉以前の琉球侵略を描く資料として注目できる。琉球侵略を描く軍記としてみるべきか、またトカラ衆の語りとする偽書の一側面もあろうか。現在、鹿児島県立図書館蔵『琉球軍記』（内題）、鹿児島県立図書館蔵『琉球入』（外題）、鹿児島大学玉里文庫蔵本『琉球征伐記』（外題）の三本の伝本を確認しているが、いずれも明治期の転写本である。〈薩琉軍記〉諸本の『琉球軍記』と区別するため『琉球入』と呼ぶ。引用は、鹿児島県立図書館蔵『琉球入』による。また『琉球入』は為朝伝承をうかがう上でも興味深いテキストである。拙稿「琉球言説にみる武人伝承の展開―為朝渡琉譚を例に―」（『中世文学』55、二〇一〇年六月）、「〈薩琉軍記〉における渡琉者たち―円珍伝と為朝渡琉譚をめぐって―」（小峯和明編『東アジアの今昔物語集と予言文学』勉誠出版、二〇一二年）。

（7）引用は鹿児島県立図書館蔵本による。

（8）小峯和明「琉球文学と琉球をめぐる文学―東アジアの漢文説話・侵略文学―」（『日本文学』53―4、二〇〇四年四月）。
（9）『薩琉軍談』による。テキストは、立教大学小峯研究室蔵本を使用。
（10）これには「三国志」が大きく影響しており、大将島津義弘と軍師新納武蔵守一氏という構図には、蜀の皇帝劉禅と軍師諸葛亮というモチーフがある。拙稿「〈薩琉軍記〉物語生成の一考察―近世期における三国志享受をめぐって―」（『説話文学研究』46、二〇一一年七月）。
（11）地名の呼び名について、架空の地名ということもあり、本来どのように読むのか不明である。ルビが付いている伝本もあるが、書写者自身も読み方が分からず、ルビが一定していない。
（12）拙稿「〈薩琉軍記〉の合戦描写をめぐる―〈琉球侵略物〉として―」（『立教大学日本文学』102、立教大学日本文学会、二〇〇九年七月）。
（13）ここで割愛した絵図については、拙稿「〈薩琉軍記〉概観」（池宮正治・小峯和明編『古琉球をめぐる文学言説と資料学―東アジアからのまなざし―』三弥井書店、二〇一〇年）に全掲してあり、拙稿「薩琉軍記について」（『史苑』70―2、二〇一〇年三月）でも問題提起している。テキストは、図Ⅲは架蔵本、図Ⅳは加賀市立図書館聖藩文庫蔵本を用いた。
（14）「要浜灘」は〈薩琉軍記〉全般にみえる「要渓灘」と同じ場所である。転写過程における誤写によって変わったものだと思われる。
（15）「北谷」と「東風平」を中心に地図を見てみると、方角がおかしい。本来、東風平からみた北谷の方角は「北」である。『絵本琉球軍記』では実際の琉球とは、方角が逆の琉球の中に物語世界を構築している。
（16）『海東諸国紀』の成立は、序によると、朝鮮成宗二年（文明三年、一四七一）であり、その後付された「琉球図」は、奥書によると、弘治十四年（一五〇一）の記事であることがうかがえる。参考、田中健夫訳注『海東諸国紀―朝鮮人の見た中世の日本と琉球―』（岩波文庫、一九九一年十二月）。紙幅の都合により、絵図は割愛した（注（13））。

（17）岩瀬文庫所蔵『南島志』との比較による。参考、岩瀬文庫蔵本・名古屋市博物館編『特別展 海上の道―沖縄の文化―』一九九二年。

（18）引用は、立教大学小峯研究室蔵本による。

（19）拙稿「異国戦争を描く歴史叙述形成の一齣―〈薩琉軍記〉の成立と享受をめぐって―」（「アジア遊学」155、勉誠出版、二〇一二年七月）

（20）横山学『琉球国使節渡来の研究』（吉川弘文館、一九八七年）。以下、琉球ブームについては本書による。

（21）宮城栄昌『琉球使者の江戸上り』（「南東文化叢書」4、第一書房、一九八二年）を参考に作成した。

（22）『大野屋惣兵衛蔵書目録』は、柴田光彦編『大惣蔵書目録と研究』（日本書誌学大系27、青裳堂書店、一九八三年）による。『島津琉球軍精記』には、「右吉田三代記六篇と同じ」という書き込みがうかがえる。この他にも、『大野屋惣兵衛蔵書目録』第十冊「軍書」には、『琉球征伐記』が二点、「絵入軍書」では、『絵本呉越軍談』『忠臣水滸伝』などと並んで、『琉球軍記』の名前がうかがえる。

（23）鈴木俊幸『書籍流通史料論 序説』（勉誠出版、二〇一二年五月）など。

（24）韓国国立中央図書館蔵本巻二十巻末などに「山本金兵衛」という人物の書き入れがあるため、押印にある函館「山本屋」にて書写され、「山本屋」から淡路の「鯛中店」へ移動したものと思われる。その後、当本は、大陸へ渡り朝鮮総督府に所蔵されることになる。数奇な運命をたどった伝本の一つである。

（25）立教大学小峯研究室蔵『薩琉軍監』は甲巻のみ現存しているが、甲巻に記された目録を見ると乙巻末に、「琉球国島々嶽々の名を記ス」という章段名が書き込まれており、詳細な琉球情報を盛り込んでいた可能性が指摘できる。乙巻を欠くことは痛恨の極みである。

（26）国立公文書館蔵本と国会図書館蔵本とは本ツレであると思われる。蔵書印からうかがうに、近世後期にはすでに離れてしまったようである。

（27）小川宏一氏のご教示による。

【付記】引用文中の〈　〉は割注、傍注を意味する。引用の表記は私意に改めた。

敗将の異国・異域渡航伝承を巡って
―朝夷名三郎義秀・源義経を中心に―

◉徳竹由明

1　はじめに

源為朝の琉球渡航伝承・朝夷名三郎義秀の高麗渡航伝承・源義経の蝦夷渡航伝承と、前近代の日本には三件の、敗将が実は死なずに異国・異域へと逃亡したとの著名な伝承が存した。そして恐らくはその延長上に、近代の西郷隆盛ロシア渡航伝承があるのであろう。さてこれらの伝承について、個々の伝承を考察した論考はそれなりの蓄積があるもの▼注(1)の、全体を俯瞰した考察は今までの所無いようである。もちろん個々の伝承について深く掘り下げることも重要ではあるが、何故こうした伝承が生まれ、

徳竹由明（とくたけ・よしあき）

中京大学 文学部准教授。1971 年生まれ。慶應義塾大学大学院文学研究科後期博士課程単位取得退学。修士（文学）。論文に「『義経記』に於ける頼朝義経兄弟対面」（『國語國文』75-6 号　2006 年 6 月）、「朝夷名三郎義秀高麗渡航伝承と「朝夷名社」信仰の変容―逃亡者／海神から高麗征服の英雄／武神へ―」（『國語國文』77 -1 号　2008 年 1 月）などがある。

成長し、そしてこうした伝承が社会にどういう影響を与えたかを考えるには、全体を俯瞰する必要もあるのではないか。そこで本稿では、全体を俯瞰する前段階として、まず朝夷名三郎義秀高麗渡航伝承と源義経蝦夷渡航伝承を主に扱い、そうした伝承が（発生についてはまた別に考えるとして）顕在化し流布・展開していく様相を辿って見たい。

2　朝夷名三郎義秀の高麗渡航伝承の展開

（1）中世文芸に於ける朝夷名三郎義秀

朝夷名三郎義秀は、鎌倉幕府初期の侍所別当和田小太郎義盛の三男である。『吾妻鏡』に依れば、一族が族滅した建暦三（一二一三）年の和田合戦に於いて、

酉剋、賊徒遂圍二幕府四面一。……（中略）

……而朝夷名三郎義秀敗二惣門一、乱二入南庭一、（五月二日条）

と幕府の惣門を破る等のめざましい活躍を見せ、その敗戦後は、

朝夷名三郎義秀〈卅八〉、并数率等出二海濱一、掉レ船赴二安房國一。其勢五百騎、船六艘云々。（五月三日条）

と海路安房へ逃走して行方を眩ませた。▼注(2) 和田合戦に於ける朝夷名三郎義秀の勇猛ぶりは、例えば『太平記』や『明徳記』といった軍記物語に、

・異国には烏獲・樊噲、吾が朝には和泉・浅夷、皆世に双びなき大力なりと聞ゆれども、我らが力に幾程かまさるべき。（『太平記』巻第十五「三井寺合戦の事」）

・四方ヲ屹ト見廻シ、敵ヲ物トモシ給ハス、二条ノ大路へ打出給ヘル其勢柄、伝聞漢ノ高祖ノ樊会張良、三浦ノ和泉朝稲モ是ニハ過シト覚テ、（『明徳記』巻中）

と日本を代表する強力と記される如く、また『看聞御記』応永三十（一四二三）年七月十五日条の風流の記事に、

晴。……（中略）……次舟津、浅井名門破風情也。門ヲ作、浅井名乗馬。〈着鎧、付七具足。〉武者二騎相従。

とある如く、貴賤を問わず中世を通じて幅広く知られたことであった。また狂言「朝比奈」では、朝夷名三郎義秀自身が語る和田合戦での活躍と共に、六道の辻で閻魔を屈服させる剛勇ぶりも描かれ、この地獄破りの趣向は近世前期のチェスタービティーライブラリー蔵奈良絵巻『朝比奈物語』、東京

大学国文学研究室蔵奈良絵本『朝日奈』、真田庵（善名称院）蔵朝夷名関連奈良絵巻（断簡のため作品名不明）等へと受け継がれていく。さらに近世前期の寛文二（一六六二）年には、異郷遍歴の物語である古浄瑠璃正本「あさいなしまわたり」が刊行されている。このように朝夷名三郎義秀の門破りや地獄破り等の剛勇ぶりは、中世・近世の文芸作品を通じて広く知られることであった。

（2）初期の朝夷名三郎義秀高麗渡航伝承

さて朝夷名三郎義秀の高麗渡航伝承を記す文献のうち、成立年代が特定ができるもので最古のものは、寛永十五（一六三八）年から正保二（一六四五）年の間に成立の林羅山『本朝神社考』（A）である。朝夷名三郎義秀の高麗渡航伝承は、秀吉の朝鮮侵略とその後の関係の修復（慶長十二〈一六〇七〉年に第一回朝鮮通信使来朝、慶長十四〈一六〇九〉年に朝鮮王朝と対馬藩との間で己酉約条締結）による朝鮮半島への関心の増大も背景の一つなのであろうか、中世末か近世初期に広まり始めたようである。続いて比較的初期のものとして明暦元（一六五五）年成立の林鵞峰『日本百将伝抄』（B）、次いで寛文一〇（一六七〇）年成立の羅山・鵞峰父子『本朝通鑑』（C）、正徳二（一七一二）年成立の寺島良安『和漢三才図絵』（D）、正徳五（一七一五）年正徳本完成の水戸藩『大日本史』（E）が挙げられる。それらの当該箇所を以下に挙げる。

A・朝夷名

和田ノ義盛、娶テ二故木曾ノ義仲ノ妾巴女ヲ一、生ム二義秀ヲ一、号ス二朝夷名ト一、健保元年、和田氏伏誅、義秀亡

《テ》走《ル》二房州《ニ》一、時《ニ》年二十八、或《ハ》曰、義秀、自《リ》二房州一赴《ク》二高麗國《ニ》一、對馬《ノ》島人謂《テ》レ余《ニ》曰、高麗釜山海《ニ》、有《リ》二朝夷名《ノ》祠一、浦《ノ》人時《ニ》祭《ル》レ之《ヲ》（『本朝神社考』巻第五）

B・和田義盛

……義盛義秀勝ニ乗テイヨ〳〵進戦トイヘトモ、御所方ノ軍兵入替々々フセクニヨリテ、和田カ一族郎従多ク亡ヒテ、義盛遂ニ討レヌ、義秀ハ戦場ヲ逃レ安房國ヘヲモムキケルカ、其行方ヲシラス、後日ニ其頸出タリトイヘリ、最イフカシ、或説ニハ高麗國ヘ渡リケルニヨリテ、今ニ対馬嶋ニ朝夷名カ祠アリト云リ、（『日本百将伝抄』巻第二）

C・義秀引二残兵五百餘一。棹レ船遁二於安房國一。時歳三十八。號二朝夷名三郎一。對馬人傳稱、義秀軍敗、游泳渡二萬里之海一。遁到二高麗釜山浦一。浦人服二其勇猛一。後及レ没。爲レ此立レ祠。稱二朝夷名祠一。至レ今歳時祭レ之云。〈按二東鑑一。書三義秀奔二安房一。不レ記二其死一。然考二頸簿一。則有レ之。蓋記二首虜一者。傳聞之誤乎。〉（続本朝通鑑巻第八十七「順徳天皇二」）

D・朝比奈三郎義秀《ハ》和田義盛《ガ》三男〈母《ハ》義仲《ノ》妾巴《カ》女也〉。膽勇抜羣膂力絶《フ》レ倫。……（中略）……一族多戦死《ス》。義秀其《ノ》従五百人浮《ンテ》レ海《ニ》、奔《ル》二房州《ニ》一。時《ニ》年三十八。或《ハ》云渡《ルト》二高麗《ニ》一。未《タ》レ知《ラ》二是非《ヲ》一。（『和漢三才図絵』巻第六十七「相模」）

E・義秀、称二朝夷名三郎一、驍勇矯健、膂力絶倫、頼家嘗遊二小坪一、聞二義秀善泅一、欲レ観二其技一、義秀入レ海游泳、往還数遍、遂深没不レ見、少選捕二三鮫魚一而出、衆皆驚愕、……（中略）……義秀帥二五百人一駕レ船走二安房一、不レ知二其所一レ終、或曰戦死、時年三十八、〈東鑑○按安房有二朝夷郡一、蓋義秀初居レ此、故以為號也、相傳義秀逃来二于此一、遂赴二高麗一、平氏系図亦載二此事一、延宝中、使三人問二義秀事蹟於対馬守宗義真一、質二之朝鮮一、報曰、朝鮮釜山浦絶影島義秀祠見在、土人時祭レ之、東鑑義秀朝盛載二死籍中一、而朝盛實不レ死、事見二安貞元年一、如二義秀一亦或然乎、但以二義秀一為二鞆繪所一レ生者誤、説見二今井兼平傳末一、〉（『大日本史』巻一九七・列伝四）

若干の相違はあるが、諸書共に朝夷名三郎義秀が和田合戦の敗戦後やがて高麗国まで至った、そして釜山絶影島（現・影島）、『日本百将伝抄』のみは対馬に神として祀られたとする。[注(3)] 興味深いのは四角で囲んだ情報源である。『本朝神社考』では羅山が対馬の人から実際に聞いた話として伝えており、『本朝通鑑』もそれを踏襲、さらには『大日本史』では、水戸藩が延宝年間に対朝鮮外交と貿易を独占していた対馬藩の藩主宗義真から情報を得たとしている。信頼性の高そうな情報源が記されていることで、例えば新井白石がその書簡で源義経の蝦夷渡航伝承の真贋を議論するときに、

一、……（中略）……彼地の南方にハイと申所有レ之候て、源廷尉の居址今に現在、其地方の人も、今にハイグルと申候て、殊に勇武を尚候、俗にて土人おそれ候よし承候、グルとは此方に申黨の事にて候との義にて候、智者は死なずとか申候に付、廷尉高館の死は實事にも無レ之やらん、故に猶奥へ渡られ候と申由に候、彼奥地は韃靼の地に接し候へば、もし彼方に地を避られ候か、朝比奈義秀の廟、今に朝鮮絶影島に見在、歳時の祭典不レ絶候へば、何事も難レ計事と奉レ存候（『白石先生手簡』「與安積澹泊書」）

と朝夷名三郎義秀の高麗渡航伝承を無条件で信じて引き合いに出している如く、恐らくは信憑性の高

い話として近世期の人々に広く受け入れられたことであろう。さらに後述の如く、朝夷名三郎義秀の高麗渡航伝承は、源為朝の琉球渡航伝承と並んで義経の蝦夷渡航伝承の顕在化・流布を準備した側面もあるのかも知れない。また既に『本朝通鑑』に於いて、釜山で浦人が朝夷名三郎義秀を祀った理由として二重傍線部の如く「浦人服㆓其勇猛㆒」とあるのも興味深い。「其勇猛」が具体的にどう発揮されたかは記されてはいないが、朝夷名三郎義秀の和田合戦に於ける活躍や、閻魔をも圧倒する強力ぶりを知る近世の人々は、釜山で祀られた理由を必然的にその「武威」故と解釈したであろうことは想像に難くない。

（3）朝夷名三郎義秀高麗渡航伝承の文芸作品に於ける展開

続いて朝夷名三郎義秀の高麗渡航伝承が、文芸作品の中で脚色され拡がっていく様相を確認してみたい。近世も中期になると、朝夷名三郎義秀の高麗渡航伝承はより娯楽色の強い文芸作品の中に取り込まれていく。以下に延享二（一七四五）刊、八文字屋自笑著とされる『鎌倉繁栄廣記』、明和二（一七六五）年刊、鳥居清満画の草双紙『〈和田合戦〉根本草摺曳』（G）、安永三（一七七四）年刊、富川吟雪画の草双紙『〈新版寛猛〉鎌倉三代記』（H）、安永五（一七七六）年刊、富川吟雪画の草双紙『朝比奈島渡』（I）、天保五（一八三四）年刊、早見春暁斎の『絵本和田軍記』（J）を引用する。

F・去る程に朝比奈の三郎義秀は、……（中略）……当時は源家一統の世なり。謀叛人と号して、草を分て尋ぬべし。よし〳〵日本の内より外に人の住所はなきにこそ。此うへはもろこしに渡り、異国の王を責亡し、唐土を掌ににぎりなば、当時日本の実朝卿より位といひ富貴といひ、まさらん事百ばいならん。……（中略）……纔百五十人を相具し安房の海辺より船に乗り、順風に帆をあげて、……（中略）……壱岐対馬をもこぎ過て、高麗国の釜山海に着船し、夫より陸にのほりて此国の人を見るに、官人は唐冠を着し、庶人は笠をきたり。……（中略）……朝比奈打笑ひあわれ福有の国と見へておもしろし〳〵。我此国の王と成て一生やす〳〵と暮すべし、先兵粮をもつかひ、船中長途のつかれをも休めんとおもふぞとて、其辺の富家にうち入亭主をはじめまなこにさへぎるもの共をば一〳〵に切たをせば大に恐れおの〳〵き其近辺には人あるとも見へず十方に逃行けり。……（中略）……釜山海の郡主韓志廉といふもの此事を聞て大に驚き、倭賊我国に渡海して諸人をなやますことこそやすからね。誅伐して泰平をとなふべしと、三百騎をそつし、義秀が方に押寄る。朝夷名ゐつぼに入て、扨〳〵高麗人の寄たるてい、日本人には様かはれり。一人も逃さず打取と、まつさきに進んでおどり出、例の鉄棒を打ふり〳〵、……（中略）……所をゐらはず打ければ、見る内に二三十人打ふせられ、死人山をつかせたり。韓志廉大に驚きふるひわな〳〵き、にげてゆく。大将かくのごとくなれば、士卒なじかはこらふべき、我さきにと敗北して、順市館に逃こもる。朝夷名気に乗、百五十人を引ぐして、逃る勢におつすかひ、順市館に乗り入り、爰にをつつめかしこにかりたて切伏る。大将志廉ふしまろび、泪をながし手を合せ頭をた〳〵いて悲みしかば、義秀も哀れにおもひ、きやつを生けおきて案内者にすべしとて、韓志廉を先に立て、東莱さして押寄る、おそろしかりける勢ひなり。角て朝比奈の三郎義秀は、韓志廉を案内者として、東莱に押寄、いきをもつがせず責たつる。此城の主は李邦群といひけるが、倭賊不意に寄せたりと、上を下へともんじやくし、門をかため橋を引て、矢を射る事雨のごとし、義秀是をこと丶もせず、たゞ一いきに責破り、李邦群をとらへ、頭の髪を手にうらまき、さげ切にきりしかば、城中のもの共大に恐れ悲み、一命をたすけけれと手を合て嘆きければ、よし〳〵我にしたがへよ助命すべしとて、夫より東莱の城を居城として、纔か廿日が内に近国五六州うち取しかば、高麗の国王大に怖れ給ひ、さま〴〵和を入れ我が臣となって、ながく高麗の功臣と成るべしとて、義秀討虜将軍に補せらる丶、夫よりして義秀は、討虜将軍平義秀と号し、武威を三韓にふるい、栄耀を究めぬ。されば三十八歳にして高麗に渡海し、卅六年のせいぞうをへて、淳祐八年三月廿六日七十三歳にして卒去せり、(『鎌倉繁栄廣記』巻第七・三「朝比奈の義秀高麗に渡海する事」、四「義秀東莱の城を攻落す付討盧将軍に補せらる丶事」)

G・それよりあさひなとうらいをすみかとして、わづか廿日あまりが内に近国大かた討とりしかば、高麗の国わう□大きにおそれ給ひ、さま〴〵に和を入、此のちわが臣となりて、忠臣をはげむべしとて、あさひなを義秀討虜館軍平義秀とがうし、ふいを三かんにふるい、ゑいようをきはめぬ。(『〈和田合戦〉根本草摺曳』・五)

H・これよりもろこしへおしわたり、いこくの王をせめほろほし、もろこしの王になれは、さねともよりくらいもよしとおもひ、すてにふさんかいふねを付ける、あさいなの三郎三十八才にてかうらいをしたかへ、討虜将軍平義秀と号し、ぶゐ三かんにふるひけり、(『〈新版寛猛〉鎌倉三代記』

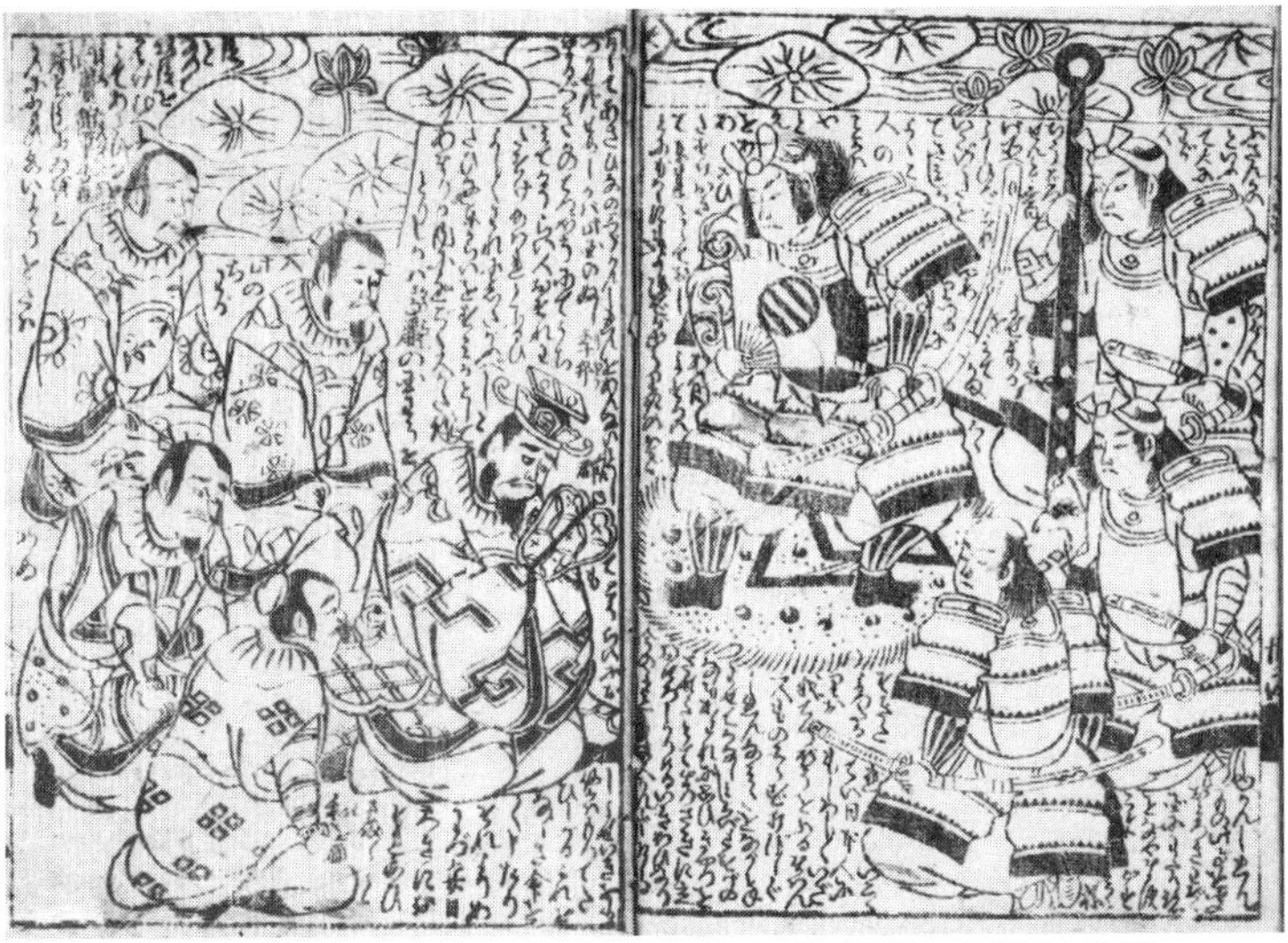

『〈和田合戦〉根元草摺曳』巻第五　四丁裏五丁表（早稲田大学図書館蔵）

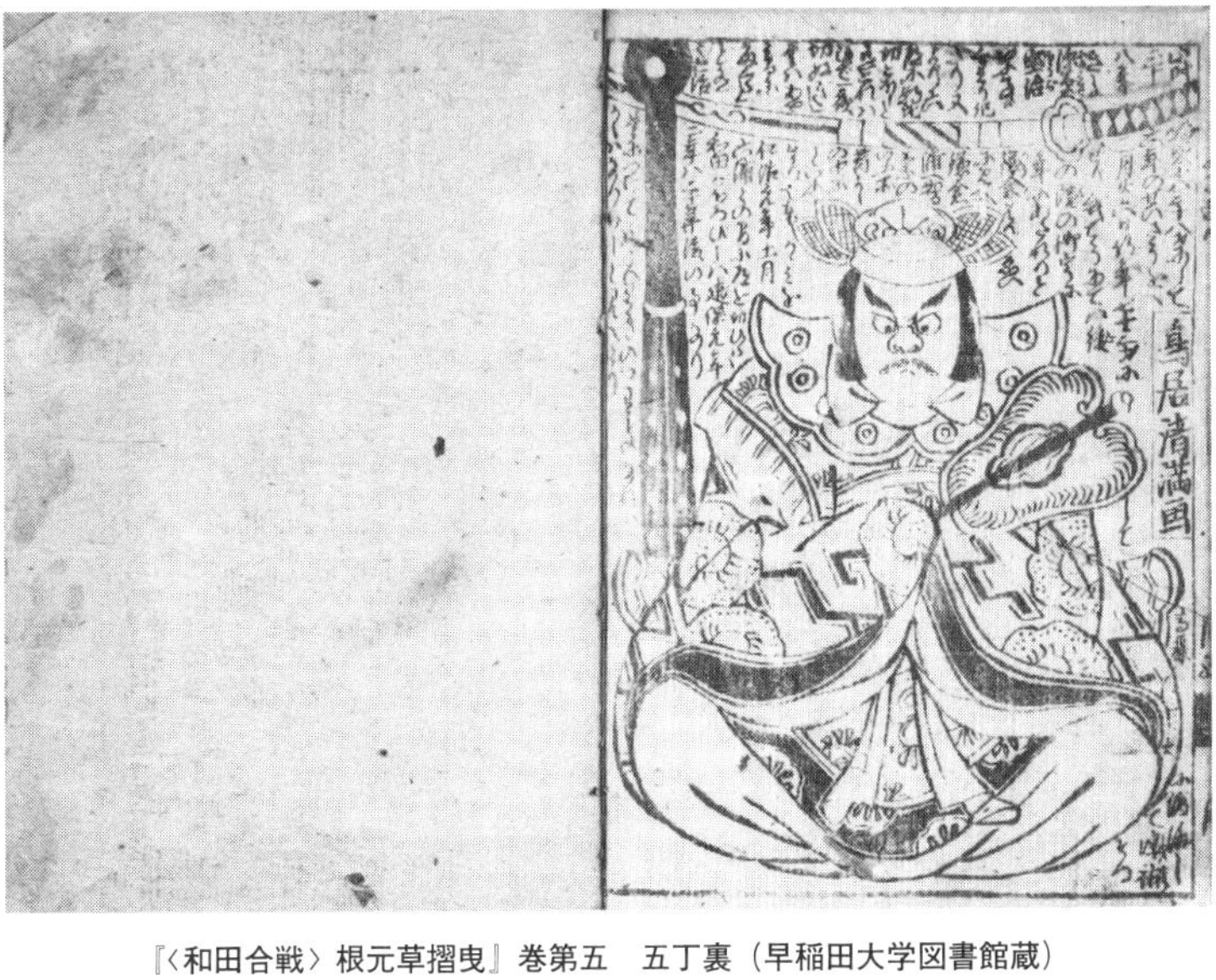

『〈和田合戦〉根元草摺曳』巻第五　五丁裏（早稲田大学図書館蔵）

巻下）

I・（筆者註＝和田合戦敗北後、島々を巡り）それよりからへわたり、とうじんとも大せいとらのくさりをきつてはなしければ、よしひでこと、もせずとらをしたかへるよしひでをしまの大わうとうやまひける、あさひなからふねにのり、大わうの御てんへうつりける、（『朝比奈島渡』巻下）

J・※是より薩州へ下り、利害を説て千島殿（筆者註＝千島五郎忠久。実朝別腹の弟）を厲し、國人をかたらひて鎌倉へ押上り、謀を以て君と義時の中を引分伐たんにはと、（後編巻第一「朝夷奈於海上遇親平條」）

※先には長崎次郎無人嶋を日本より東南にあたるやうに云しが、今却て日本より西北の高麗に来るは如何、是船子磁石を揮違へしか、さらずば無人嶋の方位日本より東南に當ざるなるべし、其は兎まれ角まれ高麗に着せしこそ希有の幸なれ、長崎兄弟が仇印元南とやらん鬚唐人を尋出し、兄弟に討せて宿意を達せしむべし（後編巻第一「義親再漂着高麗國條」）

※（筆者註＝暴臣印元南を討ち、李照王を無

『〈新版寛猛〉鎌倉三代記』巻下　五丁裏
（中京大学図書館蔵）

事に還都させるも、奸賊北条討伐は果たせずに泉親平は死に、義秀は仙道を得て行方知れずになる。）李照王親平が死を悼み義秀が出塵を惜み玉へども、施すべきやうなければ嗟嘆して止玉ひ、田辺五郎を珍伯道が嗣子とて珍田島と改名させ、即花春に娶せ、其余の和将をも官禄を賜らん間長く高麗に停るべきよし宣命ども、皆倭國へかへらん叓を望けるにより、各財宝数多与へ皈國せしめ玉ひ、且亦林喬禄丙丁吾はじめ、印元南誅伐に就て功ある輩に恩賞を賜ひ、罪ある者は悉く是を宥恕し、専ら仁徳を施し玉へば、國富民豊に戸ざゝぬ御代とぞなりにける、（後編巻第六「親平逝去義秀得仙道條」）（以上『絵本和田軍記』）

既に『本朝通鑑』の段階で朝夷名三郎義秀は、高麗の釜山でも「武威」を発揮した人物として捉えられていたが、近世中期以降のより娯楽色の強い物語草紙類には、釜山のみならず朝鮮半島のより幅広い地域に於いてより具体的な「武威」による活躍を記すものが現れてくる。その先駆的なものが『鎌倉繁栄廣記』である。[注(4)]『鎌倉繁栄廣記』では、朝鮮半島に渡った朝夷名三郎義秀は、傍線部の如く高麗の王に成ることを志して瞬く間に五六州を征服し、恐れをなした高麗の王に懐柔されて「討虜将軍」に任じられて「武威を三韓にふるい、栄耀を究め」たと記される。こうした作品が出てくる背景としては、以前拙論でも指摘したが、[注(5)]恐らくは近世中期以降、儒学・国学等思想学問の発展、待遇改善や経済的負担等朝鮮通信使を巡る問題など様々な要因によって、国内に於いて朝鮮王朝蔑視観が浸透していったことが挙げられるのであろう。なお朝鮮半島・高麗王朝は、古琉球や蝦夷地とは異なり歴史や素性のかなりはっきりした地域・王朝である。そのため物語草紙の作者たちも朝夷名三郎義秀を高麗で、例えば為朝のように王家の始祖となったとか義経のように大王になったといった荒唐無稽な活躍は流石にさせにくかったはずである。しかし『〈和田合戦〉根本草摺曳』では『鎌倉繁栄廣記』の筋をなぞりつつ朝夷名三郎義秀は高麗王に懐柔されて「討虜館軍」になったと記すが、挿絵では冠に「王」と記された人物が朝夷名三郎義秀に跪き、更に最終丁の挿絵では前の丁で「王」の着ていた柄と良く似た衣服を着て威風堂々とした朝夷名三郎義秀の座像が画面いっぱいに描かれている。また『〈新版寛猛〉鎌倉三代記』では『鎌倉繁栄廣記』の「討虜将軍」の号を踏襲しつつも高麗を「したかへ」たと記し、挿絵には朝夷名三郎義秀が被る冠に「王」と記されている。また『朝比奈島渡』では島々を巡ったあと、高麗ではないが唐で虎を退治して「しまの大わう」になったと記す。『絵本和田軍記』ではある意味「読み本」らしく高麗の李照王を助けて暴臣を討つだけであるが、このように高麗（または唐）で王（またはそれに準ずる、或いは凌駕するような存在）となったとするものも出現して来るのは、恐らく後述の如き源義経の蝦夷渡航伝承の影響もあるのであろう。また注目すべきは波線部の朝夷名三郎義秀の行動原理である。朝夷名三郎義秀は、敗戦・逃亡の身でありながら、将軍実朝と自分を比較することはあっても実朝に対する敵意や復讐心は持たず（『絵本和田軍記』でも奸賊北条を亡ぼして主君実朝と引き離そうとするのみ）、ひたすら日本の外に向けて「武威」を行使して活躍していく。

3　源義経の蝦夷渡航伝承

（1）中世文芸に於ける源義経

源義経については、細かい説明は不要であろう。『平家物語』諸本等に記される治承寿永の乱に於けるその活躍ぶり、そしてお伽草子や幸若舞曲で語られる幼少時の兵法獲得譚や弁慶との邂逅譚等、義経もまた朝夷名三郎義秀と同様に、或いはそれ以上に中世・近世の文芸の中では「武威」で名高い敗将であった。

（2）初期の源義経蝦夷渡航伝承

さて源義経については、『玉葉』文治五年五月二十九日条や、『吾妻鏡』文治五年閏四月三十日条、『愚管抄』「源平盛衰記」といった記録・史書・軍記類に、

・今日、能保朝臣告送云、九郎為二泰衡一被二誅滅一了云々、天下之悦何事如レ之哉、實佛神之助也、抑又頼朝卿之運也、非二言語之所及一レ也、（『玉葉』文治五年五月二十九日条）

・今日、於二陸奥國一、泰衡襲二源豫州一。是且任二勅定一、且依二二品仰一也。……（中略）……豫州入二持佛堂一、先害二妻〈廿二歳〉子〈女子四歳〉一、次自殺云々。（『吾妻鏡』文治五年閏四月三十日条）

・ツイニミチノクニノ康衡ガモトへ逃トヲリテ行ニケル。ヲソロシキ事ナリト聞ヘシカドモ、ヤスヒラウチテコノ由頼朝ガリ云ケルヲバ、（『愚管抄』巻第五「後鳥羽」）

・秀衡老死シヌ、其男安衡ヲ憑テ有ケルカ鎌倉ニ心ヲ通シテ、義経ヲ誅ス、……（中略）……右ニ持タル刀ニテ、我腹掻割テ打臥ニケリ、（「源平盛衰記」巻第四十六「義経行家出都　并義経始終有様事」）

と明確にその死が語られているのみならず、『義経記』・幸若舞曲「含状」といった判官物の文芸作品でも、

・左の乳の下より刀を立てて、刀の先後へつと通れと突立てて、疵の口を三方へ掻破りて、腸散々に繰り出だし、刀をば衣の袖にて拭ひつつ、膝の下に引敷きて、衣引掛けて脇息にしてぞおはしける。……（中略）……「早々宿所に火を懸けよ。敵の近付く」とばかりを最期の言葉にてこと切れ果てさせ給ひけり。（『義経記』巻第八「判官御自害の事」）

・「あふ今こそ心やすけれ。其儀にて有ならば、義経腹をきるべし。南無十方の諸仏、かまへてあつけんにおとさせたまふな」と、御刀をするりとぬき、腹十文字にかききつて、臓をつかんでくりいだし、すむ〳〵に切て捨（幸若舞曲「含状」）

と義経の死が同情的に且つ明確に語られていたため（義経の死が広く流布していたため）か、義経生存伝承・義経蝦夷渡航伝承が文献中に見えるようになるのは、管見の限り為朝や朝夷名三郎義秀に比べれば遅い。例えば朝夷名三郎義秀の節で挙げた『本朝神社考』・『日本百将伝抄』は、共に為朝の琉球渡航伝承（但し『日本百将伝抄』では「琉球」ではなく「高麗」とする。或いは朝夷名三郎義秀の伝承に引き摺られたのであろうか）をも載せるが、『本朝神社考』は義経については何も言及せず、

また『日本百将伝抄』は、

……北陸道ヲ経テ奥州ヘ下向シ、又秀衡ヲ頼ミ衣川ノ館ニ居ラレケルカ、秀衡死テ後、頼朝ノ命ニヨツテ泰衡討手ヲツカワシ、義経ヲ攻ム、義経自害ス（巻第二「源義経」）

と自害のみを記している。為朝や朝夷名三郎義秀の異国・異域渡航伝承を記した林羅山・鵞峰が、義経蝦夷渡航伝承を知っていて記さなかったとは考えにくく、恐らくは『日本百将伝抄』の時期までは義経蝦夷渡航伝承は顕在化・流布はしていなかったのであろう。また後掲の義経蝦夷渡航伝承を掲載する文献のうち、多くのものが為朝・朝夷名三郎義秀の異国・異域渡航伝承をも掲載する。[注(6)] 前節での『白石先生手簡』の例をも併せ鑑みるに、先行する為朝・朝夷名三郎義秀の伝承が類似する義経の伝承の顕在化・流布の一つの契機となったものと考えられるのではないだろうか。

さて管見の限り、義経蝦夷渡航伝承を記す文献で最古のものは、寛文一〇（一六七〇）年成立の『本朝通鑑』（a）である。既に先行論文にて言及されていることではあるが、その前年寛文九（一六六九）年にはシャクシャインの乱が勃発し、『本朝通鑑』はちょうど蝦夷地への興味が喚起された時期の成立であった。[注(7)] 以下に、その他まず天和貞享（一六八一～一六八八）頃に津軽藩主信政弟権僧正可足が記した「可足ノ筆記シテ答申セルモノ」（b）、元禄十三（一七〇〇）年刊、遠藤元閑『本朝武家評林』（c）、『和漢三才図絵』（d）、『大日本史』（e）、正徳二（一七一二）年の新井白石の講義『読史余論』（f）、同じ白石の享保五（一七二〇）年序『蝦夷志』（g）といった、義経蝦夷渡航伝承を記す文献のうち比較的に初期のもので素朴な伝承を載せるものの当該箇所を引用する。

a・辨慶杖二陌刀一直立而死。士卒畏二其勇猛一無下近レ之者上。乗レ間義経刺下其妻及幼子上遂自刎。時年三十一。兼房亦自殺。……（中略）……俗傳。……（中略）……辨慶没後、好事者。或圖二其貌一。或造二其像一。黒面大眼負二七武器一。以逐二邪氣一。止二兒啼一。其像傳到二蝦夷韃靼一。而與二鍾馗一並行云。〇俗傳又曰。衣河之役義経不レ死。逃到二蝦夷島一存二其遺種一。（『本朝通鑑』続本朝通鑑巻第七十九「後鳥羽天皇七」）

b・九郎判官身代ニハ一家ノ内杉目太郎行信致候。行信カ首鎌倉殿へ見参ニ入候、泰衡亡テ判官義行ト改、入道殿（執筆者註・秀衡の弟津軽秀栄）御頼ニテ高館ノ城ヨリ五七人貌ヲ替、津軽へ来候、□□□十三ノ壇林寺へ差置候。此頃又関東ヨリ討手下候得共、在家知不申候、判官再ヒ高館へ帰リ義兵ヲ催候。其時泰衡ノ郎等由利廣常判官ノ旗ヲ挙候、而伊達ノ大木戸ニ戦申候。此隙ニ判官海上ヲ周リ、伊豆箱根ニ至リ鎌倉ヲ襲候半迚出陣ノ處、廣常ノ勢南部華山〈今ノ気仙〉ノ者其ノ為ニ利ヲ失ヒ、軍破候、而外ヶ濱へ落来、判官ノ音信伺候處、判官三厩ヨリ出船候而、達火〈今ノ龍飛〉ノ潮ニ掛リ難船ニ及候、此節廣常カ従兵散々ニ落去リ、廣常モ被捕候而、鎌倉ニテ被罪候、判官狄ヶ島ニ漂着シテ再ヒ帰不申候。後金ノ國へ渡候由、其渡候所ヲオカムイト申候。判官子孫金國ニ有之、謹衛義澄ト申候由承候、（「可足ノ筆記シテ答申セルモノ」）

c・又伊豫守思召ハ、秀衡子共何レモ愚ナル者共ナレハ、頼朝ニ被レ透テ、我ヲ討ン、然ル時ハ、日本國頼朝カ下知ニ随ヘハ隠ル所モナシ、蝦夷嶋へ渡ルヘシト伊勢三郎義盛ヲ被レ召、シカ〳〵ノ支、被二仰付一彼嶋へ渡シ、金銀ヲ多ク渡シ蝦夷嶋ノ者共ヲカタロフニ、金銀ニメテ、皆随フ、其後常陸坊ヲモ被レ遣ケリ、奥蝦夷マテモ同心ス、……（中略）……弁慶其外ノ人々ハ、此城ニテ討死ナクハ義経ヲ可レ尋トノ謀ニテ、皆討死ゾナシケルト也、此故ニ義経ハ高館ニテ討レ給フト、世以思フ、其後蝦夷嶋ニ渡リ内々ノ恩厚ヲ感情シ、所ノ守護トアヲギ、奥蝦夷マテモ随ヒ栄ヘ給フ、往年七十四歳ニテ終給フ、故所ノ者氏神ト祝、号二義経大明神一ト、今ノ世マテハ有トナン、近キ比蝦夷嶋暫日本ニソムク叓有テ、御アツカヒニ成シニ蝦夷ノ大将シヤムシヤキント云者、日本ニ随時、我先程ハ本日本人ニテ、従五位下兼伊豫守源義経ノ末葉也、去ニ依テ日本ニ縁有由ヲ申ト承傳ヘシ、然ハ義経ノ蝦夷嶋へ渡ラレシ事明シ、……（中略）……蝦夷嶋ニテハ崇敬シテ大将軍トアヲキ奉トミヘタリ、（『本朝武家評林』巻三十一「衣川合戦之事」）

d・※蝦夷……（中略）……相傳テ云、源ノ義経在二奥州衣河ノ館ニ一、泰衡變レ心ヲ暴ニ攻レ之。従者戦死畢ヌ。義経擬死シテ而奔二蝦夷ニ一。島民皆敬服ス。終テ二天年ヲ一死ス。其地ヲ曰二沙古丹ト一。建テ二神祠ヲ一、甚崇信毎ニ稱ス二南無義経ト一。（巻第十三「異国人物」）

※白旗明神　在二藤澤ニ一　祭神　源義経ノ之霊　……（中略）……文治五年閏四月卅日、於テ二奥州高楯ノ城ニ一自害ス。泰衡改レ之、埋ム二頸ヲ於藤澤ニ一云々。一説義経遁二去於蝦夷ガ島ニ一、所ノ二自害スル一頸ハ不レ實ト云。（巻第六十七「相模」）（以上『和漢三才図絵』）

e・源義経、小字牛若、……（中略）……於レ是義経刺二殺妻子一、自殺、時年三十一、泰衡傳二首鎌倉一、見者皆堕レ涙、〈東鑑、参二取源平盛衰記八坂本平家物語一、〉……（中略）……世傳義経不レ死二於衣川館一、遁至二蝦夷一、今考二東鑑一、閏四月己未、藤原泰衡襲二義経一殺レ之、五月辛巳報至、将レ致二首于鎌倉一、時源頼朝慶二鶴岡浮図一、故遣レ使止レ之、六月辛丑、泰衡使者齎レ首至二腰越一、漆函盛レ之、浸以二美酒一、頼朝使二和田義盛梶原景時検一レ之、己未至二辛丑一、相距四十三日、天時暑熱、雖二函而浸一レ酒、焉得レ不二壊爛腐敗一、孰能辨二其真偽一哉、然則義経偽死而遁去乎、至レ今夷人崇二奉義経一、祀而神レ之、蓋或有二其故一也、〉（『大日本史』巻一八七・列伝四）

f・五年閏四月晦日、義経自二殺ス於民部少輔藤基成ノ衣河館一。泰衡数百騎にて襲ふ。先、妻をころし〈廿一〉、子をころし〈女子四歳〉て、自殺〈三十一歳〉。……（中略）……

按ずるに、此年二月、忠衡うたれしといふ。東鑑にみえし所は、六月廿六日の事也。おもふに東鑑の説しかるべき歟。世に伝ふ、此時義経死なずと。おもふに忠衡がもとにのがれしなるべし。かつ義経すでに自殺して館に火をはなちしともいふ歟。泰衡が献ぜし首、真なるにはあらじ。泰衡も始は義経すでに死しぬとおもひしに、其首を得ざれば、似たるもの、首きりて酒にひたし、日数歴てのちに鎌倉に送れるにや。かくて忠衡が義経をたすけて奔しめしをきゝて、うちしなるべし。頼朝も疑ふ所ありしかば、しきりに泰衡を誅すべしと望申せし歟。世に伝ふる事のごとくならむには、忠衡がうたれしは、義経のうたれしよりさき百日に近し。忠衡すでにうたれし上は、義経の死ちかきにある事、知者を待ずして明らか也。義経、手を束ねて死に就べき人にあらず。不審の事也。今も蝦夷の地に義経の家のあとあり。又、夷人飲食に、必まつるそのいはゆるヲキクルミといふは、即、義経の事にて、義経のちには、奥へゆきしなどいひ伝しともいふ也。（『読史余論』巻上「六変・鎌倉殿掌天下之権事」）

g・俗尤敬レ神、而不レ設二祠壇一、其飲食所レ祭者、源廷尉義経也、東部有二廷尉居止之墟一、士人最好レ勇、夷中皆畏レ之、〈夷俗凡飲食乃祝レ之曰二オキクルミ一、問レ之則曰判官、判官蓋其所謂オキクルミ、夷中所レ稱二廷尉一之言也、廷尉居止之地名曰二ハイ一、夷中所レ稱ハイクル即其地方人也、西部地名、亦有二辨慶崎者一、或傳、廷尉去レ此而踰二北海一云、寛永間越前國新保人漂至二韃靼地一、是歳癸未清主乃率二其人一而入二于燕京一、居歳餘、勅遣二下朝鮮一送致還上、其人曰、奴兒干部門戸之神、似下此間畫二廷尉像一者上、亦可三以為二異聞一、〉（『蝦夷志』）

『本朝通鑑』の段階では、義経蝦夷渡航伝承はただ義経が蝦夷地へ逃れて子孫を残したというだけのものであったが、その後の文献では、蝦夷を従えたとするもの、そしてさらには義経が「義経大明神」或いはアイヌの神「オキクルミ」として祀られたとするものも出てくる。特に神として祀られたとするものは、恐らくは朝夷名三郎義秀高麗渡航伝承に影響を受けて出て来たのであろう。さて義経は敗将として怨みを残して死んだが故に、中世文芸に於いてはしばしばこの世を祟り、危害を加える「修羅之眷属」・「御霊」として立ち現れてくる存在であった。▼注(8) しかし右に挙げた文献の中で、義経が頼朝・日本に対して復讐を企てたとするものは、「可足ノ筆記シテ答申セルモノ」の二重傍線部のみである。それ以外の文献では、平泉を落ち延びた義経は復讐は企図せず、ただひたすら日本の外・蝦夷に向かっている。また面白いのは『大日本史』の点線部である。義経が平泉で死なかったことを何とか立証しようとして、『吾妻鏡』中の義経の首が平泉から鎌倉にもたらされる日数の長さに注目し、偽首説を主張している。この偽首説は、「可足ノ筆記シテ答申セルモノ」や『読史余論』の点線部にも簡略ながら記されているが、やはり様々な書に義経の死が明示されているため、そうした書に抗して義経蝦夷渡航伝承を主張するには、その根拠の「発見」或いは「創出」が必要だったということであろう。また「可足ノ筆記シテ答申セルモノ」や『蝦夷志』では既に義経が波線部の如く蝦夷を越えて大陸にまで達したとしている点、『本朝武家評林』では点線部の如くシャクシャインを義経の末裔としているにも注意しておきたい。

（3）義経蝦夷渡航伝承の文芸作品に於ける展開

続いて義経の高蝦夷渡航伝承が、文芸作品の中で脚色され拡がっていく様相を確認してみたい。朝夷名三郎義秀高麗渡航伝承と同様に、近世も中期になると、義経蝦夷渡航伝承はより娯楽色の強い文芸作品の中に取り込まれていく。前節で挙げた文献と成立時期の前後するものもあるが、以下に元禄頃成立とされる『義経知諸記』（h）、正徳元（一七一一）年以前初演、近松門左衛門『源義経将棊経』（i）、正徳二（一七一二）年刊、馬場信意『義経勲功記』（j）、明和五（一七六八）年刊、滕英勝『通俗義経蝦夷軍談』（k）、天明三（一七八三）年刊、下河辺拾水『絵本義経島巡り』（l）、寛政六（一七九四）年、秋里籬島『源平盛衰記図会』（m）、文化三（一八〇六）年刊（天明三〈一七八三〉年許可）の都賀庭鐘『義経磐石伝』（n）、文化四（一八〇七）年刊、十返舎一九著・勝川春英画『絵本勇壮義経録』（o）の該当場面を引用する。

h・文治二年十月廿九日秀衡死去、……（中略）……サル内ニ両国ノ國人モ心區々ニナリ、……（中

郵 便 は が き

料金受取人払郵便

神田支店
承認

3455

差出有効期間
平成 25 年 2 月
6 日まで

101-8791

504

東京都千代田区猿楽町 2-2-3

笠間書院 営業部 行

■ 注 文 書 ■

◎お近くに書店がない場合はこのハガキをご利用下さい。送料 380 円にてお送りいたします。

書名　　　　　　　　　　　　冊数

書名　　　　　　　　　　　　冊数

書名　　　　　　　　　　　　冊数

お名前

ご住所　〒

お電話

読　者　は　が　き

●これからのより良い本作りのためにご感想・ご希望などお聞かせ下さい。
●また小社刊行物の資料請求にお使い下さい。

この本の書名＿＿＿＿＿＿＿＿＿＿＿＿＿＿＿＿＿＿＿＿＿＿＿＿＿＿＿

本はがきのご感想は、お名前をのぞき新聞広告や帯などでご紹介させていただくことがあります。ご了承ください。

■本書を何でお知りになりましたか（複数回答可）

1. 書店で見て　2. 広告を見て（媒体名　　　　　　　　　　　　）
3. 雑誌で見て（媒体名　　　　　　　　　　　　）
4. インターネットで見て（サイト名　　　　　　　　　　　　）
5. 小社目録等で見て　6. 知人から聞いて　7. その他（　　　　　　　　　　　　）

■小社 PR 誌『リポート笠間』（年 1 回刊・無料）をお送りしますか

はい　・　いいえ

◎上記にはいとお答えいただいた方のみご記入下さい。

お名前

ご住所　〒

お電話

ご提供いただいた情報は、個人情報を含まない統計的な資料を作成するためにのみ利用させていただきます。個人情報はその目的以外では利用いたしません。

略）……義経モ兼テ心得給ヒテ、文治四年ノ比ヨリ常陸坊海尊ヲ蝦夷へ遣シ、日頃彼嶋ノ者共ヲ愛附玉ヘリ、其外片岡武蔵房ナトモ人知ラス渡海シタルト云々

義経自害ノ叓ハ或ハ曰、鷲尾義久御命ニ代叓ヲ願ヒテ義経ヲ佚道ヨリ出シ奉リテ、其後衣川ノ館ニ火ヲ掛自害シタルト云説有レトモ分明ニ知レス、兼テ斯有ヘキト各思ヒタル故ニヨリ、秀衡死後計略有トニヤ、義経モ兼テ持佛堂ノ縁ノ下ヨリ抜坑ヲ掎置、日頃儲置タル舟ニ乗テ蝦夷ニ至玉フト云リ、……（中略）……

永禄評定記ニ、永禄十二年十二月将軍義昭公奥州津軽ノ商人ニ蝦夷嶋ノ叓ヲ御尋有シニ、……（中略）……源義経衣川ノ館ヲ落テ此嶋ニ渡リ給テ、嶌ノ司トナリ今義経大明神ト崇、日本ニテ伊勢太神宮ノ如ク恐怖候、本社義経同御臺所姫君ト申候、末社辨慶片岡鈴木亀井熊井太郎源八兵衛等ノ者トモト申候ト申タルトコソ……（中略）……

昔時藝州毛利家ノ侍ニ、佐世岩見守ト云シ者有、此者語テ曰、某カ祖父ハ雲州ノ者也、渠カ弟ニ佐世新十郎落髪シテ安楽斎ト号、棄門ノ如成テ廻国ス、享禄ノ頃カ関東ニ趣、其ヨリ蝦夷カ嶋ニ渡海ス、……（中略）……其此蝦夷カ嶋ニ義経ノ像トテ烏帽子ニ装束シタル影、又辨慶カ像トテ具足ヲ着シ色々ノ指物シタル繪ヲ家々ノ門戸ニ押テ有、義経ノ社ニ義経大明神ト額有リ、義経〈オキクル〉ト訓ト云リ、又義経ノ郎等ノシルシトテ其比迄ハ少々残テ有シト也、其後モ彼嶋へ渡海ノ人有シ其時モ、斯クノ如クナル叓有シト也……（中略）……

松前ノ者語テ云、蝦夷ノ庄司シヤムシヤイント云有、太夫判官義経ノ後胤ト云リ、義経蝦夷へ渡

リ玉フ時妻室川越重頼ノ娘ヲ相具シ給フ、此腹ニ男女ノ子息アリ、其男子ノ筋ト云シト云々（『義経知諸記』巻下）

i・義経はるかに見わたしヤレ弁けい。かく島々をじゅんけんせしにもろこし近きはきちくにひとしく。たつたんおらんだの奴と成。八丈大島は為朝のれい不吉也。其外の小島はいふにたらず。されば魚は広きをあひし。鳥は深きをたのしむといへり。魚鳥すら左のごとし。日本の中わづか二ヶ国三ヶ国給はつて頼朝にひざをかゞめんより。こゝぞ南北はひろく東は奥深し。我此島の大王と成日本にかたをならぶべし。弁けいいかにと仰けるきものふとさぞたぐひなき。……（中略）……しほ風波をくつがへし。錦戸が兵せんを一もんじにこそ吹よせけれ。ゐたる所とつは者共。舟ばたたゝきせめつゞみ打てときのこゑをぞ上たりける。ひやうごにひとしきゐぞ人もこは日本の神軍。どくの矢先もたまらじと恐れさはぎて見へにける。

判官弁けい岩かげよりつと出。是々島人少も恐るゝことなかれ。我こそ日本神の子孫。九郎判官義経武蔵坊弁けいと云者也。よせ手の悪人一きも残さず討取て島人をたすけふが。今よりは某を此島の大将にあをぐべきやと仰ける。ゐびす共地にひれふし此さいなんをはらひ平らげ給はること。我らが為の守り神此島の大明神。いき神とあがめ奉らんと涙をながしけいやくす。今の代迄もかの島の詞に。義経ほんじて義経大明神とくはんじやうし。二人のゐざうをいへ〳〵の門の札にもかくるとかや。

……（中略）……それより島々打わたり。女ごの島の長せいでん玉の御てんに入給ふ。扨こそ源氏のはん昌は。大日本の外迄もへだてずかはらずたいてんなく。治りなびくあんせんこくどの。たみこそゆたかなれ。(『源義経将基経』第五)

j・去程ニ伊豫守義経ハ、衣川ヲ遁レ出、支ユヘナク蝦夷ニ渡海シ玉ヒ、威スニ武ヲ以テセラレシカバ、嶋中ノ者共悉ク、怖レヲノ、ギ皈伏シテ、端蝦夷、奥蝦夷共ニ、尊敬スルコト大方ナラズ、去レバ此嶋ノ西ノ方ノ、海中ニ巌アリ、水中ヨリ上ニ出ルコト、三丈バカリ、ヲカモイ石ト号ス、是義経ノ烏帽子ヲ取テ、抛玉ヒシ処トカヤ、其外白糸ノ瀧、嶋コマキノ北ニ弁慶崎ト云ヘル所アリ、其ヨリ北ニ續イテ捨津、礒屋、知部智川ヲ過テ、岩名井ノ南ニ、頼然鼻ト云ヘル所アリ、是山徒ノ民部卿禅師頼然ナリ、其外義経ノ古跡、勝テ計ヘガタシ、其後夷等、義経ヲ神ニ崇メ、キクルミト号シ尊メリ、本社ハ義経、北ノ方、姫君ナリ、末社九社ハ、武蔵坊弁慶、鈴木三郎重家、亀井六郎重清、源八兵衛尉弘綱、片岡、増尾、黒井、熊井、鷲尾九人ナリ、忠衡モ来テ仕ヘ参ラセヌ、義経ハ嶋ノ主ト成玉フノミニアラズ、限リナキ長壽ヲ保チ玉ヒ、殊ニ子孫、永ク蝦夷ノ棟梁ト成玉フ、目出度カリシコト共ナリ、(『義経勲功記』巻第十九「勾當八秀實攻ニメ落ス泉ノ屋ヲ並義経渡ニ海ノ蝦夷ニ事」)

k・※時ニ桂呂仁(執筆者註=松前の首領)、尚勝(執筆者註=秀衡家人の秋田次郎)ニ対面シ、種々物語ノ序次、尚勝ニ謂テ曰ク、某ガ領ズル小嶋ハ荒野ノ一部落ナリトイヘドモ日域ノ地ニ近ク、猶神國ノ武威ヲ示シテ、其護リ堅固ナレバ、近境ヨリ聊犯カスムルノ患ヒナシ、既ニ東北ノ奥蝦夷ハ、外國ヨリヤ、モスレハ、干戈ヲ動カシ威ヲ示シテ奪ヒカスメントス、某隣島ノ首長ト好ミ有。是ヲ患フ事茲ニ年アリ、果シテ此頃蒙古ヨリ奥蝦夷ヲ窺フトノ風聞アレバ、遠カラズシテ隣島乱ンカ、蒙古勢ヒ強大ニシテ、終ニ蝦夷是ガ為ニ陥ラレン、蝦夷陥ラル、ニ於テハ、自ラ蒙古ニ與セン、其時ハ我領嶋、孤ニシテタモチガタシ、年来隣國ノ好ミヲ思ヒ、一度秀衡日本ヨリ加勢ヲ玉ハリ、神國ノ威風ヲ示シ蒙古ノ難ヲ退ケ玉ハヾ、島中ノ悦ヒ何事カ是ニシカン、足下皈國セバ此旨ヲ委細ニ告ゲ、不日ニ秀衡ノ憐ミヲ待ト懇ニサトシケレバ、秋田次郎領承シ奥州ニコソカヘリケル（巻第一「源義経下向奥州」）

※去程ニ義経ハ、鈴木亀井ガ謀ニテ、事故ナク上之國ヲ手ニ入玉ヒ、民ヲ撫スルニ徳ヲ以シ、人ヲ威スルニ武ヲ以テシ玉ヒケレバ、蝦夷人大ニ帰伏シテ、セブクラヨリセタナニ至ルマデ、上之國ノ諸部落ハ、随ハズト云所ナク、今ハ上ノ國ノ人民、義経ヲ首領トアガメ種々ノ産物ヲ日々ニ献ジケル、（巻第六「義経初謀㆓軍議㆒」）

※（執筆者註＝久しぶりに秋田尚勝が）本國秋田ニ皈シガ、頃ハ日本建久二年鎌倉武威盛ニシテ過ニシ、文治五年八月、奥州ニハ頼朝自ラ軍兵ヲヒキイテ御館ヲ攻玉ヒ、厚加志山ニ合戦アリ、終ニ御館泰衡ハ、家人河田次郎ガ為ニ討レ玉ヒ、今ハ奥州モ鎌倉殿ノ有ナリシ事ヲ聞、涙ヲ流シケル、……（中略）……今ハ中蝦夷ヨリ、端蝦夷松前マデノ通路自由ニシテ、其繁栄古ニ百陪セリ、此後國中シハラク静謐ニ及ビ、義経ノ武威ヲ恐レ、カク徳ヲ慕ヒケル、然ルニ奥蝦夷、未曽久ニ蒙古ト合戦度々ニ及ビシガ、程ナク義経、諸軍勢ヲ催シ、前後八年ノ間ニ、未曽久ノ乱ヲ静メ、蝦夷ヲ一統シ、太平ノ政ヲゾ行レケル、此始末後編ニ載タレバ、暫ク此ニ筆ヲサシヲク而巳

（巻第十「秋田尚勝再渡二蝦夷一」）（以上『通俗義経蝦夷軍談』）

l・抑源九郎判官義経は、奥泰衡がはからひにて、蝦夷が島へわたりたまひ、弁慶をもつて嶌人を招き事の子細を告げ給へば、嶌人大きに恐れ敬ひて國王と崇奉るべきよし申上、さて此國に一つの煩ひあり、是より北方に当りて嶌國有。土地廣大にして人物勇猛なり、しかも邪欲ふかく、此國をおかしとらんとはかり、兵船数千艘にて攻来る事度々なり、又西方にあたりて嶌國あり、此國の人物□く勇氣すぐれ邪心にて、常に海賊を業として海上に出て他国の舟にむらがりつきて財宝をかすめとる、……（執筆者註＝西の海賊を征服した後、小人嶋・鬼ヶ嶋等を巡る。その後敵国を石火矢等を用いて制圧）……本國蝦夷に帰陣ありしかば、國民のよろこび大かたならず、いよいよ國王とあふぎ奉るこそめでたき、……（中略）……仁愛ふかく民を撫育し政道正しければ一國大きに治りぬ、異國嶌々より米国土産の珎物を、毎年四季に献ぜしかば、国富さかへ、義経年来の苦労此時に忘れ、安堵のおもひに住し給ふ、百余歳の寿命をたもち、子孫繁栄し給ひけるは、古今に秀し名将の徳ならん、末の代までもその名高く、童までも聞及びし物語を模寫し畢ぬ、（『絵本義経島巡り』）

m・終に文治五年、御歳三十二にて生害し給ふ。或諺には、判官殿武蔵坊常陸房其外良従をつれて、蝦夷千嶋へ赴き給ひて、かの國を伐従へ、将軍と成給ふ。今に宮殿を営て、義経大明神と崇祀るとそ聞えし。蝦夷は野経と譯す。地理風流にして種々の産物あり。北海より東室韋ヲロシヤ、リウスラント、これを莫斯未亜達靼と称す。蒙古、哈密、これいにしへの伊吾廬の地唐の伊州也、又兀良蛤の類は大清に属すこれを志那達靼と称ずる也、ヲロシヤ蝦夷人これを呼んでアカ人といふ。満州、カラフト和俗これを称してみな奥蝦夷といふ、此ほどりまで伐従へ領ぜられしにやあらんや、（『源平盛衰記図会』・六「源義経渡海蝦夷」）

n・※他日景光に向って云、「今此書（＝執筆者注・「宋朝に刻せる漢書一部」。堀弥太郎景光が義経に渡した）を熟覧するに、黄石公が張良に三たび示したる、遅速急の三略は、即ち良が高祖に説与る始終なり。……（中略）……又地理の志を見るに、清和郡といふ地あり。彼地に行なば其処に住べくやと思へど、此一郡を得たりとも何にかせん。我は北方一部の国の、無智勇悍の所を得て、土地を広めんと思ふ。哀かな唐土高麗を兼併たりとも、天より邦域を分ちたる異域は、政法言語其国風を変がたく、日本の義経が有とは言べからず。義経反て唐人となりて是を知ざれば主たりがたし。日東の大国に生を受て、身を夷荻に陥る。此上もなき身の恥なり。時運せまらば死名を此国に留て、蝉の脱るが如くに逃れまほし。（巻之六上「売石叟保て関を脱る。判官奥に入り、秀衡没後の事」）

※判官は高館に安居の時より、姓名を変じ居所を定めず、常ニ南部外の浜の地を経歴し、蝦夷の地勢も窺ひ知り元より畿内の地にさへ匿れすごせし人なれば、はやく其幾を知察し、国中寛かなるとき、泰衡に計り合せ、討手引受拒ぎ戦ひ、郎従等思ひ〳〵に戦死せし由に、其辺曠野に塚標をのこし、公道を守り、暗に妻子旧臣を纏ひ、予め弓兵軍器を運送し遣り、南部を経て蝦夷に逃れ去る。……（中略）……彼地に到りければ孰蝦夷には元より聞伝へたり、麄蝦夷の奥まで島主

を得たりと仰ぎ従ひ、数月こゝに安歇す。思ふに「此地も通路あれば、敵したひて禍ひを土地に移し、土民の患をなさんも忍びがたし」と、西の方空人島に至る。此所は辺民漁猟の為に集り、昔より嶋主なし。判官偶居の地となし、島夷に耕作を教へ田を開き、鍛冶を習はせ、刀剣鋤鍬を造らしめ、北部の島蝦を馴け集むるに、諸夷帰伏、水の卑に流るゝが如し。一年の後に万を以て数ふ。是に戦法を習はせ、歩を練らしめ、遂に率て西に向ひ、金の本国、北山靺鞨の地を襲取て此に拠る。

此時宋と元と議して金を伐。宋の都統孟珙二万の師を率ひ、糧三十万を運して元兵に会し、金を伐て是を亡し、陳蔡東南の地を分て宋に復す。此多事の故に、両国の計北方に疎略なり。判官是に乗じて兵を出し、金の五国城兀良哈を責とり、宋に使を遣し、外応をなし、西遼を討て是に勝ち、宋の国難を助け北部に旗鼓を張る。此故に元祖威を北方に擅にする事能はず。宋国南に遷て統を継ことを得たり。判官こゝに年を積事久し。世子経国度量ありて勇武なり。景光が息男景邦将略ありて軍事に抵備あり。

宋の淳祐元年、寒を犯し敵の不意に趣て兵を出し、砂漠を越、元の旧地、蒙古の三峯散里怯児を取る。蒙古の軍将耶律末奇並に速不台力を尽して地を復せんと向ひ来れど、春寒厳厲戦のときにあらず。北兵寒凝り指を落し、刀剣を執ること自在ならず。経国の軍は日本塩を以て手脚を洗泡し、指凍亀の患なく、本国の大弓遠きを射て倒し、和刀の堅利甲を切こと泥の如し。夷狄の軍卒驚怖して敵当を得ず、手を束て降る。

元の太宗十三年三月、遂て散里怯児を壓鎮め三峡口の要害を固め、清和国と号し、一部に王となり、近国を靡け、守衛の軍兵二十万に余り、兵糧北米百万を貯ふ。此時にいたり弁慶鈴木猶老を安んじ、判官已に八十に余りて志気衰へず。

元の帝窩濶、早春猟に出て、此報を聞より大に驚、疾を発し其十一月に殂落す。是より蒙古旧地を失ひ、北に出ること自便を得ず。希に犯せば其兵を折く。経国は北山に憑りかゝりて、遂に磐石の安き事を得たり。（巻之六下「楮造の像に怪あり。岩塚に鎮ず。義経宋国に至て胡王となる事」）

（以上『義経磐石伝』）

○・よしつねはむねとの人々めしつれまつまへにいたり給ひ、あをもりより御ふねにめされ、ゑそのしまへおしわたりたまひ、かのちをこと〴〵くきりしたがへ、のちにきぐるみ大わうとなりたまひて、めでたくさかへまし〳〵ける。まことにこゝんぶそうの御大しやう、ひとへにぶもんのとうりやうとあふがれたもふ（『絵本勇壮義経録』巻下）

さて、以上の文献を見ていくと、前節で挙げた文献と同様にやはり平泉を落ち延びた義経は、頼朝・日本への復讐は企図せず、ただひたすら日本の外・蝦夷に向かっている。そして前節で挙げた文献をも含めて義経が日本の外・蝦夷へと向かう手段（二重傍線部）を見てみると、『本朝通鑑』等のように何も書かないもの、或いは『本朝武家評林』の「夷嶋ノ者共ヲ、カタロフニ金銀ニメテ、皆随フ」、「内々ノ恩厚ヲ感情シ、所ノ守護トアヲギ、奥蝦夷マテモ随ヒ栄ヘ給フ」といったものを除けば、専ら「武威」を行使することが基本となっている。『源義経将基経』も追いかけてきた和人との合戦を島人に見せつけることによってという意味では「武威」に拠っているといってもいいだろう。『通俗義経蝦夷軍談』も「武威」と共に「徳」にも触れるが、全編を通じて専ら描かれるのは義経主従の「武威」による合戦譚である。また『絵本義経島巡り』、『義経磐石伝』では蝦夷に対しては「武威」を振るってはいないが、さらにその外側へは「武威」を行使していく。[注(9)] また「武威」の行使の結果として、概ね『義経知緒記』以降の文献では、四角で囲った箇所の如く「嶌ノ司」「大王」「大将」「嶋ノ主」「首領」「國王」等と名称は異なるものの、義経が蝦夷の統治者・支配者になったとする。この点は『義経勲功記』までの作品が『鎌倉繁栄廣記』に先立つ作品であることを鑑みるに、恐らく朝夷名三郎義秀高麗渡航伝承に於いて近世中期以降、王またはそれに準ずるような存在になったとするものが出てくるのに、影響を与えているのであろう。

『〈絵本勇壮〉義経録』巻下 二十五丁裏（個人蔵）

さて近世後期の対外関係を日本の北方に目を向けて大雑把に見ていくと、例えば天明三（一七八三）年には工藤平助の『赤蝦夷風説考』の序が記され、天明五（一七八五）年には林子平の『三国通覧図説』が成稿、寛政元（一七八九）年にはクナシリ・メナシの乱、寛政四（一七九二）年にはラクスマンの根室来航、文化元（一八〇四）年にはレザノフの長崎出島来航、文化八（一八一一）年にはゴロウニン事件の発生といった具合で、シャクシャインの乱による蝦夷地への興味の喚起といったレベルから、さらに（クナシリ・メナシの乱を除いて）その蝦夷地の外部からロシアの脅威が現実味を帯びてくる状況にあった。この節で挙げた文献では『通俗義経蝦夷軍談』以降、『通俗義経蝦夷軍談』では「蒙古」、『絵本義経島巡り』では蝦夷の「北方」及び「西方」の「韃國」、『源平盛衰記図会』では「ヲロシヤ、リウスラント」、「蒙古、哈密」、「兀良蛤」、『義経磐石伝』では「金」「元」等と、義経は現実のロシアの脅威に抗うかのように、逆に蝦夷からさらにその外へと華々しく進出していっている。▼注(10)『義経磐石伝』にいたっては、義経とその架空の嫡子経国の二代に渡る壮大な大陸征服の物語へと成長している。一方でシャクシャインを義経の末裔とする説は、義経活躍の舞台が蝦夷の外側に拡がっていったためか、或いは何か他の事情があるからなのか、この節で挙げた文献の中では『義経知緒記』にしか見られず、余り拡がらなかったようである。総じて義経蝦夷渡航伝承は、朝夷名三郎義秀高麗渡航伝承に比べて多様に展開し、義経は蝦夷地を含めた日本の北方の地で大いに活躍を遂げている。これは義経の知名度・人気や蝦夷地への興味・関心、ロシアの脅威のみならず、近世の日本人にとって蝦夷地以北の世界が、朝鮮半島に比べて未知の度合いが高かったため、自由に活躍させやすかったということもあるのであろう。

4　おわりに

以上、朝夷名三郎義秀の高麗渡航伝承と義経の蝦夷渡航伝承について概括した（義経の蝦夷渡航伝承は大凡先行論文をなぞっただけであるが）。まず朝夷名三郎義秀の高麗渡航伝承は、恐らくは中世最末期から近世初頭にかけて顕在化・流布しはじめた。そして近世中期以降、朝鮮王朝蔑視観の浸透と、朝夷名三郎義秀の高麗渡航伝承よりも遅れて顕在化・流布し朝夷名三郎義秀高麗渡航伝承以上に多様に展開していった義経の蝦夷渡航伝承とに刺激され、より娯楽色の強い作品の中で具体的に展開していったのであろう。また義経蝦夷渡航伝承については、恐らくは先行する為朝の琉球渡航伝承と朝夷名義秀高麗渡航伝承に触発されつつ近世前期に顕在化・流布し、蝦夷地の支配の進展・強化とロシアの脅威の増大といった事態を受けて様々に展開していったのであろう。また朝夷名三郎義秀の高麗渡航伝承にしても義経の蝦夷渡航伝承にしても、例外もあるが、展開して行くにつれて、日本から外向きに専ら「武威」を発動して近隣の異国・異域を侵略・征服していくものが増えていく。両者とも敗将、すなわち反逆・逃亡の身でありながら、日本

『義経蝦夷軍記』巻下　四十五丁裏（個人蔵）

の内側で再挑戦することもなく、まるで日本の先兵であるかの如くに反転して、自らの「武威」を以て日本人による支配地を拡げていっているのである。これはもちろん徳川という源氏将軍の時代の出版統制下では頼朝や実朝に対する内向きの復讐を描くことが現実的に難しかったということもあったであろう。しかしそれ以上に、近世期の日本型華夷秩序の意識[注11]と日本人が日本を「武威」の国と認識していたことが[注12]、現実の対外関係に触発されて発露したという部分も大きいのではないか。両伝承共にまだまだ考察の対象とすべき文献も多いのであるが、一先ずは擱筆し、再考を期したい。

注……

(1) まず、為朝・朝夷名・義経三者に関わるものとして、近藤喜博氏『海外神社の史的研究』(一九四三年十一月 明世堂書店、一九九六年九月 大空社より再刊)が挙げられる。為朝琉球渡航伝承に関しては、比嘉実氏「沖縄における為朝伝説――独立論挫折の深層にあるもの――」(『文学』三―一 一九九二年一月)、関幸彦氏『蘇る中世の英雄たち――「武威」の来歴を問う――』(一九九八年一〇月 中公新書)、渡辺匡一氏「為朝渡琉譚のゆくえ――齟齬する歴史認識と国家、地域、そして人――」(『日本文学』五〇―一 二〇〇一年一月)、東善望氏「南島伝説の問題――薩南諸島の平家・為朝伝説を中心に――」(『日本文学』五〇―一 二〇〇一年一月)、林久美子氏「浄瑠璃の鎮西八郎為朝像」(『説話論集』一〇 二〇〇一年七月 清文堂出版)、渡辺匡一氏「日本〈ヤマト〉からのアプローチ――中世における琉球文学の可能性――」(『中世文学』五一 二〇〇六年六月)、金学淳氏「『椿説弓張月』における〈異国〉――為朝の〈島〉への移動と琉球」(筑波大学文化批評研究会編『テクストたちの旅程――移動と変容の中の文学――』二〇〇八年二月 花書院)、朝夷名三郎義秀高麗渡航伝承に関しては、志田義秀氏「朝比奈の伝説及び文学」（『日本の伝説と童話』　一九四一年十一月　大東出版社）、藤沢毅氏「草双紙の中の和田合戦と朝比奈」（『国文学研究資料館紀要』二二　一九九六年三月）、拙論「朝夷名三郎義秀高麗渡航伝承と「朝夷名社」信仰の変容——逃亡者／海神から高麗征服の英雄／武神へ——」（『国語国文』七七—一　二〇〇八年一月）、斉藤研一氏「朝比奈島遊を読む」（『文学』一〇—五　二〇〇九年九月）、義経蝦夷渡航伝承に関しては、菊池勇夫氏「義経「蝦夷征伐」物語の生誕と機能——義経入夷伝説批判——」（『史苑』四二—一　一九八二年五月）、関幸彦氏『源義経——伝説に生きる英雄——』（一九九〇年七月　清水新書）、佐藤晃氏「蝦夷幻想——義経渡海伝承の変容から——」（『国文学』四六—一〇　二〇〇一年八月）、姉崎彩子氏「近松の素材利用——義経蝦夷渡り伝説と『源義経将棊経』——」（『国語国文』七三—三　二〇〇四年三月）、森村宗冬氏『義経伝説と日本人』（二〇〇五年二月　平凡社新書）、菊池勇夫氏「義経蝦夷渡り（北行）伝説の生成をめぐって——民衆・地方が作り出したのか——」（『キリスト教文化研究所研究年報』三九　二〇〇六年三月）、信太周氏「源義経の末路——画題義経蝦夷渡錦絵を読む——」（『文林』四一　二〇〇七年三月）、金時徳氏『異国征伐戦記の世界——韓半島・琉球列島・蝦夷地——』（二〇一〇年十二月　笠間書院）、西郷隆盛ロシア渡航伝承に関しては、河原宏氏「西郷生存伝説の構造」（『現代の眼』一八—九　一九七七年九月）、佐々木克氏「西郷隆盛と西郷伝説」（『岩波講座日本通史一六「近代・一」』（一九九四年一月　岩波書店）、小林実氏「空想と現実の接点——大津事件に先立つ西郷隆盛生存伝説——」（『日本近代文学』七三　二〇〇五年一〇月）等々。

（2）『吾妻鏡』同年五月六日条には、戦死者として「朝夷名三郎」と記されているが、志田義秀氏註1前掲論文は、合戦での活躍ぶりが記されているのにもかかわらず逃亡を記すのみで戦死の模様が描かれていない点、同様に逃亡し承久の乱に参加した和田朝盛の名も戦死者として挙げられている点から、朝夷名を死籍に入れたのは誤謬であろうとする。

（3）絶影島、及び対馬に於ける朝夷名社に関しては、註1前掲拙論にて考察した。

（4）藤沢毅氏註1前掲論文による。

（5）註1前掲拙論による。
（6）『本朝通鑑』・『和漢三才図絵』・『大日本史』は三者の渡航伝承を載せる。『本朝武家評林』は為朝の大島から鬼ヶ島への渡航譚は載せるが、朝夷名三郎義秀の高麗渡航伝承の有無は、管見の本が巻三十二から三十四までを欠くため不明。
（7）菊池勇夫氏註1前掲の二論文による。
（8）池田敬子氏「中世人の義経像――文学にたどる――」、樋口州男氏「御霊義経の可能性――敗者から弱者へ――」（共に『軍記と語り物』四十二　二〇〇六年三月）による。
（9）この点に関しては、金時徳氏註1前掲書が、「一八世紀中期になると、北海道における日本人の活動が活発になったため、新しい空想の舞台を設ける必要があった」とする。
（10）菊地勇夫氏註1前掲の二論文や金時徳氏註1前掲書等が既に、義経蝦夷渡航伝承の展開の背景に、蝦夷地の支配の進展・強化とロシアの南下といった事態を指摘している。
（11）朝尾直弘氏「鎖国制の成立」（歴史学研究会・日本史研究会編『講座日本史・四』（一九七〇年十月　東京大学出版会）、荒野泰典氏「日本型華夷秩序の形成」（『列島内外の交通と国家（日本の社会史・一）』一九八七年一月　岩波書店）による。
（12）池内敏氏「「武威」の国――異文化認識と自国認識――」（『開国と幕末の動乱（日本の時代史・二〇）』二〇〇四年一月　吉川弘文館）による。
※　使用したテキストは以下の通りである。『吾妻鏡』＝新訂増補国史大系。『太平記』＝新編日本古典文学全集。『明徳記』＝『明徳記　校本と基礎的研究』（笠間書院）。『看聞御記』＝続群書類従・補遺二。『本朝神社考』＝無刊記整板本・個人蔵。『日本百将伝抄』＝寛文七年板・個人蔵。『本朝通鑑』＝国書刊行会刊。『和漢三才図会』＝和漢三才図会刊行委員会編・東京美術刊。『大日本史』＝大日本雄弁会刊。『白石先生手簡』「與安積澹泊書」＝新井白石全集・五。

『鎌倉繁栄廣記』＝国立国会図書館蔵・延享二年板（マイクロフィルムによる）。『〈和田合戦〉根本草摺曳』＝早稲田大学図書館蔵本（古典籍総合データベースによる）。『〈新版寛猛〉鎌倉三代記』＝中京大学図書館蔵・無刊記整板本。『朝比奈島渡』＝国立国会図書館蔵本（マイクロフィルムによる）。『絵本和田軍記』＝国立国会図書館蔵本（マイクロフィルムによる）。『玉葉』＝国書刊行会。『愚管抄』＝日本古典文学大系。「源平盛衰記」＝個人蔵・無刊記整板本。『義経記』＝新編日本古典文学全集。「含状」＝幸若舞曲研究・八。「可足ノ筆記シテ答申セルモノ」＝青森県史・一。『本朝武家評林』＝元禄十三年板を中心とした取り合わせ本・個人蔵。『読史余論』＝日本思想大系。『蝦夷志』＝新井白石全集・三。『義経知諸記』＝国立国会図書館本・軍記物語研究叢書・四（なお中京大学図書館蔵『義経知諸記』（近世中期写カ）には、「蝦夷ノ庄司シヤムシヤイン」の譚無し）。『源義経将棊経』＝近松全集・六。『義経勲功記』＝享保六年板・個人蔵。『通俗義経蝦夷軍談』＝明和五年板・個人蔵。『絵本義経島巡り』＝天明三年板・国立国会図書館蔵本（マイクロフィルムによる）。『義経磐石伝』＝江戸怪異綺想文芸大系・二。『絵本勇壮義経録』＝文化四年板・個人蔵。なお使用テキストが和本であっても、紙幅の都合上書誌は記さなかった。ご海容頂きたい。

また資料調査・掲載に際してお世話になった国立国会図書館、早稲田大学図書館、中京大学図書館に厚く御礼申し上げる。

古代・中世における敵国としての新羅

◉松本真輔

1　はじめに

「日本と〈異国〉の合戦と文学」という大きな主題を掲げたとき、そこにある〈異国〉とは何を指すだろう。本稿ではそれを、新羅という朝鮮半島の国に設定してみたい。

新羅は、朝鮮半島の南東部に起こり、七世紀に入って半島を統一した王朝である。海の向こうには日本列島が存在し、互いに古くから交流があった。しかし、その関係は決して平坦なものではなかったと、両国に残された文献は伝えている。高麗時代に編纂された金富軾編『三国史記』（一一四五

松本真輔（まつもと・しんすけ）

韓国慶熙大学校外国語大学日本語学科副教授。1969年生まれ。早稲田大学大学院文学研究科博士課程修了（博士）。著書に『聖徳太子伝と合戦譚』（勉誠出版、2007年）。訳書に『『鄭鑑録』朝鮮王朝を揺るがす予言の書』（勉誠出版、2011年）、共著に、小峯和明編『漢文文化圏の説話世界』（「縁起と伝説」竹林舎、2010年）、藤巻和宏編『聖地と聖人の東西』（「菩薩の化現・現相―中国五台山の文殊菩薩化現信仰と朝鮮王朝世祖代における如来・菩薩の現相―」勉誠出版、2011年）などがある。

年）や一然編『三国遺事』（十三世紀末）には新羅の起こりから滅亡までが記録されているが、そこには日本（倭）に関する記事がたびたび登場する。その中には両国の友好的な交流を示すものもあるが、一方で、日本が朝鮮半島に侵攻してきたという記事も少なくない。この点は日本の文献も同様で、『古事記』や『日本書紀』等に、日本が新羅に侵攻したという記事がたびたび登場する。

本稿は、こうした日本と新羅の軍事衝突が、古代から中世の日本の中でどのように語り継がれてきたかを論じることを目的としている。中心になるのは、神功皇后と推古天皇の新羅侵攻譚だ。前者はいわゆる三韓征伐の名でよく知られ、中世・近世には八幡信仰を通じて広まり、近代に入ると日本の朝鮮支配に利用されてきた。▼注(1) 一方、推古天皇代、すなわち聖徳太子が摂政の時代にも新羅侵攻が実行に移されたと『日本書紀』は伝えており、その内容は、中世・近世の聖徳太子伝にも繰り返し登場していた。その意味でこれらは、新羅が滅んだ後もなお語られ続けた日本と〈異国〉との「合戦」ということになる。

ただ、この二つの新羅侵攻譚には、常に史実か否かかという議論がつきまとう。しかし、本稿では史実云々には踏み込まず、これらが後の時代までどう語られてきたのかを問題にする。どのみち実体験ではない〈過去〉が語り伝えられているわけで、論じたいのは、こうした〈過去〉を描く際に動員される想像力の様相である。この想像力は、ときに新たな物語を生み出し、話の内容に変化を与え、その意味を変容させていた。それぞれの事象は書き手の都合に合わせてその時々で書き換えられ、新たな過去の記憶として伝えられていくわけだが、こうした変化をもたらした想像力を読み解くことで、日本と〈異国〉の合戦と「文学」を考えようというのが本稿の目論見である。

なお、本稿では〈異国〉を新羅で代表させているが、議論の対象には、そこに混同包摂されていた高句麗・百済・任那などの朝鮮半島の国々も含まれている。また、扱う時代範囲は古代から文禄慶長の役が始まる以前の中世までとする。

2 新羅に侵攻する日本の諸相

新羅の歴史を記す『三国史記』や『三国遺事』には、日本人（倭人）が海を渡って新羅に攻め入り、財を略奪して行ったという記事がたびたび登場する。[注(2)]『三国史記』では「倭人、兵を行ねて辺を犯さんと欲す（五〇年）」[注(3)]に始まり「日本国の兵船三百艘、海を越えて我が東辺を襲う。王、将に命じて兵を出さしめ、大に之を破る（七三一年）」[注(4)]まで、日本に関する記事の半分近くが略奪・侵攻に関するものとなっている。[注(5)]しかも「倭人、兵船百余艘を遣わし海辺の民戸を掠む（十四年）」[注(6)]「辺戸を抄掠す（三四六年）」[注(7)]のように、大小規模様々に略奪行為をはたらいたという内容が目に付く。

また、『三国遺事』にも、日本を侵略者として描く記事が散見される。例えば、新羅人が「倭」を靺鞨・百済とともに「国の害」[注(8)]と呼んだという記事があり、[注(9)]新羅真平王の代（五七九～六三二年）に「時に天師、歌を作りて之を歌ふや、星怪即ち滅し、日本の兵は国に還り」[注(10)]という事件があったという説話や、続く善徳女王の時代（六三二～六四七）に「隣国の災いを鎮む」べく「第一層に日本」[注(11)]をあてた皇龍寺九層塔が造られたという説話、あるいは、その三代後の文武王の時代（六六一～八一年）に「倭兵を鎮めんと欲」[注(12)]して感恩寺が創建されたという説話も収められている。『三国史記』や『三国遺事』は高麗時代編纂の文献であり、これらの記事の成立が内容に出てくる年代に遡及可能なのかは不明だが、どこかの時点では、朝鮮半島における日本（倭）に対するイメージの中に、略奪者・侵略者といったものがあったことがこれらの資料からうかがえる。

一方、こうした記事と直接結びつくかは定かではないが、『古事記』『日本書紀』等にも、しばしば新羅など朝鮮半島の国々に日本から軍兵が送られ、戦闘に及んだという記事が現れる。特に侵攻記事が多いのが『日本書紀』で、史実かどうかは別にして、神功皇后代には著名な三韓征伐を含め都合三度の新羅侵攻があったとされ（仲哀九、摂政四九、六二年）、応神天皇十六年と仁徳天皇五十三年に新羅侵攻、雄略天皇八年にも高麗を、同九年に新羅を相手にした戦闘の記事があり、顕宗天皇三年には紀生磐宿弥が三韓侵攻をたくらむも失敗したとされる。更に、任那に関連して欽明天皇二十三年に、推古天皇八年と三十一年にも軍事行動の記事があり、天智天皇二年には百済の存亡をかけた白村江の戦いの記事がある。これらの中には勝利も敗戦もあるのだが、共通するのは、合戦の場が朝鮮半島であり、多くの場合、相手国は新羅とされている点だ。

朝鮮半島側のものを含め、これらの記事にどの程度の史実が反映されているのかは不明だが、単なる歴史記録にとどまらず、後に様々なバリエーションが生み出されて物語化していたのが、神功皇后と推古天皇の新羅侵攻譚である。前者は八幡信仰を介して中世・近世を経て現代に至るまで語り継がれ、[注13]後者は聖徳太子信仰を介して後代に伝えられていた。[注14]そこには様々な想像力が動員され、潤色された内容に仕立て上げられていた。まさに「日本と〈異国〉の合戦と文学」を考える上で格好の素材と言えるだろう。

3　神功皇后の新羅侵攻譚

ここではまず、神功皇后の新羅侵攻譚について論じていくことにする。この話は『古事記』や『日本書紀』に詳しい内容が残されているほか、各地の『風土記』や『万葉集』にも断片的な形で登場する。内容は、神功皇后が軍を率いて新羅を攻撃し、新羅のみならず高句麗や百済までも服属させるに至ったというものだ。既に多くの議論が重ねられている話であり、ここでは後代の文献との比較のために次の二点のみを確認しておこう。一つは、これが神々の庇護による人間の力を超えた勝利の物語だという点、もう一つは、財宝を求めた略奪譚だという点である。

まず第一点目であるが、史実か否かとは別の次元で、この話が合戦譚としての現実味に欠けるという点についてはかねてから言われている通りで、[▼注(15)]合戦描写には神の助力が繰り返し現れる。例えば、日本軍の進軍に際しては「神の誨ふること有」として、「和魂は王身に服ひて寿命を守らむ。荒魂は先鋒として師船を導かむ」[▼注(16)]と神の加護を得たとされ、軍船が海を渡る場面では「海の中の大魚、悉に浮びて船を扶く」[▼注(17)]と魚が助力する様が記される。新羅への上陸作戦も「時に隨船潮浪《ふななみ》、遠く国の中に逮ぶ」[▼注(18)]と津波が新羅を襲い、新羅王が「新羅の、国を建てしより以来、未だ嘗も海水の国に凌《のぼ》ることを聞かず。若し天運尽きて、国、海と為らむとするか」と「戦戦慄慄《おぢわなな》」[▼注(19)]いて降伏したとされている（以上は『日本書紀』に拠った）。

東日本大地震を体験した我々は、津波によって国土が水没したという内容に関心を持たざるをえないのだが、ここで確認しておきたいのは、人間の兵士が何かをしたという描写がなく、神の加護があって新羅が降伏したとされる点である。人ではなく神の力で勝利した合戦譚であるという意味で、これは神話なのである。

次に、これもかねてから指摘されるところだが、[注20]新羅あるいは朝鮮半島を財宝の国とする記述が『古事記』や『日本書紀』に見られ、神功皇后説話とは、その財宝を奪い取って来たという略奪譚である点を確認しておきたい。新羅が財宝の国であるという表現は、『日本書紀』に「韓郷の嶋には金銀有り」[注21]「財宝の国」[注22]「眼炎く金・銀・彩色、多に其の国に在り」[注23]「金銀の国」[注24]とあり、『古事記』にも「金銀を本と為て、目の炎耀く種種の珍しき宝、多に其の国に在り」[注25]と見える。そして、問題の新羅侵攻譚では（以下『日本書紀』による）、神功皇后が「朕、西、財の国を求めむと欲す」[注26]と述べ「艫船を整へて財土を求」[注27]めて新羅に渡り、合戦に勝利したのち「仍りて金・銀・彩色、及び綾・羅・縑絹を齎して、八十艘の船に載れて、官軍に従はしむ」[注28]と財宝を日本に持ち帰ったとある。神功皇后の新羅侵攻譚を論ずるとき、韓国併合という後付けの歴史の知識があるためか、どうしても新羅、高句麗、百済を服属させたという箇所の当否に目が向いてしまいがちになるが、そもそもこれは、欲望丸出しの財宝略奪譚という身も蓋もない一面を持っていた。

さて、この二つの特徴のうち、後代の文献において、神力の勝利であったという点は様々な要素が付け加えられて内容が膨らんでいくのに対し、財宝略奪譚的な要素はあまり言及されなくなる。同じ物語を伝えながらも力点がずれていくのである。これについては、第四節以降で詳しく見ていくことにしよう。

4　推古天皇代の新羅侵攻とその後

次に、神功皇后以後の新羅との合戦を、『日本書紀』によって推古天皇代の新羅侵攻譚を中心に白村江の戦いまで見ていきたい。特に注意しておきたいのは、新羅の描かれ方だ。

神功皇后の新羅侵攻譚では略奪の対象とされていた新羅だが、その後の『日本書紀』の記事には、「新羅の王、愕ぢて其の罪に服しぬ（応神天皇十六年八月）」▼注(29)「新羅の軍、潰れぬ。因りて兵を縦ちて乗みて、数百人を殺しつ（仁徳天皇五十三年五月）」▼注(30)といった戦果報告が見える一方で、欽明天皇代の記事になると、任那興亡に関連して日本の権益を脅かす存在として描かれるようになり、日本側の威勢のよさは徐々になくなっていく。特に合戦記事では、新羅に返り討ちにあったり、合戦に勝利しても当初の目的が果たせないといった内容が現れるようになる。

例えば、『日本書紀』欽明天皇二十三年七月条には、新羅の圧力によって滅び行く任那を救うべく副将軍として派兵された河辺臣瓊缶が新羅に捕らえられ、同じく捕虜となった調吉士伊企儺が拷問の末命を落としたといった記事が見える。以後、新羅との関係は任那を巡って展開していくのだが、日本が盛んに介入を試みるも成果があがらなかったとされ、これが推古天皇代の新羅侵攻へと続いていく。任那の問題についても、こうした記事が史実か否かという議論には踏み込まないが、『日本書紀』の流れとしては、欽明天皇の「汝、新羅を打ちて、任那を封し建つべし」▼注(31)という遺言が、その子どもたちに「朕、当に神しき謀を助け奉りて、任那を復興てむとおもふ（敏達天皇）」▼注(32)「朕、任那を建てむと思ふ。卿等何如に（崇峻天皇）」▼注(33)と受け継がれていき、その流れの中でやはり欽明天皇の娘である推古天皇代に新羅侵攻が実行に移されたとされる。

さて、その推古天皇代の新羅侵攻譚であるが、『日本書紀』はその目的を「新羅と任那と相攻む。天皇、任那を救はむと欲す」[注(34)]と明記し、「新羅に到りて、五つの城を攻めて抜きえつ。是に、新羅の王、惶みて白き旗を挙げて、将軍の麾の下に到りて立つ」と新羅を降伏させ、「多多羅・素奈羅・弗知鬼・委陀・南迦羅・阿羅羅、六つの城を割」[注(35)]かせたと、その戦果を記している。これも史実云々は不明だが、時代的には、先に見た『三国遺事』真平王代の倭兵記事に重なるものだ。[注(36)]だが、その直後に「将軍等、新羅より至る。即ち新羅、亦任那を侵す」[注(37)]と結局任那を守ることは出来なかったとされる。続く推古天皇九、十、十一年にも侵攻計画の話が持ち上がるが実行には移せず、推古天皇三十一年（三十年か）条にも「数万の衆を率て、新羅を征討つ」という軍事行動の記事が見え、船を出したところ、「新羅国の主、軍多に至ると聞きて、予め慴ぢて服はむと請す」[注(38)]と新羅が降伏したとされている。しかし、任那復興の話はここで立ち消えとなり、少なくとも『日本書紀』の中では、欽明天皇の遺言は舒明天皇以後にはかえり見られなくなる。

このように見てくると、『日本書紀』推古天皇代の新羅侵攻譚では、合戦には勝利しているものの、当初の目的は果たせていないことになる。『日本書紀』には、当時摂政であった聖徳太子がどう関与したのかが記されていないが、[注(39)]朝廷の方針としての任那復興は失敗したということになろう。

さて、『日本書紀』を読み進めていくと、その後も新羅との戦いに関しては弱気な記事が続き、斉明天皇六年（六六〇）是歳条には、新羅に攻められる百済を助けるために援軍を出そうと軍船の建造を進めるも、その船が停泊中に「故も無くして、艫舳相反れり」という不思議なことが起きたため、人々は「終に敗れむことを知りぬ」[注(40)]と敗戦を予知したという記事が現れる。翌年に斉明天皇は朝鮮半島に出兵せんと九州の朝倉橘広庭宮に移ったもののここで崩御し、その際、「朝倉山の上に、鬼有りて、大笠を着て、喪の儀を臨み視る」[注(41)]という不思議な現象があったという。そして、翌々年に白村江の戦いが起こり、神功皇后の前例よろしく「我等先を争はば、彼自づからに退くべし」[注(42)]とご都合主義的な攻撃を仕掛けるも、唐船によって「官軍敗続れぬ。水に赴きて溺れ死ぬる者衆し」[注(43)]と敗れたとされている。神功皇后の新羅侵攻の際に、新羅王に「吾聞く、東に神国有り」「必ず其の国の神兵ならむ。豈に兵を挙げて距くべけむや」[注(44)]と恐れられた神の加護は、ここでは描かれなくなっている。

5　新羅の恐怖と自然災害

白村江の戦いののち、新羅は六八八年に高句麗を滅亡させて朝鮮半島をほぼ手中に収める。半島の南東の一角を占めるに過ぎなかった三国時代から考えると、数倍の規模に発展したことになる。朝鮮半島を統一した新羅はしばらく安定期を迎えるが、九世紀になると国内でしばしば反乱が起きるようになり、九三五年に滅んでしまう。

この間、八世紀半ばに日本では新羅侵攻計画がたてられ[注(45)]、これと関連するかは不明ながら、新羅側の記録では、七三一年に「日本国兵船三百艘（『三国史記』）[注(46)]」が来襲したとされ、七八六年には「日本王文慶」が「兵を挙げ新羅を伐んと欲す（『三国遺事』）」[注47]と新羅護国の秘宝である万波息笛を譲るよう伝えてきたとされている。[注48]白村江で大敗したにもかかわらず、記録の上では朝鮮半島に攻め込もうとする日本の姿が現れる。

しかし、八世紀後半頃からこの関係にも変化が見え始める。様々な文献に日本に攻め込む新羅という図式が現れるようになるのだ。[注49]例えば、『類聚三代格』に収められた宝亀五（七七四）年三月二日の太政官符には「新羅兇醜、恩義を顧みず。早く毒心を懐き、常に呪咀をなす」[注50]と新羅を警戒する文言が見え、九世紀に入ると新羅人が九州を襲撃したという記事が散見されるようになり、『日本三代実録』には「況や新羅の凶賊は心に覬覦を懐き」[注51]、「新羅の凶賊貢綿を掠奪す」[注52]「新羅の凶賊、我が隙を窺んと欲す」[注53]、「西国に流言あり、新羅の凶賊将に入て侵寇せんとす」[注54]といった文言がたびたび登場するようになる。この海賊襲来はよく知られた事件ではあるのだが、ここで注目したいのは、この事態の収拾を願う日本の朝廷が、伊勢神宮をはじめとする各地の神社に送ったとされる奉幣使の告文である。

九世紀の日本は自然災害の時代でもあり、六国史には地震や津波、火山噴火の記事が頻繁に登場する。[注55]こうした災害に際して、朝廷から各神社にたびたび奉幣使が派遣され、神に捧げる告文が読み上げられていた。そして、その内容がしばしば六国史の中に記されているのだが、次に見る伊勢神宮への告文には、新羅の海賊と自然災害とがセットで現れる。新羅の脅威は、災害と同様、神に祈りを捧げて収拾しなければならない事態と認識されていたようだ。

では『日本三代実録』貞観十一年（八六九）十二月十四日条によってその内容を見ていこう。まず「新羅賊舟」の襲来とともに「庁楼兵庫等上に大鳥之恠」が現れたので占ってみると「隣国の兵革之事」があるとされる。しかも「肥後国に地震風水」、「陸奥国又異常なる地震」が起こり、日本を包む異様な情勢が記される。そして新羅という「他国異類の侮を加へ乱を致すべき事」があるため「未だこれに発向せざる前に沮み拒んで排却し賜へ」と、新羅調伏の祈りを「我朝の大祖」である天照大神に捧げている。▼注(56) ここに見える「異類」という表現に「新羅獣観▼注(57)」を見ることも可能だが、地震などの自然災害とセットにされている点からは、人間の力を超えた脅威として新羅が描かれているとも言える。だからこそ「諸神達をも唱導き賜ひて▼注(58)」と神々の力にすがろうとしのだろう。

しかも、この告文には興味深い一節が含まれている。それが「伝へ聞く、彼の新羅人は我日本国と久き世時より相敵み来たり▼注(59)」である。これは、単にこの時代の日羅関係の悪化を伝えているだけではない。そこには新羅との関係に関する歴史観が現れており、長い間に渡って敵対関係にあったと述べているのである。▼注(60)

もとより、こうした認識が現実の新羅の姿を反映したものであったとは限らないが、実はこれと同内容の告文が、同月二十九日に「石清水八幡宮▼注(61)」に、翌年二月十五日には「八幡大菩薩宮、及香椎、宗像大神、甘南備神▼注(62)」にも送られていたと『日本三代実録』は伝えている。そして、二月十五日に「宗像大神▼注(63)」に捧げられた告文には、先の内容に加えて「亦我皇太神は掛も畏き大帯日姫の、彼新羅人を降伏賜時に、相共加力へ賜て、我朝を救賜ひ守賜なり▼注(64)」という神功皇后の前例を引いた一節が加えられている。ここに見える「救」「守」といった語からもわかるように、神功皇后は国家の守護者という位置づけになっている。

こうした国家守護者としての神功皇后像は九世紀頃から記録に現れはじめていると言われ、[注65]例えば『続日本後紀』承和八年（八四一）五月壬申（三日）条に引かれた告文にも、「肥後国阿蘇郡神霊池故無く涸れ四十丈を減す。又伊豆国に地震之変有り」[注66]と天変地異が続いたので占ってみたところ、「旱疫之災及び兵事有るべし」という「卜」があったため、災害と兵乱の脅威を逃れるために「掛畏き神功皇后の御陵」に宣命使を派遣し、「国家を平けく護賜ひ助賜へ」と、降りかかる災難から日本を「護」って欲しいと祈願している。百年ほど前には唐で起きた安史の乱に乗じて新羅を攻撃しようと計画し、[注67]「幣を香椎廟に奉らしむ。新羅を征めむ為に軍旅を調へ習はしむるを以てなり」[注68]と神功皇后を祀る香椎宮に奉幣使を送っていた態度とはかなりの違いを見せている。レトリックのあやと言ってしまえばそれまでだが、少なくともここには、『古事記』や『日本書紀』に現れたような、欲望にまかせた略奪者・征服者としての神功皇后とは異なる姿が見え、略奪の対象であった新羅は、逆に日本の安全を脅かす存在として描かれるようになっている。そして、天変地異とともに、迫り来る新羅への恐怖の中から、先に見た伊勢神宮等への告文の中に「我日本朝は所謂神明之国なり〈中略〉我朝の神国と畏憚れ来れる故実を澆たし失ひ賜ふな（『日本三代実録』[注69]）」という、いわゆる神国思想が現れてくる。[注70]

6 『聖徳太子伝暦』と新羅の脅威

九世紀頃、新羅の存在は自然災害と重なる形で日本の脅威と認識され、告文には敵対的な文言が連ねられていた。ただ、その一方で、災害からの復興に際して新羅人技術者に協力を仰ぐなど、[注(71)]日本人と新羅人との間で友好的な交流もあったことは確かだ。双方の関係には様々な側面が存在していた。

しかし、日本の安全を脅かす新羅というイメージは、新羅が滅んでからも強い印象のまま受け継がれていく。新羅滅亡は九三五年のことだが、ほぼこの時期には何らかの原型ができあがっていたとおぼしき『聖徳太子伝暦』（以下『伝暦』）にも、こうした新羅のイメージが反映した記述が見られる。この点は既に論じたことがあるが、[注(72)]『伝暦』の新羅侵攻譚には、太子の口から「新羅ハ豺狼ノゴトクニシテ、貪婪量リ難シ。外ニハ相ヒ随ガウト称ストモ、内ニハ実ニ相ヒ叛ク」[注(73)]という言葉が出たとされ（太子二十歳条）、推古天皇代の記事（太子二十九歳条）では「新羅者、虎狼之国也」[注(74)]として「任那ノ為ニ、新羅ヲ伐」つことを進言する聖徳太子の姿が描かれる。新羅を獰猛な動物にたとえているわけだが、先に見た『日本三代実録』の「他国異類」「凶賊」に通ずる表現である。[注(75)]

ところで、現存本『伝暦』の新羅侵攻譚にあるこの文言は、任那救済という『日本書紀』の文脈をかろうじて維持しているのだが、同書に引用された『本願縁起』（『四天王寺御手印縁起』とほぼ同内容の縁起文）では、「百済、高麗、任那、新羅、貧狼ノ情、恒ニ以テ強盛ナリ。彼等ノ州ヲ摂伏シテ、帰伏セ令メンガ為、護世四天王ノ像ヲ造リ、西方ニ向ヘ置ク」[注(76)]と、任那を含む朝鮮半島の国家に対抗するため、聖徳太子が四天王寺の四天王像を作ったとされている。任那を新羅と敵対させず朝鮮半島の国々で一括している点で『伝暦』本文とは異なった内容になっている。『本願縁起』はのちに『伝暦』に付加されたとも言われるが、[注77]少なくとも新羅と任那の関係という点から見れば、『伝暦』本文とそこに引用された『本願縁起』では、かつて存在した朝鮮半島の国々対して異なる認識が示されていることがわかる。

このように、新羅が滅んで時間が経過して行くに従い、新羅は日本の脅威であったという新たな過去の記憶が様々な文献に現れるようになると言われている。[注78]例えば『諸縁起』（口不足本）に大江匡房作として収められている『筥崎宮紀』では、筥崎八幡の由来を語りつつ、別の伝として「昔新羅国、日本を討つの心有り」[注79]と、新羅僧道行の説話が展開されている。これは、神呪を身につけた新羅の僧が日本の諸神を瓶の中に閉じこめ、熱田明神が剣となって脱出を試みるも袈裟にくるまれて力を発揮できず、宇佐宮の力によって救出され諸神も瓶から脱出するという話である。もとは『日本書紀』天智天皇七年の記事に登場する、新羅の沙門道行が草薙の剣を盗んで新羅に持ち帰ろうとしたという説話を下敷きにしたもので、以後、熱田神宮に関連する様々な文献に展開していた。[注80]この説話は、『伝暦』注釈の一つである『天王寺秘決』（一二二七年）にも、「僧尺ノ伝ニ云ウ。新羅ノ日羅度々日本ニ打チ来レリ。第十度来テ、諸神ヲ焼テ嚢ニ入テ還ル。時ニ勢田明神ハ嚢ヲ破ル。日羅等漂散シ了ンヌ。是レ千手経千部ノ力也」[注81]と新羅僧を日羅に変えた形で登場する。この「僧尺の伝」は『伝暦』の新羅侵攻譚に関する注釈に付随した部分に挿入されているもので、天智天皇の時代ではなく更に遡って敏達天皇の代に日本に渡ってきた日羅に道行の役割を与えている。[注82]この話を挿入した『天王寺秘決』

の意図は明瞭ではないが、この引用文の前の箇所で、太子が指示した新羅侵攻が「此ノ皇子薨ズ。文。新羅ノ呪咀ニ依ル也」▼注(83)と、来目皇子の死を新羅の呪咀だと記していることから、これと関連させ、新羅の脅威や呪咀の力について説明しようとしているのかもしれない。

なお、こうした新羅認識が受け入れられた背景には、平安時代末の思想状況も作用しているだろう。このころ末法という時代認識が広がり、それと重なり合うように日本が辺土の小国であるという粟散辺土意識が生まれていたと言われるが、▼注(84)そうした国土認識と重なる形で新羅の脅威が喧伝されるようになり、更には過去の記憶にまで遡及していたものと思われる。

7　神功皇后の新羅侵攻譚と津波

つづいて、鎌倉時代から室町時代にかけての神功皇后や推古天皇（聖徳太子）の新羅侵攻譚について見ていきたい。これらに大きな展開が見られるようになるのは、一二七四年に始まった蒙古襲来以後である。▼注(85)中国王朝との合戦は白村江の敗戦の経験しかないため、〈異国〉に勝利した新羅との合戦の記憶が掘り起こされることになったのだろう。中世における神功皇后の新羅侵攻譚については既に多くの研究があるが、▼注(86)聖徳太子伝の新羅侵攻譚もその内容が増補されるなど新たな様相を呈していた。▼注(87)著名なのは神功皇后であろうが、「是以神宮《（ママ）》皇后ハ高麗百済ヲセメ上宮太子ハ新羅任那ヲシタカヘ給ヘリ▼注(88)（『是害房絵巻』）」といった例もあり、聖徳太子の事蹟もそれなりには知られていたようである。しかも、これらはしばしば絵画化され、言葉だけではない新たな視覚的表現世界にも展開していた。

この二つの新羅侵攻譚については様々な角度からの議論が可能だが、ここでは、次の二点に絞って論じてみたい。まず、前節まで見てきた新羅脅威論。これは蒙古襲来を背景にしているだけに当然と言えるかもしれないが、両者ともに日本を脅かす新羅を倒すという形で話が進められることが多くなる。次に、合戦描写の質的問題。これは両者で異なっており、神功皇后の話は、『古事記』や『日本書紀』の段階から、魚が渡海を助けたり津波が新羅の奥深くまで入り込んだりといった神懸かり的な描写が含まれていたが、この傾向は中世の文献において更に増幅され、神力、呪力が動員された合戦として描かれるようになる。聖徳太子伝の場合は神仏の加護で勝利したという描写もあるのだが、一方で、合戦場面では比較的現実味のある描写がなされ、神話ではなく人間の合戦譚に仕立てようとうする傾向が見える。以下、こうした点について絵伝とあわせて見ていくことにしたい。

ではまず、神功皇后の新羅侵攻譚から見てみよう。ここに見える新羅脅威説については、例えば十四世紀初成立の『八幡愚童訓』（甲本）の冒頭に「倩異国襲来ヲ算レバ」として「人王第九開化天皇国十八年ニ二十万三千人」から「桓武天皇六年ニ四十万人、文永・弘安ノ御宇ニ至マデ、已上十一箇度」▼注(89)の過去が語られている。また、神吽『八幡宇佐御託宣集』（一三一三年）にも「我は鵜鷀葺不合尊なり。我が先祖より以来、此の如き異国の異類来ること、已に度々なり」▼注(90)といった異国襲来の過去が繰り返し語られる。蒙古襲来以後の増補であると言われる前田家本『水鏡』の神功皇后条では、▼注(91)

「異国ノ四ケ国一議シテ。日本ヲ傾ベキ由聞食」[注92]と日本の危機が設定され、更に新羅を降伏させた後に高麗（高句麗）に攻め込んだという内容になっている。

そして、こうした国家の危機という設定は、新羅から送り込まれた「塵輪」という怪物の登場によって更に増幅されていく。塵輪の襲撃は『八幡愚童訓』（甲本）や八幡縁起絵巻（乙類）等に描かれ、神功皇后が新羅侵攻に至るきっかけになった事件とされていのだが、図1は東大寺蔵『八幡縁起』（一五三五年）の塵輪襲来場面で、[注93]詞書では「此時異国より塵輪といふ不思議のものあり、そのかたち色はあかく、頭は八なり」[注94]と説明されている。そして、これをうけて始まる神功皇后の出兵では、諸書によって違いはあるものの、[注95]例えば誉田八幡宮蔵『誉田宗廟縁起』（一四三三年）では「大将軍には住吉并高良の

図1

図2

大臣梶取は鹿嶋の大明神也」▼注[96]のように神々の参戦するさまが描かれ、海上では従軍した住吉神が牛を投げ飛ばすなどの活躍を見せる。図2は同じく誉田八幡宮蔵『神功皇后縁起絵巻』（一四三三年）の住吉神の活躍を描く場面で、▼注[97]この戦いは、もはや人間の力を超えた別次元の世界に突入していることがわかる。

更に、海に棲む龍王からもらい受けた干珠と満珠という二つの珠の力によって津波を起こし、朝鮮半島に上陸して敵を殲滅させる場面があり、これらは類型として八幡縁起等に多く採用されている。この津波に関しては、『日本書紀』の段階では「時に随船潮浪、遠く国の中に逮ぶ」▼注[98]と単に津波が押し寄せたとされていただけなのだが、中世の八幡縁起では干珠による引き浪が描かれるようになっている。例えば『衣奈八幡宮縁起』（一四〇二年）では、「干珠を海中ニ入給しかは、大海たちまちにひあかりにけり、異国の兵、悦て」▼注[99]と海水が干上がって敵が押し寄せて来たところを、満珠によって「白浪、大山のごとく来て、大海みちしかは、異国の兵皆、なみにたゝよいて、一人ものこらす、海底にしつみけり」と全滅してしまったとされている。

参考までに、蒙古襲来前後の津波の記録を見てみると、実際に津波があったのかも含め事実関係に不明な点があるが、一一八五年には「山ハクズレ河ヲウズミ、海ハカタブキテ陸地ヲヒタセリ（『方丈記』▼注[100]）」、「山崩テ、河ヲ埋ミ、海漂テ磯ヲ浸ス。洪水漲来者、岡ニ登テモ助リナン（『延慶本平家物語』▼注[101]）」とあり、一二四一年には「由比浦の大鳥居内の拝殿、潮に引かれ流失す（『吾妻鏡』▼注[102]）」とある。また一二九三年の大地震の際にもにも関東に津波が襲ったとされ、▼注[103]一三六一年の地震では「七月二十四日ニハ、摂津国難波浦ノ澳数百町、半時許乾アガリテ、無量ノ魚共沙ノ上ニ吻ケル程ニ、傍ノ浦ノ海人共、網ヲ巻ク釣ヲ捨テ、我劣ジト拾ケル処ニ、又俄ニ如大山ナル潮満来テ、漫々タル海ニ成ニケレバ、数百人ノ海人共、独モ生キテ帰ハ無リケリ（『太平記』▼注(104)）」と引き浪に次いで大津波が来たと記録されている。また、この箇所に続けて同地震で「中ニモ阿波ノ雪ノ湊ト云浦ニハ、俄ニ太山ノ如ナル潮漲来テ、在家一千七百餘宇、悉ク引塩ニ連テ海底ニ沈シカバ、家々ニ所有ノ僧俗・男女、牛馬・鶏犬、一モ不残底ノ藻屑ト成ニケリ」という被害があったとも伝えられている。

　干珠満珠自体は、『八幡愚童訓』（甲本）や『八幡宇佐御託宣集』にも出ており、干満の順序は逆ながら彦火々出見尊

図3

図4

の話にも登場しているので（『彦火々出見尊絵巻』にも津波とおぼしき波が描かれる）、これらが物語のみを下敷きにしているのか、実際の津波の記憶と結びついているのかは不明だ。現存絵巻で見ると、東大寺蔵『八幡縁起』の合戦場面では押し寄せる津波に飲み込まれる新羅兵が描かれ（図３）、[▼注(105)] 神功皇后を助けた高良大明神をまつる玉垂宮蔵『玉垂宮縁起』（一二七〇年）の合戦場面では、敵兵のみ

図５

図６

ならず津波に飲み込まれる家屋が描き込まれている（図4）[注106]。東大寺蔵『八幡縁起』のように、合戦の図柄の中には矢を射合うものもあるが（図5）[注107]、物語としては結局のところ兵士の力とは関係のない津波で敵を殲滅したことになっている。

そして、サンフランシスコ・アジア美術館蔵『八幡縁起』（一三八九年）の詞書では、津波に飲み込まれた新羅の兵を前にして、神功皇后が「我他国ニシテ既ニ幾計人ヲ殺ツ。定テ殺生ノ名ヲアケム事ヨシナシ」[注108]と嘆くと、「二ノ竜王、海中ヨリ出現シテ、件死人ヲ一人モ不残食失キ」とされ、この場面の絵には海龍に食べられる新羅兵の姿が描かれる（図6）[注109]。そして、これが放生会の起源とされており、戦乱の後処理まで人間の力を超えたところで進められたとされているのである。

このような神宮皇后説話の超人的合戦の要素は、八幡縁起だけではなく、軍記や史書など様々な文献にも登場し、それぞれ記事内容に増減を持ちつつも[注110]、全体的には神力、呪力によって新羅との合戦に勝利したという内容になっている。むろんその背景には、神功皇后の霊威を超人的なものとしてたたえるという大前提があるのだろう。津波そのものは自然現象であるにしても、それを自在に操るために干満二珠が持ち出されており、新羅側の塵輪による攻撃も人間の力を遙かに超えているわけで、中世の神功皇后の新羅侵攻譚は更に神話化が進んでいたということになる。

前節では神功皇后説話の展開を見てきたが、これに比べると、中世聖徳太子伝の新羅侵攻譚では比較的現実感のある合戦譚を志向する傾向がある。中世の聖徳太子伝は、『伝暦』をもとにした注釈と『伝暦』を敷衍した物語的太子伝に分けられ、合戦の描写が詳細に見られるのは後者の物語的太子伝である。この点についてはかつて論じたことがあるのだが、▼注(111) 絵伝には言及できなかったのでここで詳しく見ていくことにしたい。

中世聖徳太子伝の新羅侵攻譚の特徴の一つに、侵攻に至る原因が新羅の脅威であるという内容が含まれるという点がある。例えば、絵解きとも関連が深い太子伝の系統の一つ『聖法輪蔵』（十四世紀前半頃か）では「今年新羅・百済等ノ国々起テハ、日本ヲ可責ム之由聞へ侍リ（太子二九歳条）▼注(112)」と、太子が新羅侵攻を天皇に進言する場面が描かれている。また、増補系と呼ばれる太子伝でも「新羅国ノ大王、自レ昔至マデ今、動スレバ我朝ヲ煩ス（『聖徳太子伝宝物集』太子二十歳）▼注(113)」、「新羅、奢テ任那国ヲ打取ントテ、度々ノ合戦ニ及。任那ヲ打取テ後、日本ヲ責ベキ聞へ有（叡山文庫天海蔵『太子伝』太子二十九歳）▼注(114)」など、「大国▼注(115)」と評される新羅が日本の脅威であるとされている。

また、新羅侵攻の話ではないが、異国の脅威が聖徳太子信仰に関連して現れるものに、摂津国槻峯寺の『槻峯寺建立修行縁起絵巻』（一四九五年）がある。その詞書には、百済から渡ってきた日羅に対して聖徳太子が「汝、異国調伏の地を求め、伽藍を草創し仏法を流通せしむべし▼注(116)」と述べたとあり、

図7

摂津国大覚寺でもこの縁起と同様の開基説話が伝えられ、日羅が「異国調伏の為、不動の秘法を修▼注(117)(『大覚寺縁起絵巻』)」したと伝えられている。ちなみに、この縁起との類似が言われる近世初期の古浄瑠璃『あたごの本地』には、▼注(118)日本の脅威とは若干文脈が異なるのだが、日本に来た日羅を呼び戻すべく「すせんそうの兵せんに。くん兵あまた取のせて。日本さしてそをしわたる。なんばのうらよりくがにあがり▼注(119)」と難波にまで百済が攻めてくるという内容がある。

このように日本の危機を設定して始まる聖徳太子伝の新羅侵攻譚であるが、次にその具体的な合戦の様子を検討することにしよう。これについては神功皇后説話のように神仏の加護を描くものもあり、例えば、『聖法輪蔵』太子二十九歳条では「二万五千余騎ノ大勢ニテ重テ大国ヲ責メ」たとしながら、「四天王、無量ノ眷属ヲ引率シテ、日本ノ大勢ニ相加シテ、権者・実者ノ大勢各威神ヲ振テ▼注(120)」と仏の力添えを強調されている。ただ、合戦場面のある絵伝においてはこうした神仏の加護は描かれず、船で攻める日本軍を新羅軍が防ぐという図柄になっているものが少なくない(図7▼注(121))。

次に増補系太子伝を見てみると、太子二十九歳条では「六月ニ新羅六城ヲ責落（『聖徳太子伝宝物集』）[注122]」、「数万之松暗ノ鏑早目ヲ以テ射ル、新羅ノ王城ヘ入テ火烟天ニ上テ、王宮并居屋落テ、悉ク焼失ス（『聖徳太子伝拾遺抄』）[注123]」と簡略な記事になっているものがある一方、叡山文庫天海蔵『太子伝』太子二十九歳条では、日本軍が新羅を降伏させたことを「上代神功皇后ノ時、新羅ヲ責ラレシニ、城ノ不思議有テ、皇后軍ニ勝給ヘル事ヲ思テ[注124]」と神功皇后を回顧しながら合戦の勝利が描かれている。だが、その際の作戦とは「コヘ、松油、伊黄火、クソ等ヲ蓁目鏑百千ガ中ニ構ヘ入テ、城ノ内ヘ付入ルニ、火ノ矢天ニ光リヲヒタヾシク。火ハシリケル。加之、此火城内ノ家共ニ付テ、半天ニ燃上ケレバ」といったもので、それでも新羅兵は「日本ハ神国トシテ、神達軍ヲシ給ニヤ、懸ル不思議ノ火出来」と火の様相に恐れをなして降伏したとされている。神功皇后が引き合いに出されてはいるものの、燃えさかる火は人間が神の力を偽装・演出したものであり、パロディともとれるような内容だ。

更に、増補系太子伝諸本の太子三十一歳条には、『日本書紀』や『伝暦』では征新羅軍を率いながら筑紫で没したとされていた聖徳太子の弟である来目皇子の別伝があり、実は新羅に渡って合戦に勝利したという全く新しい話が登場する。諸本によって細かい点には違いがあるが、ここでは叡山文庫天海蔵『太子伝』によって梗概を示しておこう。

まず、来目皇子率いる日本軍は新羅に上陸し、神の庇護を得たとする鏑矢によって敵の大将を殺す。撤退した新羅軍は、毒の入った食事と酒を置いて逃亡。日本軍はこれを食べて中毒になるが、現地の人間を捕まえて解毒法を聞き出し体調を回復する。更にその人間から地理情報を聞き出し、険しい道

図8

を超えたところにある王城に到達する。安心しきった新羅軍は酒宴をしているが、そこを日本軍が襲撃して新羅を降伏させ、降伏文書をとりつけて帰国する。全体的にご都合主義的な筋書きではあるが、ここでは合戦自体は人間の手で行われている点に注意しておきたい。

さて、次に、この話も含めて新羅侵攻譚と聖徳太子絵伝の関係について見ておこう。新羅侵攻譚は太子二十歳、二十九歳、三十一歳条に配されるのだが、図柄の類型は大きく二つある。一つは新羅侵攻決定の会議の場面で、もう一つは実際の合戦の場面である。二十歳条は侵攻は行われていないので軍議の場面のみであるが、二十九歳と三十一歳条については軍議と合戦の二つの図柄がある。既に指摘されているように、▼注(125)法隆寺訓海『太子伝玉林抄』(一四四八年)に「私云、絵殿絵事、天王寺の絵殿には新羅の五城六城をせむる処ろ委細也。法隆寺のには今にこれ無し。互に加減ある也」▼注(126)と古くから図柄の違いが意識されてきたのだが、かつて法隆寺の絵殿にあり、現在は東京国立博物館蔵の献納絵伝には軍議を含め新羅侵攻の場面がない。同じく東京国立博物館蔵献納

図9

掛幅四幅絵伝には第一幅に軍議の場面が記され、この構図は近世に作られた法隆寺蔵絵伝、斑鳩寺（兵庫）蔵絵伝にも継承されている。

一方、度重なる火災もあって四天王寺絵殿の絵伝については現存本との対比が難しいが、新羅侵攻の場面と阿佐太子来朝の場面がセットになった断簡が残されており（図8）[▼注(127)]、南都松南院座遠江法橋作の四天王寺蔵絵伝（一三二三年）にも城攻めをしている図柄が見える。そして、堂本家蔵絵伝（一三二四年）や妙安寺蔵絵伝（四幅）、本證寺蔵絵伝などこの時期に作成されたと推測されている作品や[▼注(128)]、室町時代のものとおぼしき頂法寺蔵絵伝、鶴林寺蔵絵伝、観音正寺旧蔵絵伝、談山神社蔵絵伝、飯田市美術博物館蔵絵伝などにも合戦場面がある。これらのうち、観音正寺旧蔵絵伝、談山神社蔵絵伝、飯田市美術博物館蔵絵伝では合戦の場面が他に比して大きくとられており、かつ、その図柄が先の来目皇子の話を下敷きにしている点で注目される。

ここでは、談山神社蔵絵伝を見ながらその図柄を叡山文庫天海蔵『太子伝』と比較してみたい。同書は絵伝との関係も指摘されているが[注129]、談山神社蔵絵伝の場面の銘には「卅一歳新羅阿部臣」とあって二十九歳条の将軍の名が記されているため、両者が直接結びつくかは不明である。

さて、談山神社蔵絵伝の全体の配置を見ると、大きな構図としては、左側に朝鮮半島が描かれ、日本軍は右側から攻撃するという形になっている（図9[注130]）。絵伝には場面の簡単な説明以外に詞書がないので、以下、叡山文庫天海蔵『太子伝』太子三十一歳条を中心に対照しながら細部を見ていくと、まず絵伝右上には将軍と思われる人物とその前に跪く敵兵らしき人物が描かれる。これは「案内者」[注131]として任那の人間を使っている様子かとも思われるが正確なところは不明。中央上には「神ノ御計ニヤ有ケン、鏑矢一虚空ヨリ城内ニナリ落テ、大将ノ首ノ骨ニ中テ空クナル」と日本軍によって倒されたとおぼしき敵将の姿が描かれ、その上には「大木ノ上ニ登テ、四方ヲ伺見ル俗一人」の姿がある。その左下にはやはり将軍と跪く敵兵が描かれるが、これは「是ヲタバカリ捕テ、大将来目皇子ノ御前ニ具テ来ル」の場面かと思われる。左上には「山高シテ峨々タル岩石屏風ノ立タルガ如」き難路を進んで敵の王城を攻略する場面があり、燃えさかる王城が描かれている。この描写は叡山文庫蔵本にはないが、『聖徳太子伝宝物集』や『聖徳太子伝拾遺抄』太子三十一歳条には「王城忽ニ焼ケレバ」[注132]とある。右下は船が右側に進んでいることから凱旋の場面だと思われる。船の中央で文挟みの先に白い書状が掲げられているのが見えるが、これは新羅王が降伏の印として差し出した「至極ノ怠状」であろう。

図10

実はこの怠状は「新羅ハ神功皇后ノ時、怠状ヲ奉テ降ヲ請シ処也」[注133]（叡山文庫本太子二十歳条）というものであり、同二十九歳条では「新羅ノ王ニ、怠状ヲセサセザルゾヤ」[注134]と、これがなかったため降伏した新羅が反旗を翻したとされ、日本への服従の証とされていたものだ。わざわざ絵柄に入れている以上、重要な要素と判断されていたのだろう（怠状は『聖徳太子伝宝物集』や『聖徳太子伝拾遺抄』には現れない）。ちなみに、この怠状を描くものに滋賀県高島市安曇川町中野の太子堂旧蔵四幅絵伝がある（図10）[注135]。この絵伝では合戦場面は描かれないが、文挟みの先に書状をさした武士の姿があることから、怠状を携えて帰朝した場面ではないかと思われる。

　このように、談山神社蔵絵伝のこの場面は、叡山文庫天海蔵『太子伝』など増補系太子伝系統の筋書きを元に描かれている。参考までに近世太子伝のスタンダードとなった寛文六年（一六六六）版『聖徳太子伝記』では、太子二十九歳条に来目皇子が将軍となる形で吸収されており、図版として敵の毒にあたる場面が挿入されている（図版11）[▼注136]。この話を何歳条に配置するかは太子伝ごとにまちまちだったようだ。

さて、この別伝の全体の流れを見ると、順調な滑り出しに見えた日本軍が窮地に陥り、復活して最終的に勝利するという、一応物語的な盛り上がりのある筋書きになっている。また、若干強引な部分はあるにせよ、現地人から地理情報（諸本で異なりを持ちながら細かく記される）を聞き出したり、毒を食べさせられたり奇襲をかけたりといった双方の戦術的要素が盛り込まれるなど、合戦譚としては現実感を演出しようとしていたふしがある。むろん、置き去りにした食べ物や酒を敵兵が口にするといった策略は非現実的と言えばそうなのだが、神力、呪力のオンパレードであった神功皇后説話に比べ、人間が物理的に可能な範囲での戦い方に収まっているとは言える。日本中世の合戦は

図11

知略謀略の争いという側面を持っていたと言われ、[注137]文化現象としてもいわゆる軍記が多数生み出される中で合戦描写の技法が蓄積されていた。巧拙は別にしても、聖徳太子伝の新羅侵攻譚、特に今回取り上げた来目皇子の別伝は、こうした系譜の中に属するものと言えるだろう。

むろん、こうした現実志向の描写が行われた背景には、いくら聖徳太子が偉大であるとは言えあくまで人間であるという前提があり、更に実際に戦っているのは聖徳太子ではないという要因が働いているのであろう。また、来目皇子の別伝は完全に新たに創作したものであるから、それらしく見せるために現実的な内容にしたという事情もあったのかもしれない。ただ、こうした描写の違いはあれ、新羅を降伏させたという筋書きは神功皇后説話と共通している。脅威論によって敵の強大さをあおりつつも、その難敵に勝利したという形で主人公である神功皇后や聖徳太子をたたえているのであろう。虚構であれ何であれ、新羅という〈異国〉との合戦は、勝利の物語だったわけである。

9　まとめ

本稿では、古代から中世にかけて展開していた神功皇后と推古天皇（聖徳太子）の新羅侵攻譚を検討してきた。両者ともに日本から新羅に軍兵を送り込み合戦に勝利したという点では共通しており、『日本書紀』などに端を発して後代の様々な文献に形を変えながら登場し、絵画として目に見える形で再現されていた。古代文献における新羅侵攻譚は基本的に日本が新羅に侵攻するという形をとり、特に神功皇后説話では財宝略奪という要素が繰り返し語られていた。しかし、九世紀後半の新羅との関係悪化や十三世紀末の蒙古襲来などをうけ、次第にこの二つの侵攻譚に、新羅の脅威から国を護るため朝鮮半島に侵攻したという内容が付加されるようになる。特に蒙古襲来の影響は大きく、国家守護という文脈の中で八幡信仰を中心に神功皇后説話がクローズアップされるようになる。聖徳太子伝の世界でも、護国説話として新羅侵攻譚が詳細に描かれるようになり、更には、筑紫で没したとされる来目皇子が実は新羅を降伏させていたという新たな〈過去〉が生み出されていた。ただ、両者の志向性には違いが見え、神功皇后説話は人間の力を超越した神力、呪力が強調される形で展開していたのに対し、聖徳太子伝の場合どちらかというと人間の力の範囲内に収まるような合戦譚に仕立てようとする傾向があった。むろん、両者間でこのような方向性の違いがあるとは言え、かつて日本が降伏させた存在として新羅を描いている点では共通する。新羅という〈異国〉との合戦は、白村江の戦いなどもあったわけだが、こうした苦い思い出ではなく、勝利の物語が形を変えながら伝えられ続けてきたということになろう。

＊本稿の資料引用については、漢文のものは部分も含めて訓読し、宣命体のものは平仮名書きに改めた。

注……

（1）この問題に関しては論考も多いが、近年のものでは李成市「三韓征伐」（板垣竜太・鄭智泳・岩崎稔編『東アジア記憶の場』河出書房新社、二〇一一年）に詳しく論点が整理されている。
（2）『三国史記』の「倭」の実体に関してはかねてより議論が分かれているが（田中俊明「『三国史記』にみえる「倭」関係記事について」（『歴史公論』八―四、一九八二年）参照）、本稿では、佐伯有清編『三国史記倭人伝他六篇朝鮮正史日本伝1』「解説」（岩波書店、一九九五年）の「倭人・倭兵は、のちの日本人とみなして、なんら差し支えない（二一一頁）」という指摘に従い、個別の事象以外は「日本」で統一する。
（3）新羅本紀赫居世居西干八年条。韓国精神文化院編『訳注三国史記（原文篇）』（朝銀文化社、一九九七年、一七頁）。
（4）聖徳王三十年。同前掲注3、一〇四頁
（5）この二つの史書に登場する日本（倭）の記事に関しては、佐伯有清前掲注2に整理されているが、同書では『三国史記』および『三国遺事』から一六四ヵ所が抜き出されており、そのうち半数近くは日本（倭）の新羅侵攻に関するものである。
（6）『三国史記』南解次次雄十一年条。同前掲注3、二〇頁
（7）『三国史記』訖解尼師今三十七年条。同前掲注3、三八頁
（8）『三国遺事』紀異第一「靺鞨渤海」（三品彰英編『三国遺事考証　上』塙書房、一九七五年、三五二頁）
（9）様々な議論のある『広開土王碑』にも「倭」の記事が八ヵ所見え（佐伯有清前掲注2による）、それらは倭の朝鮮半島での軍事活動に関するものである。
（10）『三国遺事』感通第七「融天師の彗星歌（真平王の代）」（村上四男編『三国遺事考証　下ノ三』、塙書房、一九九五年、二一一頁）
（11）『三国遺事』造塔第四「皇龍寺九層塔」（村上四男編『三国遺事考証　下之一』塙書房、一九九四年、一八二頁）
（12）『三国遺事』紀異篇第二「万波息笛」（三品彰英編『三国遺事考証　中』塙書房、一九七九年、四三頁）
（13）総合的な研究として、神功皇后論文刊行会『神功皇后』（皇学館大学出版部、一九七二年）、金光哲『中近世に

おける朝鮮観の創出』（校倉書房、一九九九年）がある。
(14) 松本真輔「聖徳太子の新羅侵攻譚――輪王寺天海蔵『太子伝』に見る護国的太子像」「海を渡った来目皇子――中世聖徳太子伝における新羅侵攻譚の展開」（『聖徳太子伝と合戦譚』勉誠出版、二〇〇七年）
(15) 津田左右吉「新羅に関する物語」（『津田左右吉全集　第一巻（日本古典の研究　上）』岩波書店、一九六三年）
(16) 日本古典文学大系『日本書紀（上）』（岩波書店、一九六七年）、三三六頁
(17) 同前掲注16、三三六頁
(18) 同前掲注16、三三六～七頁
(19) 同前掲注16、三三七頁
(20) 成沢光「蕃国と小国」（『政治のことば――歴史の意味をめぐって』平凡社、一九八四年）、村井章介「中世日本の国際意識・序説」『アジアの中の中世日本』（校倉書房、一九八八年）、塚本晶「神功皇后伝説と近世の朝鮮観」（『史林』七九―六、一九九六年）。
(21) 同前掲注16、一二七頁
(22) 同前掲注16、三三〇頁
(23) 同前掲注16、三三一七頁
(24) 同前掲注16、三三八頁
(25) 日本古典文学大系『古事記』（岩波書店、一九五八年）二二九頁
(26) 同前掲注16、三三三頁
(27) 同前掲注16、三三四頁
(28) 同前掲注16、三三九頁
(29) 同前掲注16、三七二頁

(30)同前掲注16、四一一頁
(31)日本古典文学大系『日本書紀(下)』(岩波書店、一九六五年)一三〇頁
(32)同前掲注31、一四二頁
(33)同前掲注31、一六九頁
(34)同前掲注31、一七六頁
(35)同前掲注31、一七六〜七頁
(36)佐伯有清前掲注2は両者の時代が一致することからこれを史実とする。
(37)同前掲注31、一七七頁
(38)同前掲注31、二〇六〜八頁
(39)任那「内官家」も「聖徳太子」も、様々な点で史実か否かが取りざたされ、『日本書紀』の虚構が論ぜられたりする(もっとも、『日本書紀』には「聖徳太子」という呼称そのものは登場しない)。聖徳太子非在説は元々古代陰謀史観の世界でよく知られたものであり、これが近年にアカデミックの世界でも注目されるようになったのだが(松本真輔「聖徳太子の語られ方」(小林保治監修『中世文学の回廊』勉誠出版、二〇〇八年))、この説には、聖徳太子は『日本書紀』で英雄・聖人に粉飾されているという前提がある。しかし、ここで見てきたように、聖徳太子が摂政の時代に任那復興は失敗している。仮に任那「内官家」や「聖徳太子」が虚構・創作なら(本稿の立場としては虚構でもかまわないのだが)、太子の事蹟に疵をつけないよう、なぜ推古天皇三十一年条(聖徳太子死後)の新羅侵攻譚にこれを統合してしまわなかったのか。任那「内官家」についても同様のことが言えるわけだが、物語としての筋の悪さが目立つ(西本昌弘「倭王権と任那の調」『ヒストリア』(一二九、一九九〇年)は、推古天王代の新羅侵攻は虚構であるとしつつも、「倭の勝利物語」として完結しない点を指摘)。
(40)同前掲注31、三四八頁

(41) 同前掲注31、三五〇頁
(42) 同前掲注31、三五八頁
(43) 同前掲注31、三五九頁
(44) 同前掲注31、三三八頁
(45) 和田軍一「淳仁朝に於ける新羅征討計画について(一・二)」(『史学雑誌』三五—一〇・一一、一九二四年)
(46) 聖徳王三十年(同前掲注3、一〇四頁)
(47) 巻二「元聖大王」貞元二年(同前掲注8、一〇五頁)
(48) 松本真輔「呪咀をめぐる新羅と日本の攻防—利仁将軍頓死説話と『三国遺事』の護国思想」(『アジア遊学』一一四、二〇〇八年)
(49) 宗教的側面から対新羅意識を論じたものに、北垣聰一郎「朝鮮式山城と神籠石をめぐる諸問題」(『日本書紀研究』一二、一九八二年)、三上喜孝「古代の辺要国と四天王法」(『山形大学歴史地理人類学論集』五、二〇〇四年三月)、同「光仁・桓武朝の国土意識」(『国立歴史民族博物館研究報告』一三四、二〇〇七年)、菅野成寛「仏教の北漸と境界観念の形成」(竹田和夫編『古代中世の境界意識と文化交流』勉誠出版、二〇一一年)がある。また九世紀頃からの対外認識の変化については石上英一「古代国家と対外関係」(『講座日本歴史(二)』東京大学出版会、一九八四年)、村井章介「王土王民思想と九世紀の転換」(『思想』八四七、一九九五年)に詳しい。
(50) 『新訂増補国史大系(二五)』吉川弘文館、一九六五年、四五頁
(51) 貞観十二年(八七〇)二月十二日(『新訂増補国史大系(四)』吉川弘文館、一九六六年、二六二頁)
(52) 貞観十二年(八七〇)二月廿日(同前掲注51、二六八頁)
(53) 元慶二年(八七八)十二月廿四日(同前掲注51、四四一頁)
(54) 元慶四年(八八〇)五月廿三日(同前掲注51、四七五頁)

(55) 川尻秋生「列島の災害と戦禍」（『日本の歴史平安時代　揺れ動く貴族社会』小学館、二〇〇八年）、保立道久『かぐや姫と王権神話――『竹取物語』・天皇・火山神話』（洋泉社、二〇一〇年）、同『歴史のなかの大地動乱――奈良・平安の地震と天皇』（岩波書店、二〇一二年）。また、以下の問題については、松本真輔「9세기 奉幣使 告文에 보이는 지진 재해와 신라에 대한 경계심（9世紀奉幣使告文に見える地震災害と新羅に対する警戒心）」（『日語日文学研究（韓国日語日文学会）』八二―二、二〇一二年、韓国語）で六国史関連記事の概略的な資料整理を行ったことがある。

(56) 以上、同前掲注51二五五頁。原文は宣命体であるが、仮名交じり文に改めた。

(57) 金光哲「異類・異形とその思想」（同前掲注13）

(58) 同前掲注51、二五六頁

(59) 同前掲注51、二五五頁

(60) 保立道久「平安時代の国際意識」（村井章介・佐藤信・吉田伸之編『境界の日本史』山川出版社、一九九七年）は新羅を「古敵」と見なす意識が九世紀に復活したとする。

(61) 同前掲注51、二五六頁

(62) 同前掲注51、二六三頁

(63) 同前掲注51、二六三頁

(64) 同前掲中51、二六五頁

(65) 飯田瑞穂「上代における神功皇后観」（同前掲注13『神功皇后』）

(66)『新訂増補国史大系（三）』一一九～二〇頁。以下同。

(67) 河内春人「東アジアにおける安史の乱の影響と新羅征討計画」（『日本歴史』五六一、一九九五年）

(68)『続日本紀』天平宝字六年（七六二）十一月庚寅（十六）（新日本古典文学大系『続日本紀（三）』（岩波書店、一九九二年、四一五頁）

（69）貞観十一年（八六九）十二月十四日（同前掲注51、二五五頁）

（70）田村圓澄「神国思想の系譜」（『史淵』七六、一九五八年）。この問題についてはシンポジウムでの伊藤聡氏の質疑参照。

（71）鄭淳一「新羅海賊事件からみた交流と共存――大宰府管内居住の新羅人の動向を手がかりとして」（『立命館大学コリア研究センター　次世代研究者フォーラム論文集』三、二〇一〇年）

（72）松本真輔「『聖徳太子伝暦』の新羅侵攻譚――四天王寺の護国思想と新羅に関する言説の展開」（同前掲注14）

（73）日中文化交流史研究会編『東大寺図書館蔵文明十六年書写『聖徳太子伝暦』影印と研究』（桜楓社、一九八五年）九七頁

（74）同前掲注73、一四三頁

（75）この点については前掲注57参照。

（76）同前掲注73、一一七頁

（77）榊原史子「『聖徳太子伝暦』の展開と『三宝絵』」（小島孝之・小林真由美・小峯和明編『三宝絵を読む』吉川弘文館、二〇〇八年）、同「『聖徳太子伝暦』の成立と「四節文」」（『日本歴史』七四一、二〇一〇年）

（78）阿部泰郎「八幡縁起と中世日本紀」（『現代思想』二〇・四、一九九二年）、金光哲「殺生と和光同塵と諏訪大明神と神功皇后と」（同前掲注13）

（79）『石清水八幡宮史料叢書（二）縁起・託宣・告文』（石清水八幡宮社務所、一九七六年）二一四頁

（80）原克昭「熱田の縁起と伝承――「新羅沙門道行譚」をめぐる覚書」（『国文学解釈と鑑賞』六〇―一二、一九九五年）

（81）棚橋利光編『四天王寺古文書　第一巻』（清文堂出版、一九九六年）四六頁

（82）日羅は太子との関係において重要な役割を果たす人物なので、『天王寺秘決』の注は相当に場当たり的なものかもしれない。日羅伝承については、渡辺信和「日羅渡来説話について――『聖法輪蔵』を中心に」（『聖徳太子説話の

研究――伝と絵と』新典社、二〇一二年）参照。
（83）同前掲注81、四六頁
（84）高木豊『鎌倉仏教史研究』（岩波書店、一九八二年）、成沢光「〈小国辺土〉の日本」（同前掲注20）、佐々木令信「三国仏教史観と粟散辺土」（『大系仏教と日本人2　天皇と国家』春秋社、一九八七年）、伊藤聡「国土観と神話」（『神道とは何か――神と仏の日本史』中央公論社、二〇一二年）。
（85）飯田瑞穂同前掲注13（『神功皇后』）、久保田収「中世における神功皇后観」（同）は、平安時代から蒙古襲来までの神功皇后信仰はそれほど活発でなかったとする。
（86）同前掲注13、同前掲注20。
（87）同前掲注14
（88）『日本絵巻物全集　27　天狗草子・是害房絵』（角川書店、一九八三年）九八頁
（89）日本思想体系『寺社縁起』（岩波書店、一九七五年）一七〇頁
（90）重松明久『八幡宇佐御託宣集』（現代思潮社、一九八六年）四二七頁
（91）平田俊春「水鏡の成立と扶桑略記」（『日本古典の研究』日本書院、一九五九年）
（92）『新訂増補国史大系（二一上）』（吉川弘文館、一九六六年）一八頁
（93）『社寺縁起絵』（角川書店、一九七五年）一一七頁。小峯和明「空飛ぶ猿の隠喩」（『中世日本の予言書――〈未来記〉を読む』岩波書店、二〇〇七年）は塵輪と中世日本紀、聖徳太子伝との関連を説く。
（94）同前掲注93『社寺縁起絵』、一一七頁
（95）中野玄三・河原由雄「八幡縁起諸本の構成」（同前掲注93『社寺縁起絵』）、宮次男「八幡大菩薩御縁起と八幡宮縁起（上・中・下）」（『美術研究』三二三・三二四・三二六、一九八五～六年）
（96）『続々絵巻物大成　伝記・縁起編七　箱根権現縁起・誉田宗廟縁起』（中央公論社、一九九五年）六五頁

(97)『住吉さん――住吉大社1800年の歴史と美術』(二〇一〇年)四五頁。なお、神功皇后関連の絵巻の伝来については、メラニー・トレーデ「永享八幡縁起絵巻の生涯とその余生」(佐野みどり・新川哲雄・藤原重雄編『中世絵画のマトリックス』青簡舎、二〇一〇年)、同「『誉田宗廟縁起絵巻』の伝来についての一考察」(『アジア遊学』一五四、二〇一二年)が近代までの伝来も含め詳しい考察を行っている。

(98)同前掲注16、三三六~七頁

(99)横山重・松本隆信編『室町物語大成(一〇)』(角川書店、一九八二年)七三頁。以下同。

(100)新日本古典文学大系『方丈記・徒然草』(岩波書店、一九八九年)一四頁

(101)北原保雄、小川栄一編『延慶本平家物語(本文篇　下)』(勉誠社、一九九〇年)四五七頁。なおこの時の津波については、渡辺偉夫『日本被害津波総覧』(東京大学出版会、一九八五年)はこれを取り上げておらず、西山昭仁「元暦二年(1185)京都地震における京都周辺地域の被害実態」(『歴史地震』一六、二〇〇〇年)もその事実関係については慎重な態度をとっている(日記類に津波の記載がないため)。一方、郡司嘉宣「『平家物語』および『方丈記』に現れた地震津波の記載」(『建築雑誌』一一四、一九九九年)は南海地震に伴う津波の可能性を指摘。

(102)『新訂増補国史大系(三二)』(吉川弘文館、一九六八年)二七九頁

(103)文部科学省研究開発局・東京大学地震研究所編「液状化痕等による首都圏の古地震の調査研究(前編)」『首都直下地震防災・減災特別プロジェクト①首都圏でのプレート構造調査、震源断層モデル等の構築　平成20年度　成果報告書』(二〇〇八年)では、三浦半島小網代湾の地質調査からこの時に津波があったことが想定されている。

(104)日本古典文学大系『太平記(三)』(岩波書店、一九六二年)、三四六~八頁

(105)同前掲注93『社寺縁起絵』、一二二頁

(106)同前掲注93『社寺縁起絵』、一八頁

(107)同前掲注93『社寺縁起絵』、一二三頁

（108）『新修日本絵巻物全集　別巻2』（角川書店、一九八一年）六五頁
（109）同前掲注108口絵九頁
（110）多田圭子「中世における神功皇后像の展開――縁起から『太平記』へ」（『日本女子大学国文目白』三一、一九九一年）
（111）同前掲注14
（112）平松令三編『真宗史料集成（四）』（同朋舎出版、一九八二年）四八六頁
（113）内閣文庫蔵『聖徳太子伝宝物集』（一五八六年珍祐写）
（114）『中世聖徳太子伝集（四）』（勉誠出版、二〇〇六年）三九六頁
（115）同前掲注113、太子二十歳条
（116）高岸輝編『摂津尼崎大覚寺史料（一）槻峯寺建立修行縁起絵巻・大覚寺縁起絵巻』（月峯山大覚寺、二〇〇五年）九四頁
（117）同前掲注116、九八頁。また、高岸輝「瀬戸内海と修験の山――細川政元と「槻峯寺建立修行縁起絵巻」」（『室町絵巻の魅力――再生と想像の中世』吉川弘文館、二〇〇八年）は、この物語で調伏の対象となる百済は、それを祖としてまつる大内氏の姿が反映されたものとする。
（118）五来重「槻峯寺縁起絵巻と山岳宗教」（『新修日本絵巻物全集　別巻1』角川書店、一九八〇年）
（119）五来重編『日本庶民生活史料集成（一七）民間芸能』（三一書房、一九七二年）二八九頁
（120）同前掲注112、四八六頁
（121）鶴林寺蔵絵伝（『聖徳太子展』ＮＨＫ・ＮＨＫプロモーション、二〇〇一年）、一八一頁
（122）同前掲注113、太子二十歳条
（123）『中世聖徳太子伝集成（五）』（勉誠出版、二〇〇六年）一〇一頁
（124）同前掲注114、三九六～七頁（以下同）

(125) 渡辺信和「伝記と絵伝と」(同前掲注82)
(126)『法隆寺英尊本太子伝玉林抄(中)』(吉川弘文館、一九八八年)一九三頁
(127) 大阪市立美術館編『聖徳太子信仰の美術』(東方出版、一九九六年)一五六頁
(128) 村重寧「法隆寺献納宝物聖徳太子絵伝(四幅)の墨書銘」(『MUSEUM』二八七、一九七五年)
(129) 同前掲注114、石川透「解題」
(130)『聖徳太子ゆかりの名宝　河内三太子叡福寺・野中寺・大聖勝軍寺』(NHK大阪放送局・NHKプラネット近畿・読売新聞大阪本社、二〇〇八年)四四頁
(131) 以下の引用は前掲注114(三九八〜三九九頁)による。
(132) 同前掲注123、一〇三頁
(133) 同前掲注114、三六六頁
(134) 同前掲注114、三九三頁
(135) 同前掲注130、五二頁
(136) 杉本好伸・小畑純子・萬所志保「〈資料翻刻〉『聖徳太子伝』(寛文六年版)——第七巻〜第十巻」(『安田女子大国語国文論集』二七、一九九七年)一〇一頁
(137) 佐伯真一「掟破りの武士たち」(『戦場の精神史——武士道という幻影』(NHK出版、二〇〇四年)

※謝辞　シンポジウム会場では多くの方々からご意見を賜りました。改めて感謝申しあげます。

太閤記物・朝鮮軍記物の近代
——活字化・近代太閤記・再興記——

◉金 時徳

1 問題の設定

豊臣秀吉のことを記した近世日本の文献を概観すると、彼の出生・出世から日本統一までの過程に注目したものと、その後に起きた壬辰戦争（壬辰倭乱、文禄慶長の役：一五九二〜八）や死亡までを含むものに分けることができる。秀吉の人生を描いた文献は普通「太閤記物」と呼ばれ、その全貌は歴史学者の故・桑田忠親氏による大著『太閤記の研究』（徳間書店、一九六五）に詳しい。一方、壬辰戦争をメインテーマにして、秀次・秀頼をめぐる事件、秀吉の死亡などを含んだ文献は「朝鮮軍記物」

金 時徳（キム・シドク）

高麗大学日本研究センター HK 研究教授。1975 年韓国ソウル生まれ。高麗大学日本文学科の学部・大学院（博士課程修了）・非常勤講師を経て、2010 年に国文学研究資料館（総合研究大学院大学）で博士号を取得。著書に『異国征伐戦記の世界　韓半島・琉球列島・蝦夷地』（笠間書院、2010 年）、『그들이 본 임진왜란 江戸人と文禄・慶長の役』（学古斎、韓国語）。共著に『壬辰倭乱関連日本文献解題　近世編』（図書出版文、2010 年 :2010 年度韓国文化体育観光部優秀学術図書）、『秀吉の対外戦争：変容する語りとイメージ― 前近代日朝の言説空間』（笠間書院、2011 年）、『江戸の文学史と思想史』（ぺりかん社、2011 年）など。

と呼ばれ、これに関しては、故・中村幸彦氏が『日本古典文学大辞典』（岩波書店、一九八三〜五）に載せた「朝鮮軍記物」項目や拙著『異国征伐戦記の世界―韓半島・琉球列島・蝦夷地―』（笠間書院、二〇一〇）などを参考文献として挙げることができる。ところで、拙著では、近世における太閤記物・朝鮮軍記物の流れを以下のように分類した。

【近世における太閤記物・朝鮮軍記物の展開】

第一期：参戦者やその関係者による覚書・聞書・記録類が蓄積され、その集成として『太閤記』（一六三七年三月以前に刊行）所収の壬辰戦争記事（巻十三〜十六）が成立した十七世紀の前記まで。

第二期：十七世紀の前期に『両朝平攘録《りょうちょうへいじょうろく》』（一六〇六年序）・『武備志《ぶびし》』（一六二一年完成）のような中国・明朝の関連文献が日本に将来され、日本と中国の文献を集成した『朝鮮征伐記《ちょうせんせいばつき》』（一六五九年刊）・『豊臣秀吉譜《とよとみひでよしふ》』（一六五八年刊）などの文献が成立する十七世紀の中期まで。

第三期：十七世紀の後期に『懲毖録《ちょうひろく》』（一六四二年刊）・『西厓先生文集《せいがいせんせいぶんしゅう》』（一六三二年刊）のような韓国・朝鮮朝の関連文献が日本に将来され、戦争の当事国であった東アジア三国の関連文献が日本に集結することになり、それらを集成した『朝鮮軍記大全《ちょうせんぐんきたいぜん》』と『朝鮮太平記《ちょうせんたいへいき》』が一七〇五年に刊行されるまで。

第四期：読本《よみほん》の『絵本太閤記《えほんたいこうき》』（一七九七〜一八〇二年の間に順次刊行）と『絵本朝鮮軍記《えほんちょうせんぐんき》』（一八〇〇年刊）が成立する十九世紀の初期まで。

第五期：『絵本太閤記』・『絵本朝鮮軍記』以後、十九世紀の末期まで。▼注(1)

十七世紀の前期に出版された『太閤記』の場合、徳川幕府への配慮から、秀吉の死についてはあいまいに書かざるをえなかった。しかし、壬辰戦争に関しては、かなりの分量を割いて七年戦争の全貌を綴っている。『太閤記』のような構成を「広義の太閤記物」と称することにしたい。広義の太閤記は、『豊臣秀吉譜』や『絵本太閤記』のように、江戸時代の全時代に著された。一方、十七世紀の中期・後期に中国・明朝と韓国・朝鮮朝から壬辰戦争に関する文献が多数日本に将来されたことによって、壬辰戦争のことを様々な側面から取り扱う文献が多く著されることになった。十七世紀の前期に成立した『朝鮮征伐記』や、一七〇五年八月に同時発売された『朝鮮軍記大全』・『朝鮮太平記』、十九世紀の初期と中期に刊行された『絵本朝鮮軍記』と『絵本朝鮮征伐記《えほんちょうせんせいばつき》』のように、こちらも江戸時代を通して刊行され続けた。

このように、壬辰戦争のことに重点を置く、いわば専門的な朝鮮軍記物が出現すると、今度は、秀吉の人生を述べるに際して、壬辰戦争のことは専門の朝鮮軍記物に譲って省く文献が現れる。安永年間（一七七二～八〇）に成立した写本の『太閤真顕記《たいこうしんけんき》』や、この文献を底本として一八五二～八年の間に刊行された『重修真書太閤記《じゅうしゅうしんしょたいこうき》』などがそれである。例えば、新潟大学佐野文庫本『太閤真顕記』の第十二編巻十九「朝鮮国征伐御評定の事並秀吉大義の述る事」には、

> 私にいわく、異国合戦の一件は朝鮮太平記に書する所、爰にて略し欠けたるを顕はすのみ。

のような文章が見え、壬辰戦争のことは『朝鮮太平記』に譲って述べない旨が記されている（その他の『太閤真顕記』の諸本における記述も同様）。このような文献を「狭義の太閤記物」と称することができる。それで、ここまで述べた、近世における太閤記物・朝鮮軍記物の類型を整理すると以下のようになる。近世に数多く著された太閤記物・朝鮮軍記物は、この三つのカテゴリのどちらかに入れることができる。

【太閤記物・朝鮮軍記物のカテゴリ──近世】

（**A**）広義の太閤記物＝狭義の太閤記物＋朝鮮軍記物：小瀬甫庵『太閤記』、『豊臣秀吉譜』、『絵本太閤記』など。

（**B**）朝鮮軍記物：堀杏庵《ほりきょうあん》『朝鮮征伐記』、『朝鮮軍記大全』、『朝鮮太平記』、『絵本朝鮮軍記』、『絵本朝鮮征伐記』など。

（**C**）狭義の太閤記物：『太閤真顕記』、『重修真書太閤記』など。

さて、近世における太閤記物・朝鮮軍記物の流れが、近代になってどのように受け継がれ、変貌していったかということが、この発表で取り上げる問題である。太閤記物・朝鮮軍記物の「近代化」とでもいえるだろうか。近世の太閤記物・朝鮮軍記物は、どのような形で近代化されたのか。その答えとして、この発表では以下のようなカテゴリを設定して説明していくことにする。

【太閤記物・朝鮮軍記物のカテゴリ──近代】

（**A**）近世に著された文献の活字化：比較的緩やかな活字化から、次第に厳密な翻刻へと展開する。第二章で検討する、岡田玉山《おかだぎょくざん》が挿絵を描いた『絵本太閤記』の事例がこれに当たる。

（**B**）近代的な太閤記物・朝鮮軍記物としての発達：近代の作者による、新しい太閤記物・朝鮮軍記物の執筆・出版。更に、このカテゴリは以下の二つに分けられる。

（B―一）広義の太閤記物：日本統一と壬辰戦争、死亡に至る秀吉の一生を描く歴史小説類。十七世紀の『太閤記』以来の伝統を汲んでおり、渡辺霞亭《わたなべかてい》の一連の作品がその代表例である。吉川英治《よしかわえいじ》の場合もこの方向を目指したと思われるが、時代の急変により、途中で挫折したものと見られる。第三章の一・二で検討する。

（B―二）狭義の太閤記物：主に秀吉の出世や日本統一までの過程に注目する偉人伝類。十八世紀の『太閤真顕記』や十九世紀中期以降の切附本▼注(2)・絵本の伝統を汲んでいる。第三章の三で検討する。

（B―三）朝鮮軍記物：対外戦争の叙述に想像力を発揮する。その極端な事例が、第四章で検討する『豊臣再興記《とよとみさいこうき》』である。

（C）歴史・史論：この発表では割愛する。

それぞれのカテゴリの検討に入る前に断っておきたいことがある。この発表で取り上げる個別の文献やその作者、背景となる事件に関しては、すでに、近代文化・文学研究の領域に優れた研究成果が多く存在する。この発表は、近世の戦記・軍記を研究する立場から近代の文献や文化史を鳥瞰することで得られた、ごく大まかな展望を述べたものに過ぎない。今後、先行研究に頼りつつ、今回の発表で提案した鳥瞰図の至るところに存在する空白を埋めていきたい。

2　活字化──『絵本太閤記』の場合

明治以降、豊臣秀吉や壬辰戦争、ひいては戦国時代・近世の軍記の翻刻が盛んに行われた。その全貌に関しては高木元氏の先駆的な研究があるので、[注(3)]ここでは、太閤記物・朝鮮軍記物に限定して検討していきたい。

太閤記物・朝鮮軍記物の文献が近代になって翻刻される最も典型的な例は小瀬甫庵《おぜほあん》の『太閤記』である。『太閤記』に関しては、桑田忠親氏による厳密な翻刻が、歴史学者の立場から著された詳細な解題とともに岩波文庫（一九四三～四）として刊行された。この成果を文学研究者の桧谷昭彦・江本裕の両氏が受け継いだのが、新日本古典文学大系の六十番目として刊行された『太閤記』（岩波書店、一九九六）である。なお、太閤記物・朝鮮軍記物の諸文献のうち、翻刻されたものに関しては前掲拙著の付録にその旨を記した。

一方、『太閤記』とともに太閤記物の両軸ともいえる文献が武内確斎《たけうちかくさい》作・岡田玉山《おかだぎょくざん》画『絵本太閤記』【資料一】である。中村幸彦氏によると、『絵本太閤記』は「近世で、いやそれ以後も大阪で出版された本で、最も広く大きな評判を得た小説」で、「今日の如く太閤記文学の流行にとっても、その源流の一つで」[注(4)]ある。氏の指摘以来、近世文学・文化における『絵本太閤記』の影響力は様々な研究者によって強調されてきたとおりであるが、『絵本太閤記』の人気は、近代になっても衰えることはなかっ

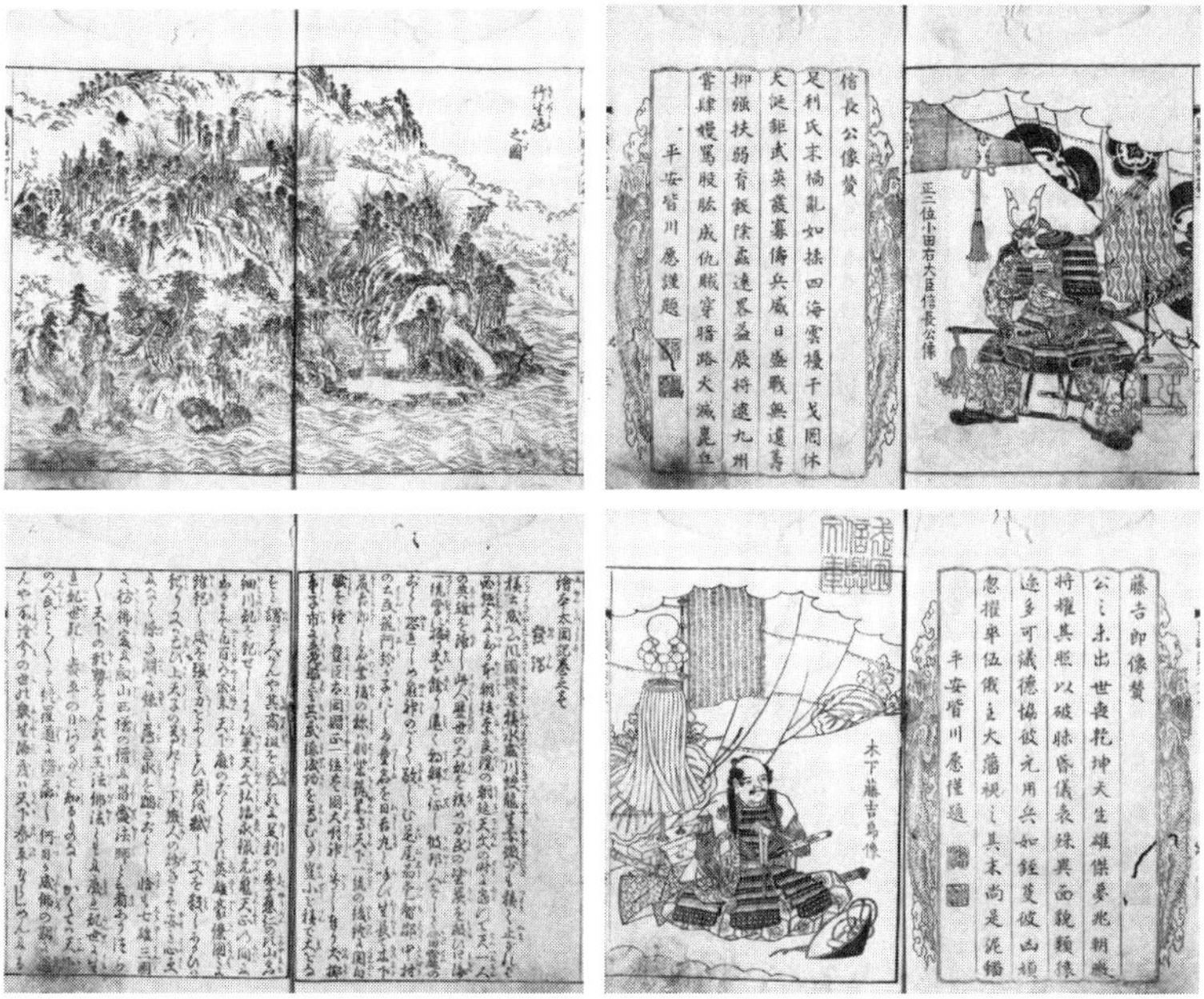

【資料一】『絵本太閤記』初編（早稲田大学図書館蔵）

た。国会図書館のサーチエンジンで、一九四五年までに刊行された『○○太閤記』を検索すると二百余件の結果が出るが、その中で、『絵本太閤記』は六十余件含まれている。ただし、この六十余件すべてが岡田玉山の『絵本太閤記』ではなく、文字通り、「絵本」の「太閤記」という意味での『絵本太閤記』も二十余件含まれている。後者は、近世末期から明治初期にかけて出版された「切附本《きりつけぼん》」や絵本類の流れを汲むものである。近世の文化的な伝統が、明治期のかなり遅い時期までも生産力を保ち続けた証拠の一つであり、第三章で述べる歴史小説や偉人伝など「近代太閤記」に属する。第二章で問題とすべきは前者である。

『太閤記』の場合とは違って、岡田玉山の『絵本太閤記』の信頼できる翻刻はまだ出版されていない。明治期から敗戦までに刊行された『絵

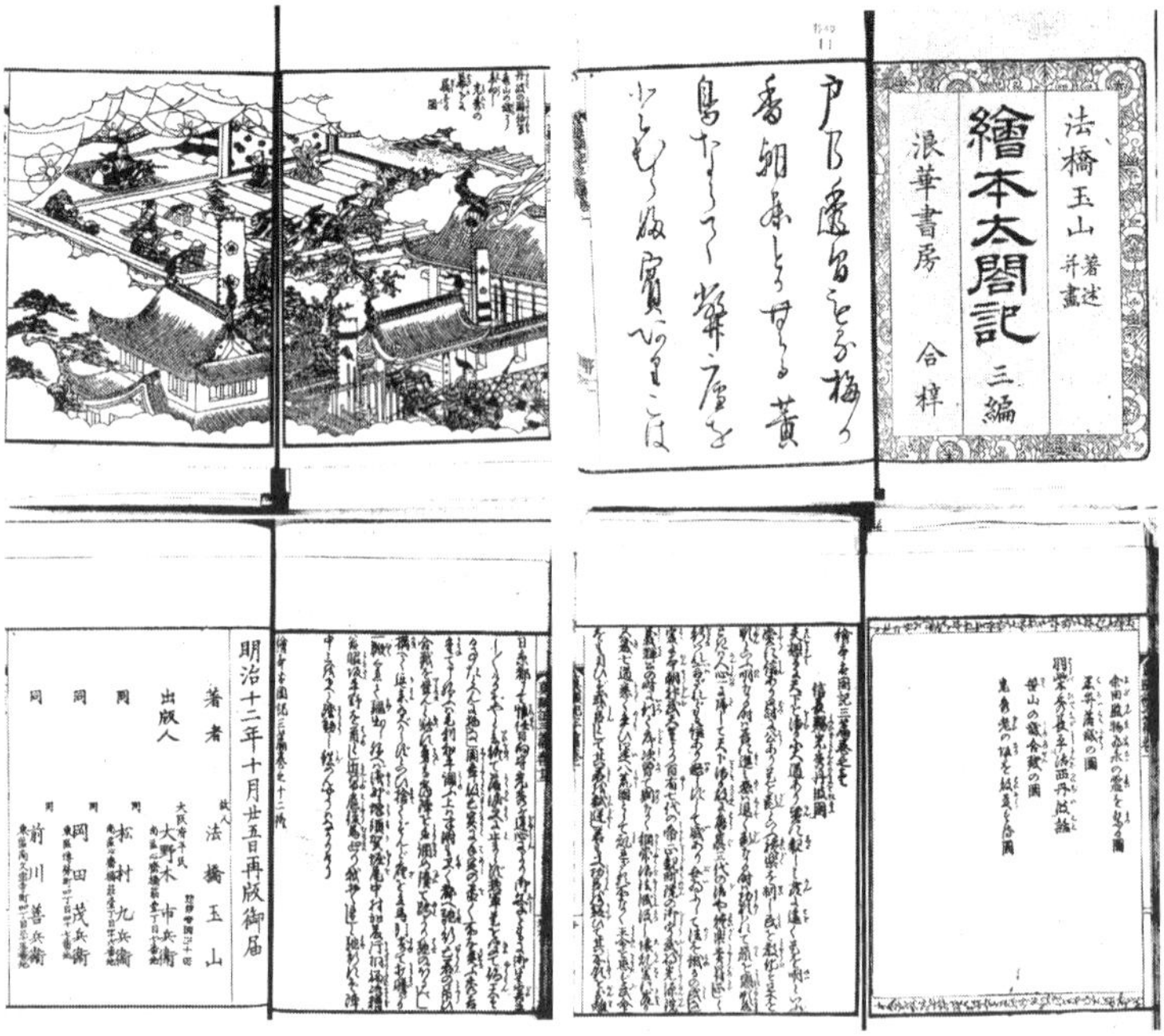

【資料二】『絵本太閤記 三編』（大野市兵衛）（国立国会図書館蔵）

本太閤記』を検討すると、（多くの問題を含みながらも、非学術的なレベルでは利用可能な）塚本哲三校『有朋堂文庫／絵本太閤記』（有朋堂書店、一九二六）に至るまでの間にいくつかの段階を設定することができる。

最初の間は、江戸時代の版木をそのまま刷り、伝統的な装丁を施したものが刊行される。『絵本太閤記　三編』（大阪・大野市兵衛等、一八七九年十月）十二冊【資料二】などを挙げることができる。その次の段階は、『絵本太閤記』（大阪・西野駒太郎等、一八八四年四月）【資料三】や『絵本太閤記』（東京・楽成舎、同年十二月）などのように、江戸時代の『絵本太閤記』に載っていた岡田玉山の挿絵を近代風に描き直し、本文は句読点や括弧などの記号を使わずに翻刻するものである。その翻刻は正確とはいえず、しかも、省略さ

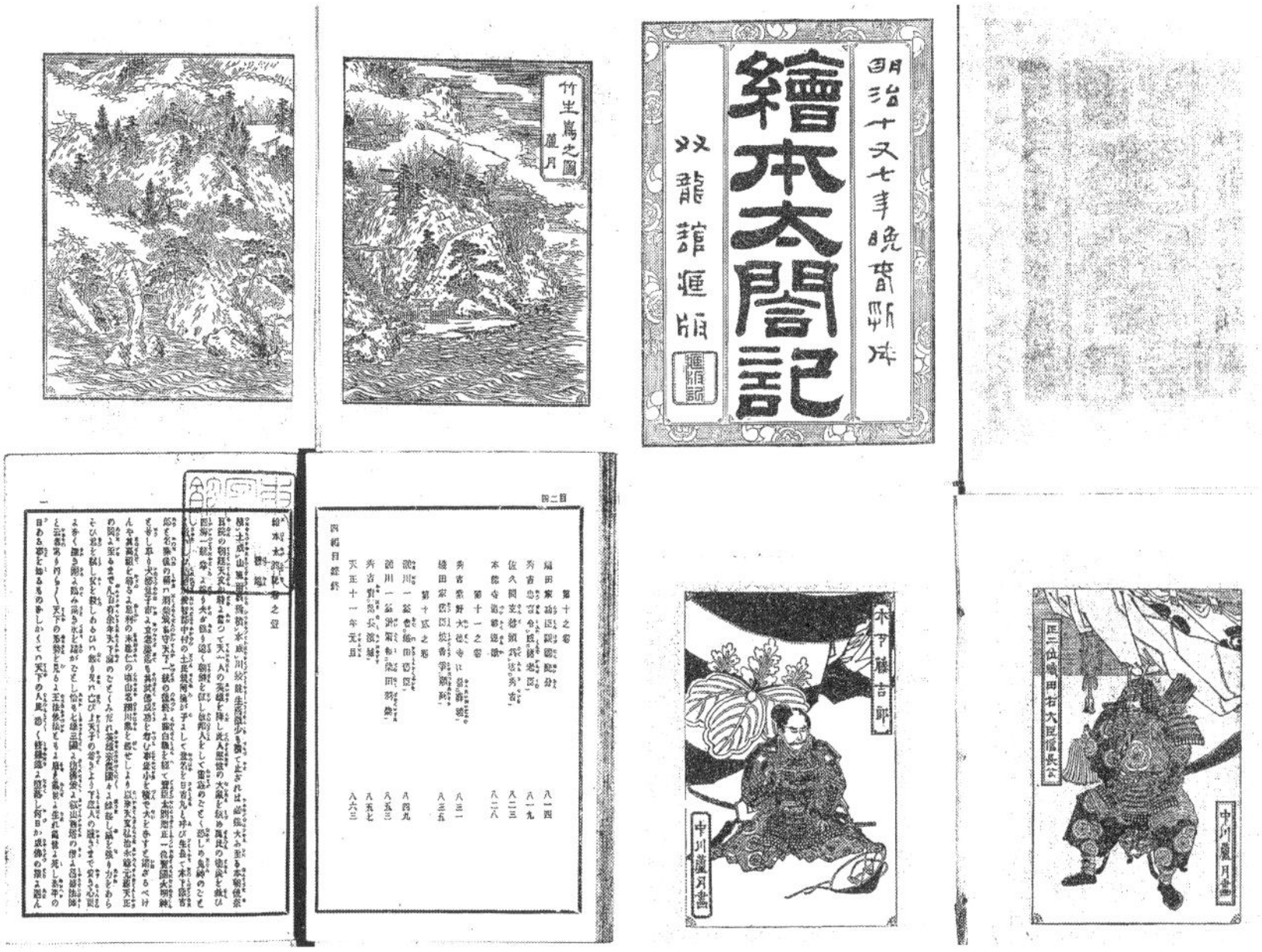

【資料三】『絵本太閤記』（西野駒太郎）（国立国会図書館蔵）

れている箇所もかなりあるようである。

　この時期に刊行された『絵本太閤記』には、岡田玉山ではなく、おそらく編集者かと思しき人名が散見されるが、その中で注目されるのが樋口文治郎《ひぐちぶんじろう》と野村銀次郎《のむらぎんじろう》である。明治初期の出版に関わった多くの人がそうであるように、二人についてもよく分からないが、『絵本太閤記』というタイトルで刊行された十数点の文献に、この二人の名前が見える。

　樋口文治郎は三件の『絵本太閤記』を出している。同じタイトルではあるが、大阪の赤志忠雅堂と東京の闇花堂とで出したものの間には、体裁上、かなりの相違点が見受けられる。赤志忠雅堂から一八八六・七年に出した『絵本太閤記』【資料四】は、近世の『絵本太閤記』に掲載されているいくつかの序文のうちの一つを転載し、岡田玉山の挿絵は近代風

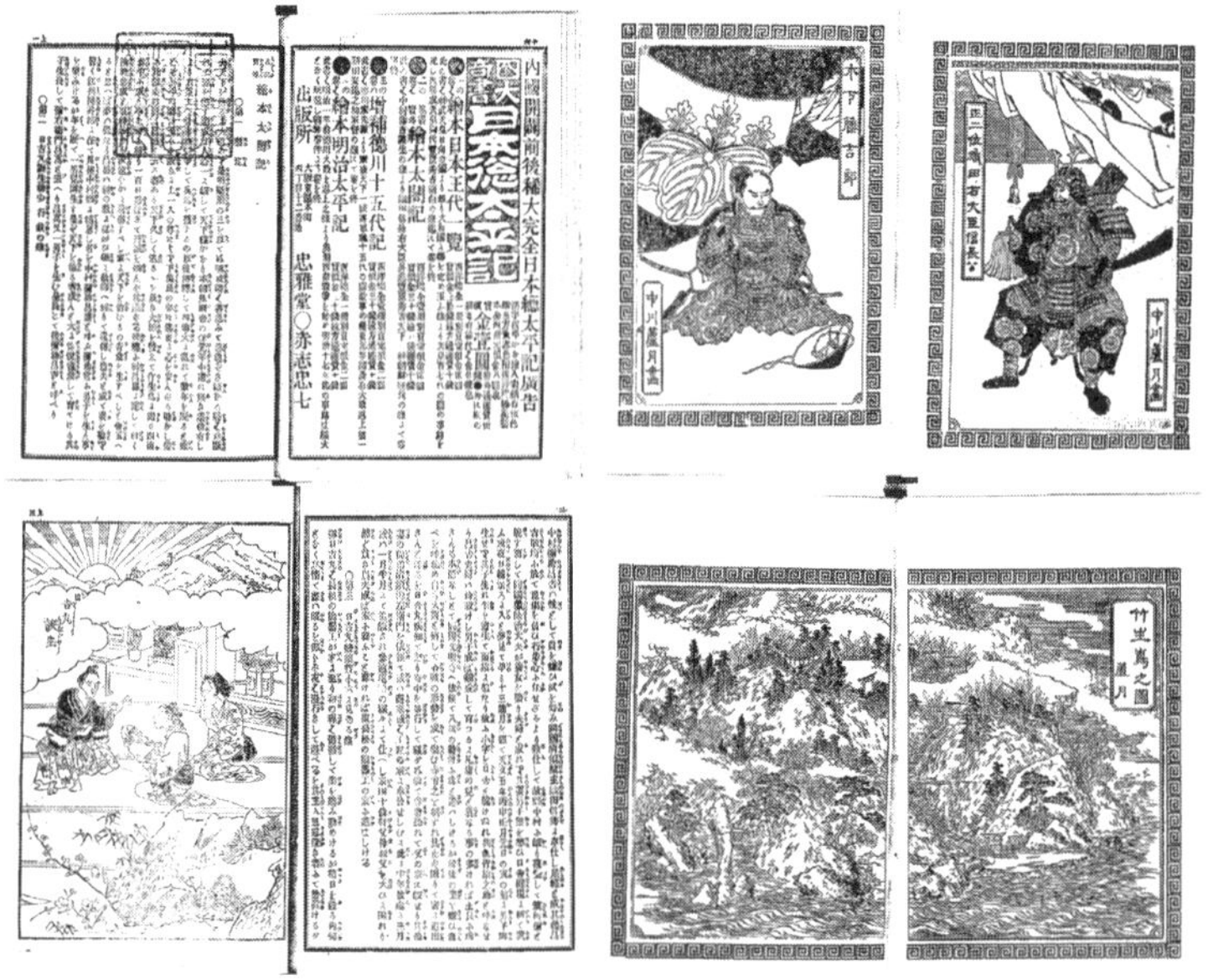

【資料四】樋口文治郎『絵本太閤記』（赤志忠雅堂）（国立国会図書館蔵）

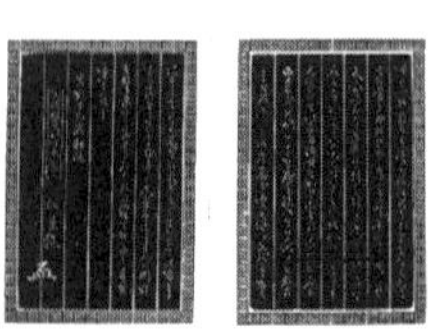

に描き直し、本文も、句読点や括弧などの記号を使わずに翻刻している。挿絵の説明にはくずし字と活字とが併用される。一方、同じく一八八七年に誾花堂から出したもの【資料五】は、序文は岡田玉山『絵本太閤記』のそれを転用するが、近世の『絵本太閤記』になかった新しい図柄の挿絵を載せ、本文は、近世の『絵本太閤記』のそれと、出典が確認されない文章とを混ぜている。後者の文章は樋口文治郎の創作かもしれない。国会図書館の検索結果によると、彼は一八八六～八年の間に大阪の赤志忠雅堂（赤志忠七・忠雅堂とも）

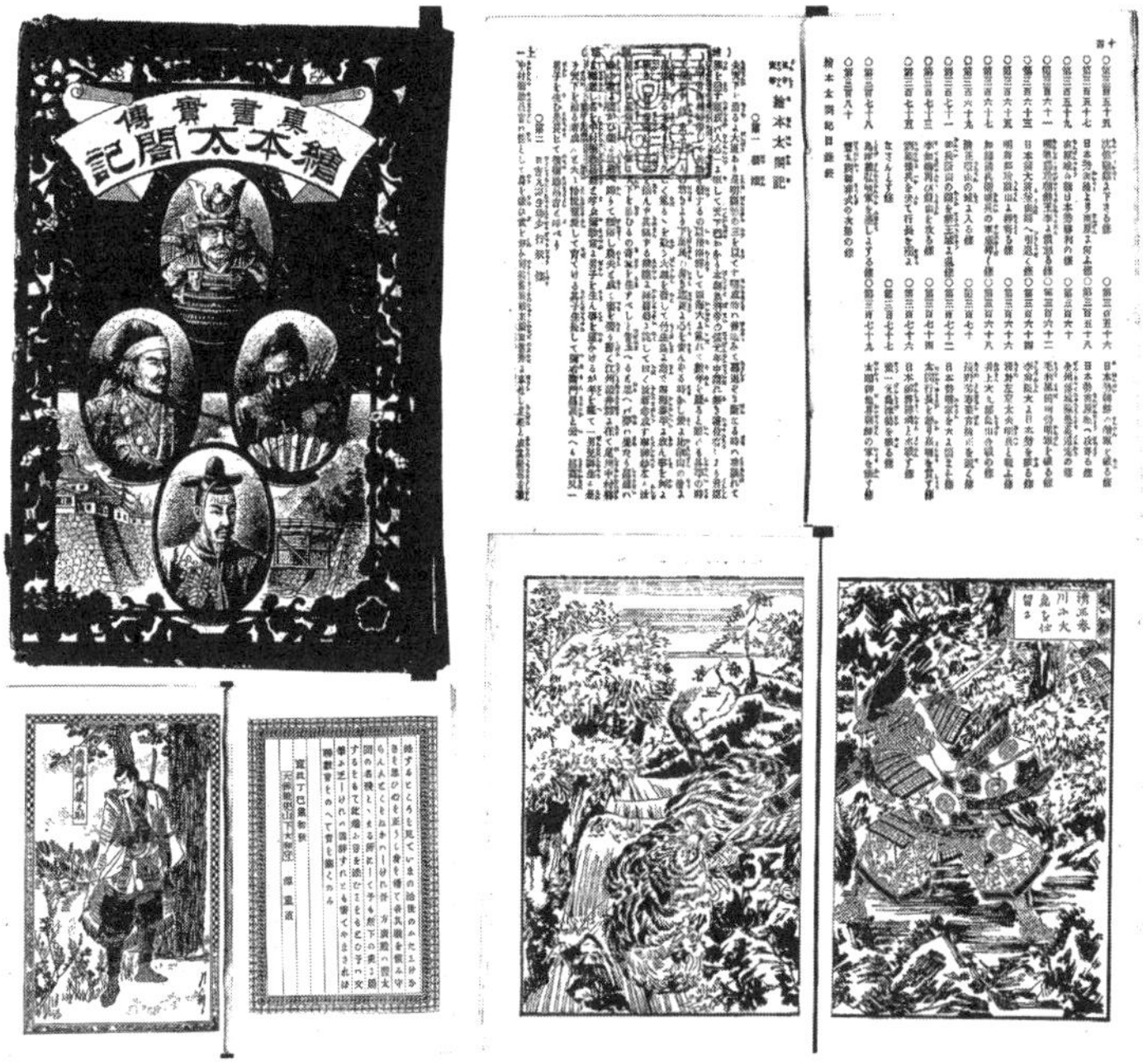

【資料五】樋口文治郎『絵本太閤記』（誾花堂）（国立国会図書館蔵）

から十一点の文献を出版している反面、東京の誾花堂からは、前述した『絵本太閤記』の一点を出したに過ぎない。東京の誾花堂から出した『真書実伝／絵本太閤記』における上記の特徴は、出版社を変えての、彼の新しい試みの痕跡かもしれない。

一方、野村銀次郎は一八八三～九〇年の間に五十六件の著作を出版するなど、精力的に活動したことが確認される。そのうち、太閤記物は、一八八六～七年の間に東京の銀花堂と誾花堂から刊行された『絵本太閤記』『絵本太閤記／朝鮮軍記』『絵本太閤記／山崎大合戦』『絵本太閤記／大徳寺焼香場』『絵本太閤記／賤ケ岳七本槍』『絵本太閤記／木下竹中問答』などの十点前後である。一八八七年に銀花堂から出版された『絵本太閤記／朝鮮軍記』は、一八五三・四年に刊行された『絵

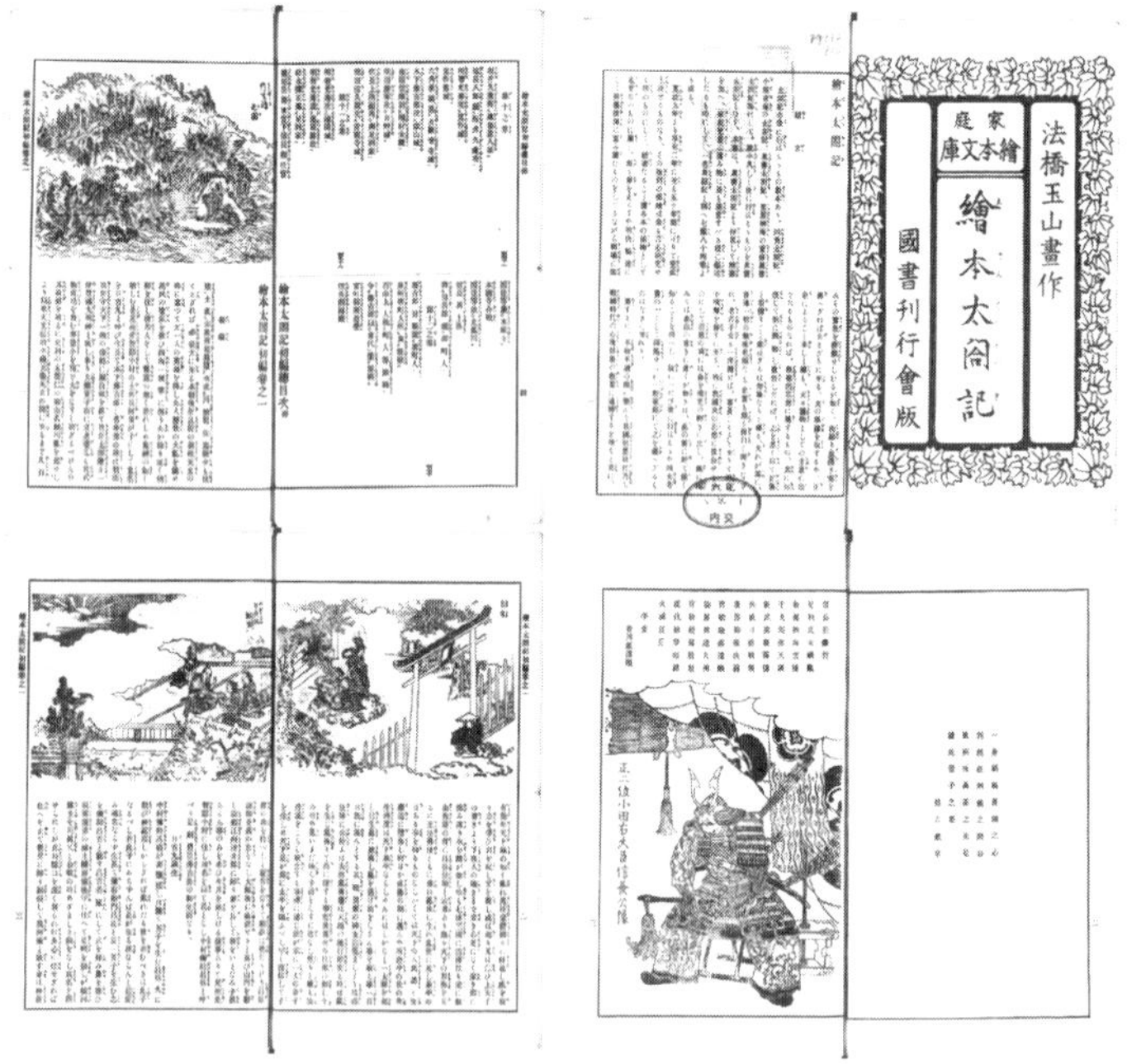

【資料六】家庭絵本文庫『絵本太閤記』（国立国会図書館蔵）

本朝鮮征伐記』を要約したものと見られ、その他のものも岡田玉山『絵本太閤記』の純粋な翻刻ではない。しかし、樋口文治郎と野村銀次郎が『絵本太閤記』というタイトルの文献を多数出版した時期が一八八六〜七年と重なり、東京の闇花堂が二人の出版に関わるなど、二人の『絵本太閤記』関連の出版には看過できない共通点が存在するように思われる。

二人の後は、絵師の岡田玉山の名前を付した『絵本太閤記』の翻刻本の出版が主流となり、東京の文事堂・楽成舎・成文社・清輝閣、大阪の三史堂・文金堂などがその出版元として掲げられる。また、大正期に入ると、『絵本太閤記』は文庫の一部として編入されるようになる。三教書院の「袖珍文庫」（一九一二）や国書刊行会の「家庭

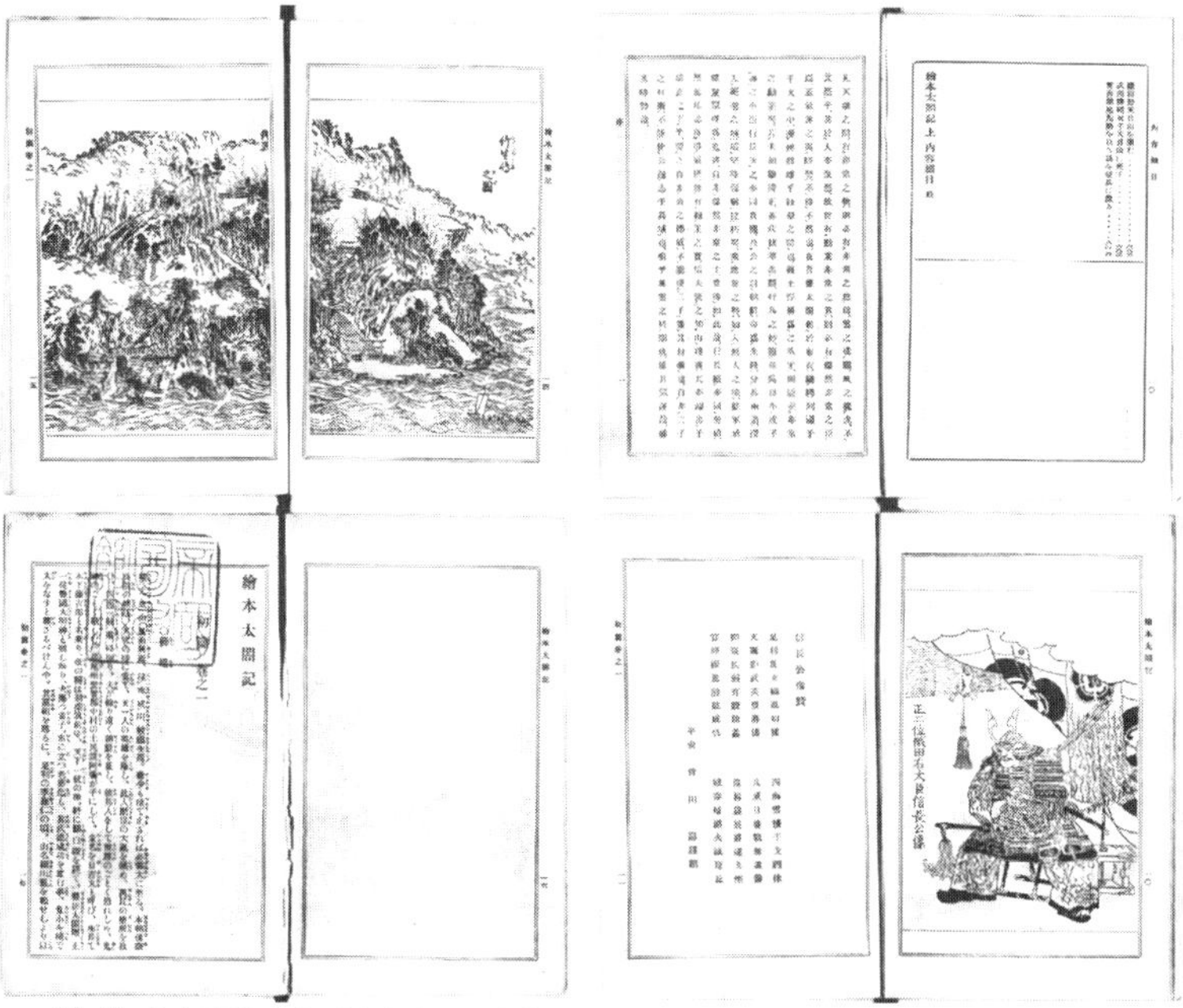

【資料七】有朋堂文庫『絵本太閤記』（国立国会図書館蔵）

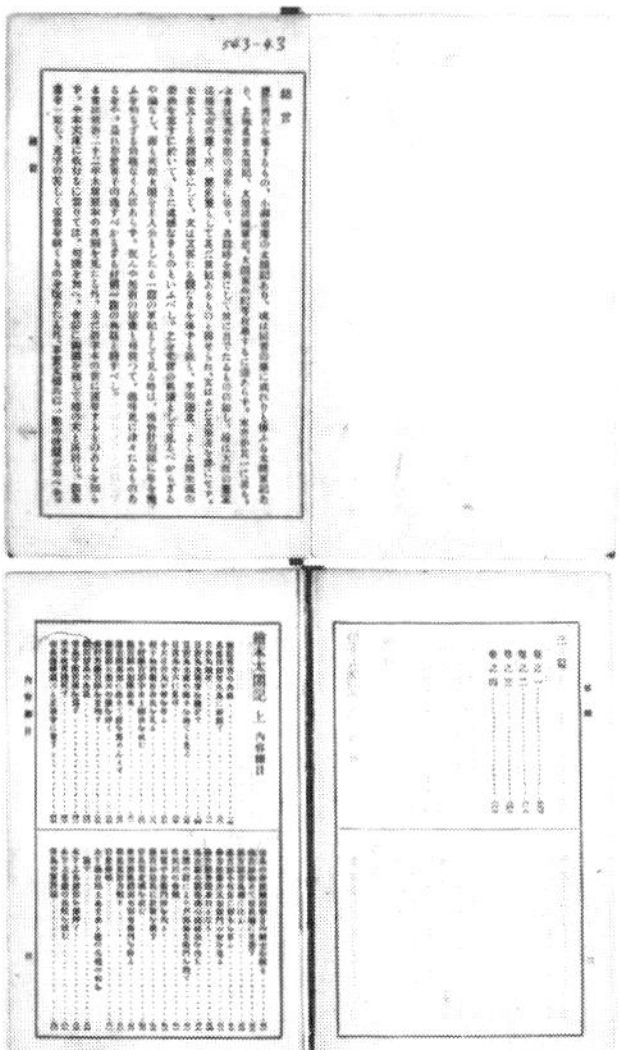

絵本文庫」（一九一七）、前述した有朋堂書店の「有朋堂文庫」（一九二六・七）などがそれである。『家庭絵本文庫』【資料六】と『有朋堂文庫』【資料七】の両方を比べると、校訂者の序文、近世版『絵本太閤記』にあった序文と口絵（織田信長・豊臣秀吉の肖像など）が掲載された点は同じである。一方、両方ともに、翻刻の際に句読点を施すが、『有朋堂文庫』の方が遥かに多くの句読点を用いている。挿絵に関していえば、両方とも

に岡田玉山の描いたものをそのまま転載するが、『家庭絵本文庫』の方が、なるべく多くの挿絵を載せようとする姿勢を示すのに対し、『有朋堂文庫』の方は、作品の展開において重要な場面に当たる挿絵のみを載せる。全体的に言って、『有朋堂文庫』の方に編集意識・校訂意識がより多く発揮されたといえるのではなかろうか。このような作業は読者への配慮であったといえるが、逆に、翻刻を原本から遠ざける結果ともなった。

戦後になり、戦前の体制への批判的な姿勢が日本社会の主流になる中で、近世に著された太閤記物・朝鮮軍記物の多くは埋もれた。史料としての一定の価値が認められた『太閤記』に関しては研究が続けられ、前述したように、信頼できる翻刻も出版された。しかし、史料でもなく、かといって、研究者によって文学的な価値が認められることもなかった『絵本太閤記』などは、現代日本の文脈からほぼ完全に脱落してしまった。秀吉や対外戦争への賞賛と外国への軽蔑感に満ちた『絵本太閤記』は、現代の日本から見ると、決して愉快な作品ではないのである。しかし、現代の日本人が近世日本の一特徴を把握し、今に続く秀吉像・壬辰戦争像の源泉を理解するためには、『絵本太閤記』の信頼できる翻刻が必要である。一九九五年に主婦と生活社から刊行された『新編絵本太閤記』も、翻訳ではなく要約文である。今のところ、『絵本太閤記』の翻刻として(限界はあるにせよ)使えるのは「有朋堂文庫」本ぐらいであろう。しかし、前にも触れたとおり、この翻刻には問題が少なくない。ちなみに、近頃、発表者は初版に近い『絵本太閤記』全八十四冊を入手し、二〇一二年から拙ブログにその翻刻を載せる予定である。この作業が、現代の日本で『絵本太閤記』の信頼できる翻刻本の誕生を触発する小さなきっかけになることを願う。

3　近代太閤記―歴史小説と偉人伝

江戸時代に様々な形で執筆・享受された太閤記物の諸作品は、近代になってから活字化され、その一部は厳密な翻刻本へと展開した。一方、近代になってからも、新しい太閤記物というべき作品は著され続けた。その、いわゆる「近代太閤記」は、歴史小説と偉人伝の二つの流れに収斂されるようである。この二つの流れの近世的な起源としては、講談と切附本とを掲げることができる。

(1) 講談から歴史小説へ

近世から近代にかけての講談の大衆的な人気については贅言を要しないであろう。太閤記物・朝鮮軍記物においても、近世の講談の伝統が近代に続き、やがて、講談が否定されるところに、太閤記物・朝鮮軍記物の歴史小説が生まれてくる。

近世における太閤記物・朝鮮軍記物の講談の早い例としては、十八世紀に成立したものと見られる『朝鮮征伐軍記講《ちょうせんせいばつぐんきこう》』『朝鮮征伐記評判《ちょうせんせいばつきひょうばん》』などを挙げることができる。国会図書館の検索結果によると、近代における講談・太閤記物の早い例としては、神田伯竜《かんだはくりゅう》『講談太閤記』（柏原奎文堂、一九〇〇～〇二）、真竜斎貞水《しんりゅうさいていすい》講演・石原明倫《いしはらめいりん》速記『歴史講談／豊臣秀吉』（滝川書店、一九〇一）、桃川実《ももかわみのる》『新講談太

【資料八】立川文庫『太閤記』（国立国会図書館蔵）

閣記』（新潟日報社、一九〇三）などを挙げることができる。このうち、『歴史講談／豊臣秀吉』は秀吉の出生に始まり、いくつかのエピソードを説いた後、壬辰戦争のことに短く触れ、「異国征伐」の志半ばにして死んで神になったという言及で終わる。一方、時代は下るが、田辺南竜《たなべなんりゅう》五世による『読切講談／太閤記』（天佑書房、一九四二）の場合、

> 八紘一宇の大理想を以て今や東亜共栄圏の確立より更に進んで日本世界へ邁進しつ、ある我が一億国民の健全なる読物として、戦線へ銃後へ、偉大なる英傑物語を講演致す事を私は慶こびとする者でございます。さて一農家より身を起し位人臣を極めましたる大英雄、豊臣秀吉公は…。（一頁）

のように、時勢を反映した文章から始まるが、「これで美濃攻の巻は終りとなりました。これより秀吉は主君織田信長公が明智日向守光秀のために、本能寺に於て弑せられたるを備中高松城水攻めの最中にて承知し、天地容れざる大逆の罪に山崎合戦で誅伐を加へ、信長の後を襲ふて天下を掌握し、遂に朝鮮国はおろか大明国を震駭させた世界的の英雄、豊太閤秀吉の英名を馳せたのであります」（二百十九頁、終り）のように、本能寺の変の前に話が終わってしまい、壬辰戦争にも触れない。第二次世界大戦の渦中に執筆されてはいるものの、かならずしも対外戦争のことを述べるわけではないということに注目したい。このように、近代における講談の太閤記においては、秀吉の出世までの過程に関心が集中していて、日本統一後の出来事や壬辰戦争などは、かならずしも不可欠な要素ではなかったようである。もう一つの例を挙げると、大正期に絶大な人気を誇った立川文庫《たつかわぶんこ》シリーズの第十三・二十五・三十五編として、野華散人（野花散人・野花山人とも）による『太閤記／巻の一・藤吉郎』『同二・羽柴筑前守』『同三・豊臣秀吉』【資料八】が一九一一・一二年に立川文明堂から刊行された。巻三の末尾には『巻の四・豊太閤』の予告が見えるが、実際は刊行されなかったようである。巻四が刊

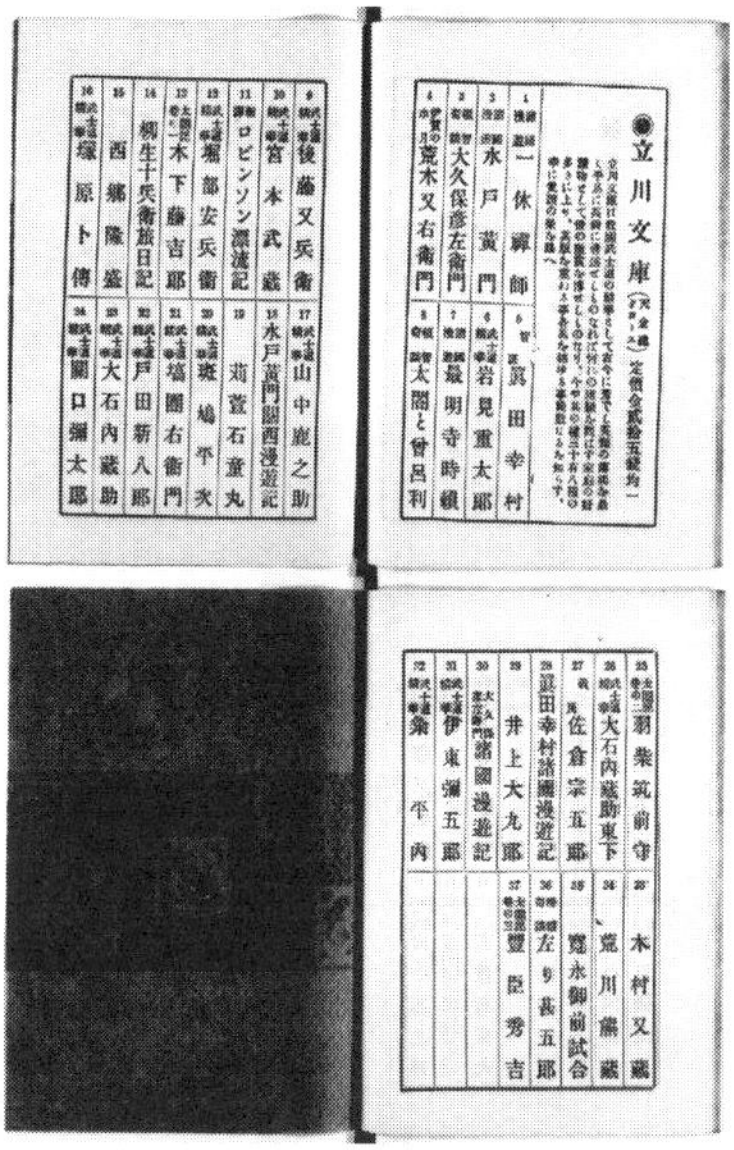

【資料八】立川文庫既刊目録。『太閤記／巻の三・豊臣秀吉』のタイトルが載っている

行されなかった結果、立川文庫版の太閤記は、壬辰戦争といった要素を欠いた狭義の太閤記物になった。

ところで、ここで、立川文庫版の太閤記の巻の区分が藤吉郎・羽柴筑前守・豊臣秀吉（そして、豊太閤？）のようになっていることに注目していただきたい。実は、秀吉の全生涯をこのように区分して理解しようとする意識は、渡辺霞亭・吉川英治などの歴史小説家に共通していて、このような区分の原点に講談本・立川文庫が置かれているようにも思われるからである。このように推測する傍証の一つに、近代日本の歴史小説の誕生に講談本・立川文庫が影響を及ぼした事実がある。この点について、近世の講談・実録体小説の研究者で、『実録研究―筋を通す文学―』（清文堂出版、二〇〇二）、『大坂城の男たち―近世実録が描く英雄像―』（岩波書店、二〇一一）などを執筆した高橋圭一氏は、近代における立川文庫の魅力に触れる中で次のように述べる。

大正年代に「立川文庫」という叢書が、少年たちの間で一大ブームを巻き起こした。…上方講談師玉田玉秀斎とその周りの山田酔神らの若い書き手たちによる講談風の小説で、講談速記本と時代小説のちょうど中間に位置するものである。…立川文庫の創刊は明治四十四年（一九一一）四月であった。大正二年一月には第四十編『真田三勇士／忍術名人／猿飛佐助』が出版されて全盛期を迎える。同じ頃東京では、立川文庫と同年に創刊された講談社の『講談倶楽部』でいわゆる「講談師問題」が起こり、それまで紙面を埋めていた講談速記が掲載されなくなってしまう。

その結果、講談師・速記者によらない「新講談」が生み出され、それが大衆小説の母胎となった、というのは近代文学史上よく知られた一コマである。講談速記から決別したところから時代小説の歴史が始まり、講談の内容の荒唐無稽から離れる後方へと進んできたのが時代小説・歴史小説である、というのが常識である。私はこの常識を覆そうとは思っていない。菊池も芥川も、講談本とは違った彼ららしい人物像を作り上げた（第五章の参考文献に掲げた、奥野久美子氏『芥川作品の方法　紫檀の机から』に、芥川の短編『将軍』が日露戦争に出征した講談師桃川若燕の講談速記本『乃木大将軍陣中珍談』に拠りつつ「独自の批判的要素」を加えた様が、詳しく説かれている）。常識は誤っていない。ただ、講談本が先にあったからこそ彼らの創作がなされた、ということは強調しておきたい。▼注(5)

（2）渡辺霞亭と吉川英治

立川文庫の太閤記は藤吉郎・羽柴筑前守・豊臣秀吉の三巻を含むが、豊太閤の巻が刊行されなかったので、豊太閤の巻に壬辰戦争のことが含まれる計画だったかが明らかでない。即ち、立川文庫の太閤記が狭義の太閤記物と広義の太閤記物のどちらを目指したかが不明なのである。このことを考える上で参考になるのが、小説家・新聞記者・蔵書家などで知られる渡辺霞亭（一八六四〜一九二六）の一連の作業である。彼は碧瑠璃園《へきるりえん》というペンネームで何回も秀吉の伝記を著したが、それぞれの作品における方向性には違いがあった。

彼が一九一一～四年の間に東亜堂から出した『豊臣秀吉／日吉丸の巻・藤吉郎の巻・筑前守の巻・太閤の巻』全七巻は、

努力向上の活模範／緑園先生著『新太閤記』／…／本書に対する世評の一斑／【報知新聞批評】…彼の真書太閤記の如きも尚本書出でて顔色を失はんとす…／【東京朝日新聞批評】藤吉郎の巻出づ大阪朝日新聞連載中のもの也秀吉は智恵ばかりで天下を取りたるに非ず忍耐刻苦人の為し難き辛抱をなし、献身的忠実の心を以て階子上りに出世せりといふ道行をよく少年者に理会せしむるには斯る家庭的読物を必要とすべし。

との巻末広告に見るように大ヒットを記録し、一九一七年には同じ出版社から『縮刷豊臣秀吉』前・後編も刊行される運びとなった。全七冊の最後の巻である『太閤の巻・後編』の最後には、

秀吉第一の志望であった天下一統の大業はこれで終わった、天正十八年秀吉五十五歳であった。十九年にはいよいよ朝鮮征伐に手を着けた、同時に関白職を秀次に譲って、自ら太閤と称した。次には朝鮮征伐、伏見城の増築、秀次の滅亡、大明との交渉、再度の朝鮮役、慶長三年の薨去に至るまで、まだ記述すべき事はいくらもある、材料も山の如く積まれてあるが、それは他日稿を改めて記すことにし、此の編は豊公の天下統一全く成りしを以て終局とする、読者諒とせよ。▼注(6)

とあり、壬辰戦争や秀吉の死亡など、日本統一以降のことは他の作品で著す旨を記していて、このシリーズは狭義の太閤記物を目指すことを明かす。そして、この約束を守るかのように、一九二五年に大阪の一書堂書店から刊行された『瑠璃園叢書／三／豊臣秀吉』では、全二七九頁のうち、二四五～二五九頁で壬辰戦争のことを述べる。【資料九】

少年の日から壮年の日まで殆ど敗ける事を知らなんだ秀吉の頭には何時も、勝つ事ばかりが育まれ、培はれて行ったので、彼の志は次第に大きくなり、彼の夢想は次第に広くなって行くばかりであった。日本国中を手の中に入れた秀吉は支那四百余州をも領土にして武威を海外へ輝かす日の来る事を明け暮れ望んでゐた。（二四五頁）

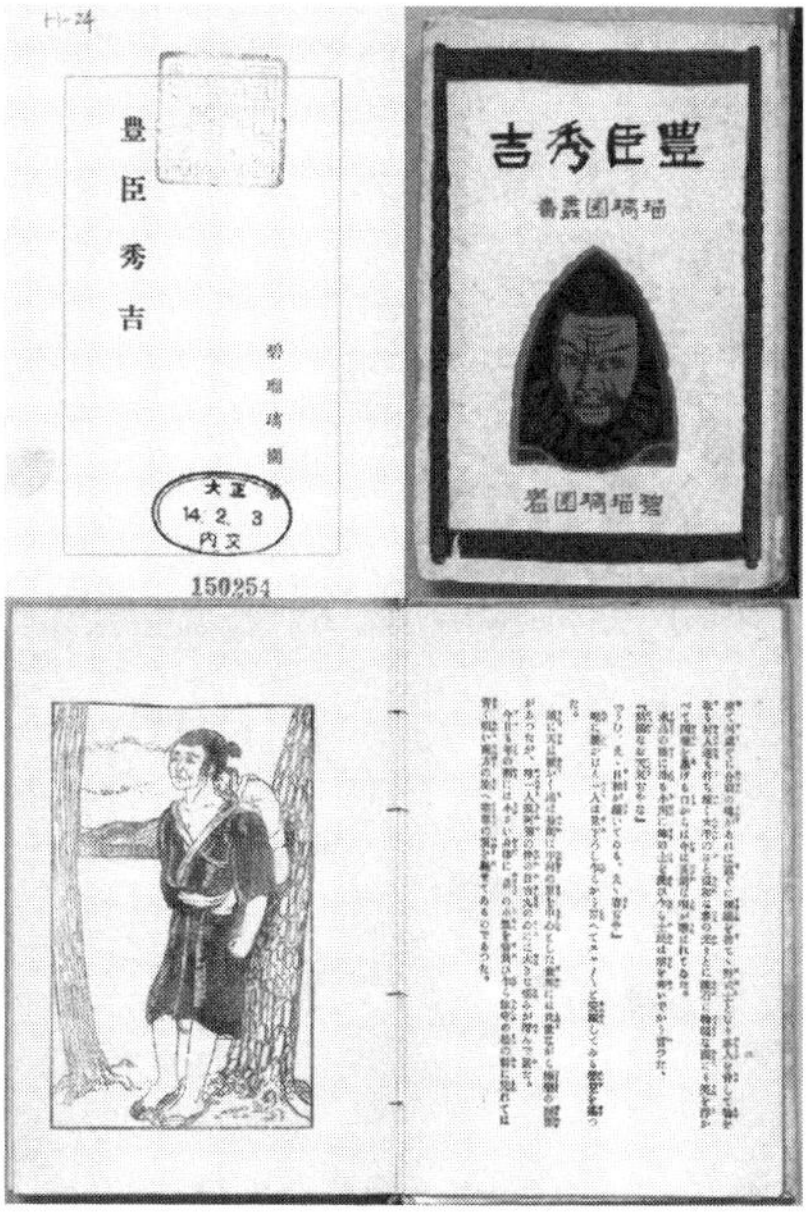

【資料九】『瑠璃園叢書／三／豊臣秀吉』
（国立国会図書館蔵）

といった風に、対外戦争のことを淡々と述べていて、基本的にこの戦争を肯定的に評価してはいるが、興奮した筆致ではないように感じられる。その内容は、岡田玉山の『絵本太閤記』に拠りながら、主に逸話を紹介したものである。秀吉という人物に対する作者の関心は、

日本平民が生んだ唯一の平民的英雄はかくして死んだが、『太閤』の名は何時までも『日出づる国』に生を享けた民衆の頭脳から離れる日は決して無いと信じてゐる。日輪の国から日輪托生伝説に依って生まれた一英雄は何時何時までも日輪と共に生きてゐるに違いなひ。（二七九頁）

という末尾のように、ある種、民衆史観とでもいえるようなもので、その興味は主に秀吉の出世の方に集中されているのであった。このような彼の視点は、彼が少年少女向けの偉人伝として一九二五年に東京の大鐙閣で刊行した『児童教育文庫／二／豊臣秀吉』でも、「日本最大の偉人、国民が産んだ唯一人の英雄は実にかうした悲惨な幼時を持ってゐたのであった」（一一七頁）といった文章のようにも表現される。▼注(7)

渡辺霞亭に続いて広義の太閤記物を目指したと見られるのが、「従来の太閤記の如き講談風の叙述は全て排除し、現代小説的な筆致と雄渾なる規模とを縦横に駆使し」（第七編巻末に載った新潮社側の宣伝文句）たと宣伝された『新書太閤記』の作者・吉川英治である。彼は一九三九年から『新書太閤記』の連載をはじめ、一九四一～二年の間に「藤吉郎篇上・下」「秀吉篇上・中・下ノ一・下ノ二・下ノ三」の全七編を新潮社から出した後、「かねて命を拝した海軍軍令部編纂の公刊日本海軍戦史の

起稿に没頭するために」（第七編巻末「読者諸氏へ」）連載を一旦中断する。その後、一九四四～五年の間に第八巻『秀吉篇下ノ四』と第九巻『秀吉篇下ノ五』を新潮社から出す。ちなみに、この発表を準備するために、『新書太閤記』の韓国内の所蔵状況を調べたところ、旧朝鮮総督府の蔵書を継承した韓国国立中央図書館、および植民地時代に設立された高麗大学には第七編までしか所蔵されていないことが確認された。第二次世界大戦の戦況が悪化する中で、日本（内地）で続刊された『新書太閤記』の第八・九巻を朝鮮（半島）で入手することが困難だったせいかもしれない。

このようにして、戦争の最終段階に至るまで出版され続けた『新書太閤記』であったが、敗戦後、その続刊が途絶える。そして、一九四七年になって、六興出版部からもう一度『新書太閤記』第八巻が刊行される。吉川英治は講談社とトラブルを起こし、戦前に講談社から刊行した『宮本武蔵』の版元を六興出版部に変えたが、[注(8)]『新書太閤記』の場合も同じような事情があったのであろう。ここで問題は、どうして吉川英治は敗戦を挟んで連載を中断し、敗戦の数年後に連載を再開したかということである。この点に関しては多くの先行研究があると思うが、以前、発表者と共著を出した近世軍記・軍書研究者の井上泰至氏の次のような発言を引用する。

一般的な今の秀吉のイメージという点では、吉川英治の『新書太閤記』というのが大きくて、ところがこれは戦争中というか昭和十四年に読売新聞で連載が始まっているんですよ。つまり時局の最中なんですよ、あれは。だから今読むとちょっと恥ずかしいぐらいの皇国史観が『新書太閤記』の中にはいっぱい見えるんです。そして、昭和二十年の八月二十三日で中断して、それ以降筆を折っているんです。吉川英治という人は日本の海軍の戦史の編纂にも携わっていた人ですから。彼の構想としては、この文禄・慶長の役を書く予定だったんでしょう。ところが戦争に負けて書けなくなっちゃった。二十四年頃から菊池寛に勧められるんだけれど、もうとてもこの戦争の問題は戦後書けないから結局、もう尻切れトンボの徳川家康と手打ちをするようなところの辺りで、ちょっと書き継いだだけで終わりにして単行本化しているんです。つまり文禄・慶長の役を吉川英治は書けなかった。結局この戦争を扱うということは、一般の文学であっても必ずそのときの政治の問題、とくに東アジアにおける対外的な日本の政治の問題というのが必ず関わってくるんです。…さっきの吉川英治の話に戻ると、昭和二十四年にもう一回書き出すんですよ、『新書太閤記』を。それはやっぱりタイミングとしてよく分かるんで、中華人民共和国の成立の時期なんですね。つまり、アメリカの思い通りに中国がならないことがはっきり分かってきて、日本を一旦は非軍事化しようとしたけれど、もう一回砦にしようというふうに考え出す、つまりレッドパージに動き出す。急に本の検閲の仕方も変わってくるんですね。GHQの。それともうピッタリ符合が合ってくる。こういう変化もあって、書いていいんだなと吉川英治が思い出したということではないかと思うんですよ。やっぱりこのテーマはそれぐらい今でも生々しい。▼注(9)

すなわち、戦時下で著していた『新書太閤記』だったが、敗戦によって社会の体制が完全に変わってしまったため、吉川英治は連載の中断を余儀なくされた。また、中国の共産化とともにGHQの検閲が緩んだことを機に連載を続けたということである。もし、戦争が続いたら、吉川英治は壬辰戦争にまで話を続け、『新書太閤記』を広義の太閤記物にしたのであろうか。その答えは永遠に得られないだろうが、戦後、方向性の根本的な転換とともに続刊された『新書太閤記』は、突如終わったかのように結末を迎えることになる。このような挫折は、江戸から明治への急変によって広義の太閤記物になれなかった『絵本豊臣勲功記』の事例に類似するが、後述するように、両方における具体的な挫折の理由は異なる。

吉川英治に続いて、司馬遼太郎も『新史太閤記』という太閤記物を著したが、ここでも、壬辰戦争や秀吉の晩年はあいまいに処理されるに止まった。井上氏の話を続いて見てみよう。

吉川英治の後に現れた日本の代表的な歴史小説の作家というと司馬遼太郎ですけれども、彼はやっぱり文禄・慶長の役は書けないわけですよ。秀吉を主人公にしても、その部分は書けないんです。で、わずかに触れているのは『関ヶ原』という小説の中で、朝鮮から帰った武将たちの仲間割れの物語として捉え、豊臣政権というのは朝鮮であんな滅茶苦茶なことをしたから、もう民からも飽きられ、内部でも分裂していたんだという形で、物語を終えるわけです。じつは関ヶ原の一番根本的な背景には朝鮮の戦役があるんだという結論を書くわけですね。▼注(10)

このようにして、戦後日本の太閤記物においては、壬辰戦争という素材は禁忌のものになってしまい、自然と狭義の太閤記物が主流になったのである。二〇一一年のNHK大河ドラマ「江」に至るまで、秀吉やその時代のことを扱う文献・映画・ドラマでは様々な想像力が発揮されているが、壬辰戦争については、望ましい韓日関係史像・東アジア関係史像を覆すようなものは表現されない。山岡荘八《やまおかそうはち》の『異本太閤記』（講談社、一九六五）の場合は、壬辰戦争ではなく、本能寺の変を以て想像力を発揮している。因みに、韓国でも大ヒットした岩井俊二《いわいしゅんじ》監督の映画『四月物語』には、劇中劇として『生きていた信長』という映画が挟まれているが、その内容は、本能寺の変で自害したのは信長ではなく家康だったといったもので、この映画でも、想像力が発揮されるポイントは本能寺の変である。

（3）切附本・絵本から偉人伝へ

一方、歴史小説とともに、近代になって新しく著された太閤記物として注目すべき存在が、少年少女向けの偉人伝である。先にも引用した対談で、井上泰至氏は、近世・近代における太閤記物の人気の理由をその偉人伝としての機能に求めて、次のように述べる。

秀吉の人気というのは、結局はあの異様な出世にあるわけで、それが活力なんですよ。例えば吉川英治なんていうのは親が落ちぶれて塗炭の苦しみの中から懸賞小説を当てて、講談社に入って『キング』という雑誌で大きくした。それぐらい大正期から昭和のはじめにかけての一種の成り上がりの感覚、あるいは、膨張の感覚については、秀吉とシンクロしたと思いますよね。宮本武蔵の次が秀吉だったわけですよね。宮本武蔵というのは自分の力で切り開いていく男で、それの延長が秀吉なわけですよ。戦後になって、我々が知っているのは緒形拳なんかがやっている大河ドラマの秀吉像ですが、あれももとは吉川英治の『新書太閤記』で、ドラマの題字を田中角栄が書いたという話も残っていますけれども、結局日本が草の根から活力が出るというときに秀吉という英雄はものすごく担がれる。その方向性についてはおおいに問題もあるんだけれども。ついでに付け加えると、太平洋戦争前では、言論統制やノモンハンなどで活躍したやばい参謀たちも成り上がりなんです。学歴エリートではなくて、貧しくて小学校からいきなり試験を受ける。学校に行けなくて、アルバイトしながら勉強しているんです。辞書を一枚一枚破って食べていくという昔のやり方ね。その人たちがじゃあ何を人生の目標に読んでいたかというと『太閤記』なんです。ですから、確かに活力の源であると同時に、その先にあるものについて問題のある書物なんだろうと思いますね。秀吉が担がれるときというのは、そういう男たちに活力があるときだと言っていい。▼注(11)

国会図書館のデータベースによると、偉人伝としての太閤記物の早い例は、大橋新太郎《おおはししんたろう》編「少年文学」(博文館、一八九一〜六)全三十二冊のうち、第十七編として入っている『太閤秀吉』である。このシリーズは、幸田露伴《こうだろはん》が第七編『二宮尊徳翁』・第二十五編『日蓮上人』を、尾崎紅葉《おざきこうよう》が第十九編『侠黒児』

を書くなどしていて、『太閤秀吉』を書いたのは太華山人、すなわち、明治初期の児童文学者・高橋《たかはし》太華《たいか》（一八六三〜一九四七）であった。[注(12)] ちなみに、『徳川家康』は秀吉の次の第十八編に入っている。

シリーズに入っていないものとしての早い例は、一八九六年に求光閣から刊行された谷口《たにぐち》流鷲《りゅうおう》の『豊臣秀吉』【資料十】である。児童向けの口絵と近世の切附本・絵本風の挿絵を含む、全三十三頁のこの小冊子のなかで、作者は秀吉の出世に焦点を当て、日本統一以降のことは省略する。作者はその理由を、

> 本書筆を秀吉が微賤より起天下を掌握するに止め九州及関東征伐征韓の役等を略記せしは紙数に定限あるを以てなり読者幸に之れを諒せよ。[注(13)]

と言って、紙面の制限を嘆く。しかし、そのすぐ後に「逸事」という項目を設け、秀吉と和歌に関するエピソードを紹介するなどしているので、紙面の制限だけが「九州及関東征伐征韓の役等」のことを省略した理由でないことは明らかである。要するに、作者は、日本統一までの秀吉の出世の様子こそ、少年少女に読んで欲しい偉人伝としての太閤記の主眼であると見たのである。その後も、一九二六年に金の星社から刊行された『世界少年少女偉人伝大系／五／太閤秀吉』や、菊池《きくち》寛《かん》の手によって一九二八年に興文社から刊行された『小学生全集／四十／太閤記物語』など、敗戦までに十種余の偉人伝の太閤記が刊行される。その多くが秀吉の出世に注目していて、その後の歴史に関しては省略す

るか、あるいは、簡単に触れるに止まる。太華山人の『太閤秀吉』に見られる傾向は、その後も続いたことが分かる。

　実は、近世末期から明治初期にかけて、学識の少ない人たちを読者として刊行された切附本や絵本において、すでにこのような傾向が見受けられる。前述したように、切附本は「合巻風摺付け絵表紙付きの末期中本型読本」のことで、本文と挿絵が一丁ずつ載っており、読み応えがあって挿絵も楽しめる、軽い読み物である。一方、ここでいう絵本とは、本文の全ての丁に挿絵が入っていて、挿絵に描かれた場面に関する若干の説明が載っているものを指す。切附本に比べると文字の量が遥かに少なく、読むというよりは見る物に近い。切附本・絵本に関しては、高木元氏による切附本の研究を除くと、先行研究をあまり見かけないが、近世の読本・講談・実録などを

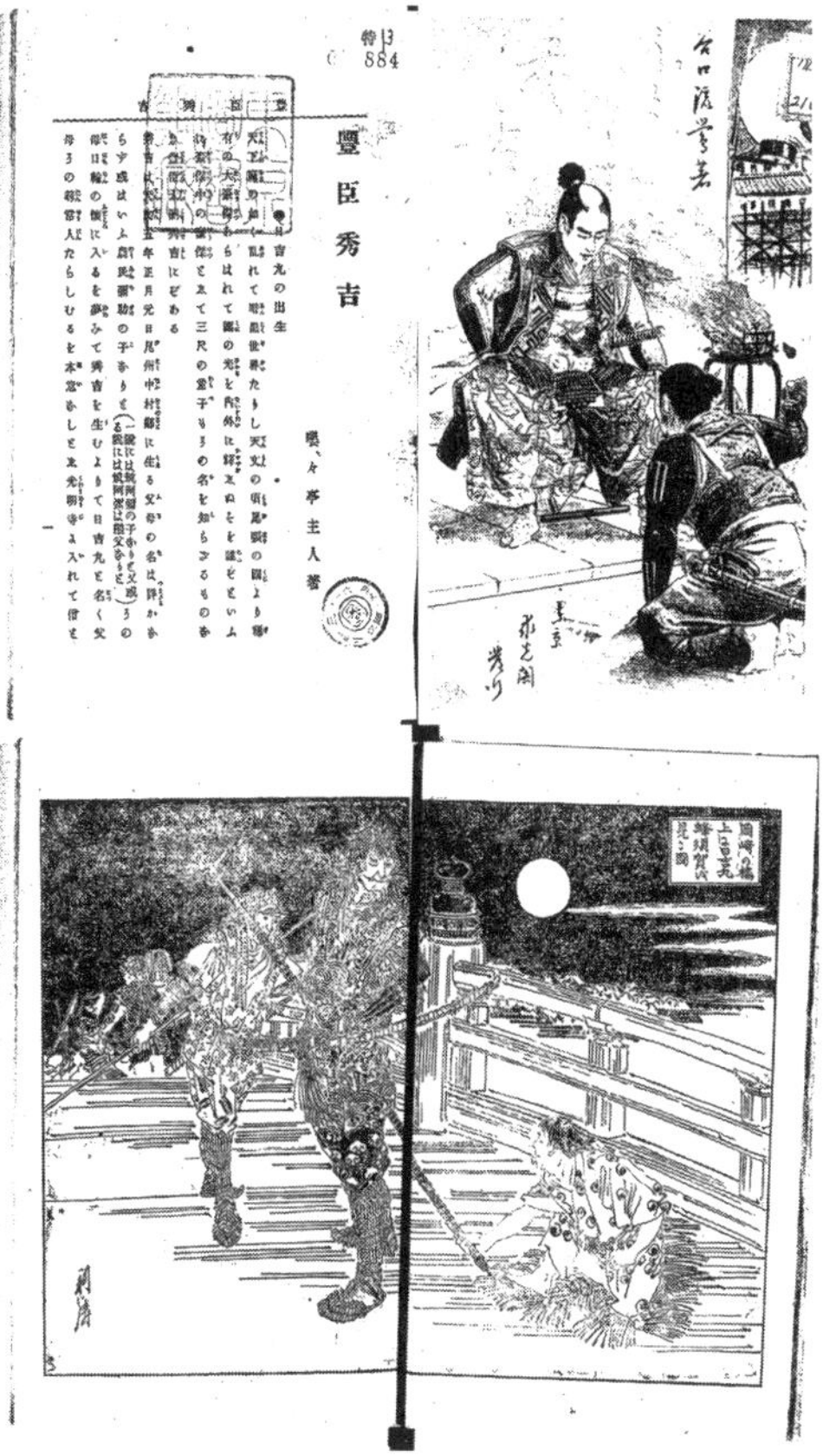

【資料十】谷口流鶯『豊臣秀吉』（国立国会図書館蔵）

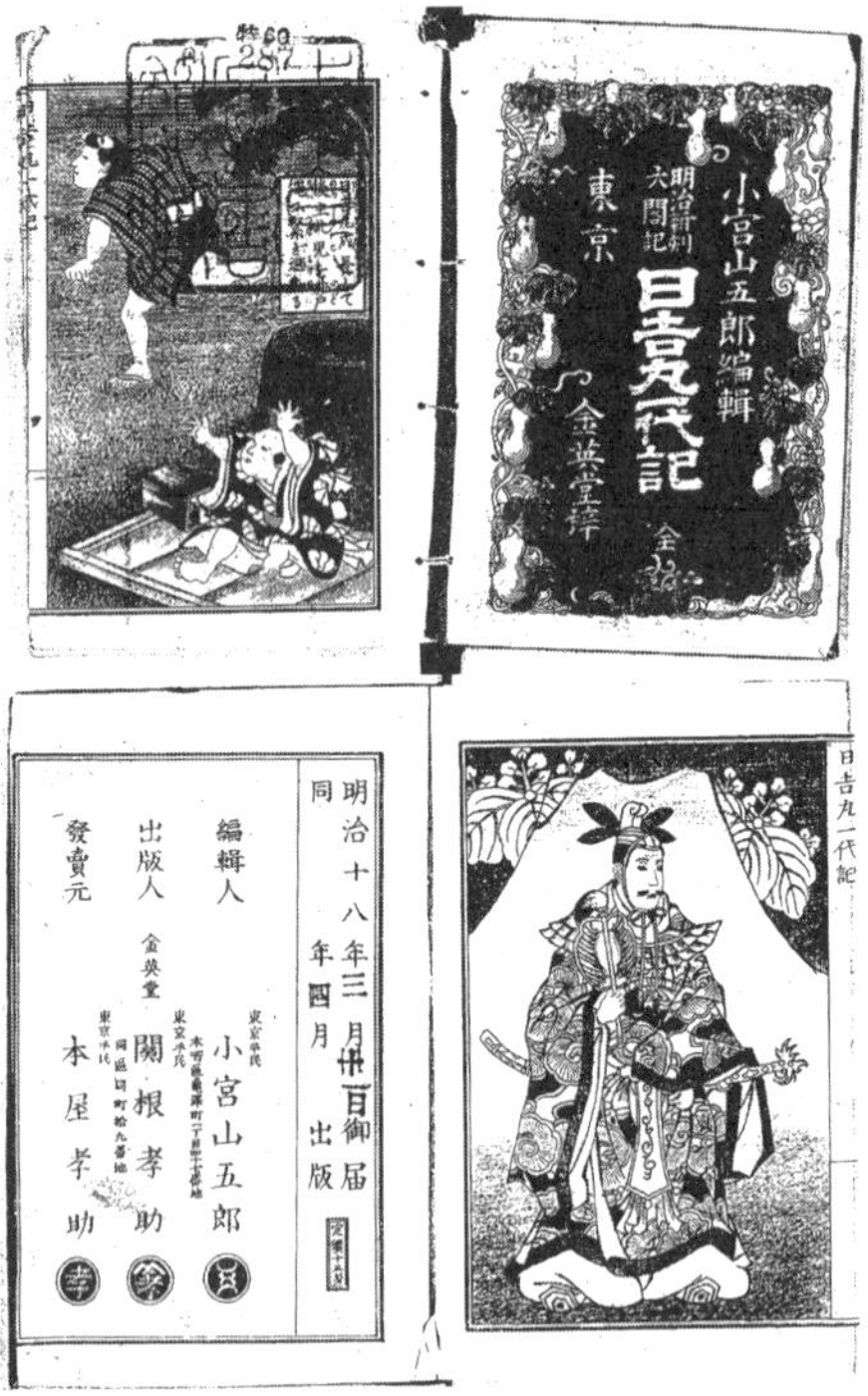

【資料十一】『明治新刻 絵本太閤記』（1885）
（国立国会図書館蔵）

抄録したものと見ていいだろう。

第二章で『絵本太閤記』のことを検討した際、岡田玉山が挿絵を描いた『絵本太閤記』とは別に、近世末期～明治初期に刊行された切附本【資料十一】・絵本【資料十二】の『絵本太閤記』が二十編余（国会図書館の書誌事項による推測をも含む）あることを述べた。これらの文献は一八七十・八十年代に刊行されていて、整版を使ったか、もしくは、本文は活字に変え、挿絵は古風に描き直している。一八九六年に刊行された谷口流鶯の『豊臣秀吉』なども挿絵に絵本の名残を残すなど、切附本・絵本は明治初期に入っても広く読まれたことが分かる。

先述したように、これらの切附本・絵本の太閤記物は、秀吉の出世に強い興味を示していて、日本統一以後の歴史を述べるものは少ない。おそらく、日本という国の武威を異国に示すという抽象的なことより、秀吉の立身出世といった、具体的で模範的な話の方が、近世・近代の庶民や少年少女に受けやすかったであろう。そういった意味で、切附本・絵本やその流れを引く戦前の偉人伝は、最初から狭義の太閤記物を目指したといえる。

　戦後に著された偉人伝も壬辰戦争には触れない傾向があるようであるが、その理由は歴史小説の場合とは異なり、いわば、自発的に狭義の太閤記物になっていると言っていいだろう。一九八六年に岩崎書店から刊行された『日本の古典物語／十八／太閤記物語』の例を挙げると、この文献は小田原の役（一五九〇）を以て本筋が終り、壬辰戦争に関しては、「太閤夜話」という付録のような章を設けて逸話を五つ載せる。作者の高藤武馬は「あとがき」で、

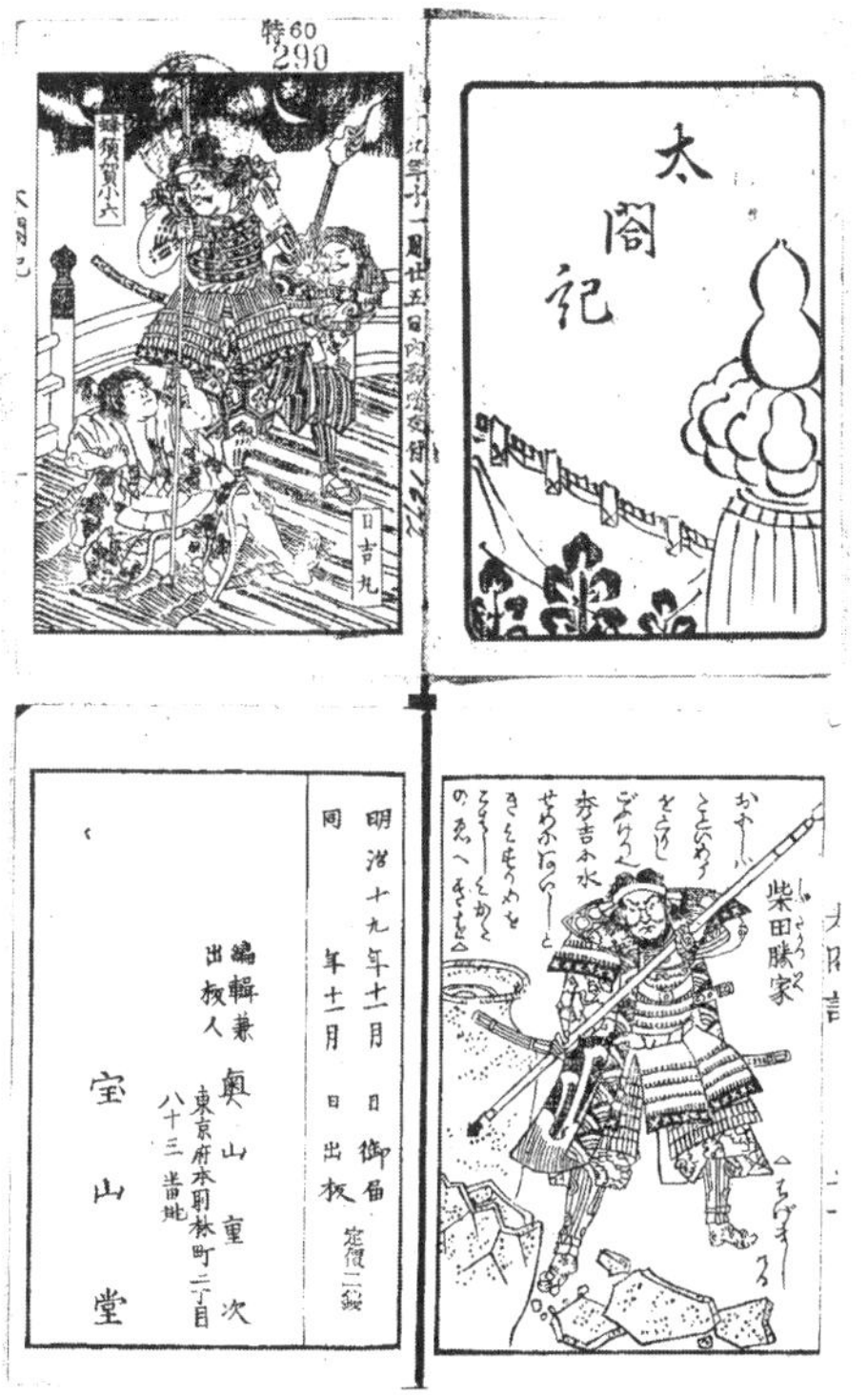

【資料十二】奥山重次『絵本太閤記』（国立国会図書館蔵）

　秀吉その人の一生は、尾張の百姓のせがれが、とんとん拍子に調子づいて、天下まで取って、デラックス伏見城の大奥で大往生をとげるのですから、人の一生としてはじつに積極的で、成功といえば、これほどの大成功はそうめったにあるものではありません。失敗といえば、調子に乗りすぎて、朝鮮征伐に手をつけたぐらいのものです。こんな大成功

者が国民の人気者になるのですから、これは義経と同じものさしで計るわけにはいきません。

（二五五・六頁）

と述べる。秀吉の異様な出世に注目すると共に、壬辰戦争については曖昧に評してはいるが、避けるという印象は受けられない。やはり、歴史小説と偉人伝とでは、壬辰戦争への意識が異なるように思われる。高藤氏は、この本を書くために『太閤記』『絵本太閤記』『重修真書太閤記』を読みくらべたと述べるが、このような意識は、読本・講談の流れを汲む歴史小説ではなく、「無邪気さ」を帯びる切附本・絵本のそれに通じるように思われる。

（4）狭義の太閤記物が生まれる理由

最初、この発表の大筋を構想した際、発表者には先入観があった。海外植民地の獲得と帝国主義への追従という特徴を持つ日本の近代。そのような時代に著された太閤記物には、壬辰戦争をはじめとする対外戦争への関心が色濃く表われているはずだということであった。実際、歴史学や史論、新聞などでは、プロパガンダ的な運動を含め、このような向きが実際にあった。しかし、切附本・絵本や偉人伝を調べたら、予想とは異なって、対外戦争に関する言及を含む文献は意外に少なく、現存する文献の多くは、現代の日本人が秀吉のことを思う際に浮べるだろう「出世話」に相通じる内容を有することが分かった。近世末期の切附本やその流れを汲む近代の『絵本太閤記』、そして、偉人伝からは、秀吉の一生を日本統一までとその後とに区分する意識が垣間見られ、彼の出世話に重点を置く狭義の太閤記物を目指したように思われる。一方、吉川英治・司馬遼太郎のように、敗戦という時代の急変により、広義の太閤記物を目指すことができなくなった場合もある。

近代におけるこのような状況を考える上で参考になるのが、近世に著された実録の『太閤真顕記』・『重修真書太閤記』、そして、近世末期に刊行された読本『絵本豊臣勲功記』のケースである。『太閤真顕記』・『重修真書太閤記』については第一章で検討したが、要するに、専門の朝鮮軍記物が存在するので、壬辰戦争のことを省いて秀吉の一生を述べた文献である。十八世紀の後期に成立した写本の『太閤真顕記』を十九世紀の中期に刊行したのが『重修真書太閤記』であり、近代に『真書太閤記』というタイトルで刊行されたものの多くは、この『重修真書太閤記』の翻刻である。

次に、一八五七〜八四年の間、すなわち、近世末期から明治初期にかけて全九編が刊行された『絵本豊臣勲功記』にも壬辰戦争のことが載っていない。『絵本豊臣勲功記』は一八六八年（慶応四）に第七編が刊行された後、長い空白を経て、一八八二・四年に第八・九編が刊行された。現存する『絵本豊臣勲功記』シリーズの最後に当たる九編巻十の最末尾は、秀吉より金銀を賜った諸侯の恐縮する様子を描いた後、

験《げ》にげに尊《たうと》き君《きみ》にて在《おは》すと、徳化《とくくわ》を仰《あふ》がぬ者《もの》ぞなかりき。猶豊公《なおほうこう》の御行状《おんぎようじやう》筆紙《ひっし》をもてこれを挙《あげ》なば万巻《まんぐはん》の書《しょ》をも編成《あみなす》べきに、拙著《せっちょ》また恐《おそ》るべき所《ところ》なからんかは。（「豊太閤御行状潤感上下　附

賜金諸侯」）[注14]

という文章で終わる。日本統一までを描いて終結するという点から考えると、『絵本豊臣勲功記』は狭義の太閤記物を目指したかのように思われる。ところで、天理大学図書館には『絵本豊臣勲功記』十〜十二編の稿本というものが残っていることが知られる。[注15]まだ実見していないが、もし、これが一八八四年に刊行された第九編の続きとして制作されたもので、壬辰戦争のことにまで筆を運んでいて、何らかの理由で刊行に至らなかったものだとしたら、『絵本豊臣勲功記』の作者・書肆は、実は広義の太閤記物を目指したといえる。その意図が途中で頓挫した理由としては、すでに出版の主流となった金属活字による印刷技法に、整板に頼る出版が最終的に競争力を失ったことを挙げることができるのではなかろうか。第二章で検討したように、江戸時代の整板による『絵本太閤記』の刊行は一八八二年を最後に見られなくなり、『絵本豊臣勲功記』第九編が刊行された一八八四年には、江戸時代の本文を翻刻した文献が本格的に出版されはじめていた。既に、整板によるくずし字の時代から、金属印刷による活字の時代への変化が決定的となっていたのである。

ここまで検討してきた、近世・近代に狭義の太閤記物が誕生した理由を整理すると次のようである。

【狭義の太閤記物が誕生した理由】

（A）専門的な朝鮮軍記物が別に存在したため：近世中・後期の『太閤真顕記』・『重修真書太閤記』

（B）秀吉の出世話が主題であったため：近世末期〜近代初期の切附本・絵本や近現代の偉人伝
（C）広義の太閤記物を目指したが、時代の急変に挫折したため
（C―一）技術の変化：『絵本豊臣勲功記』
（C―二）体制の変化：吉川英治の『新書太閤記』など

4　朝鮮軍記物の終末――『仮年偉業豊臣再興記』

第三章で述べたように、近代期には狭義の太閤記物が多く著され、最初は広義の太閤記物を目指したと思われる文献も、様々な理由によって壬辰戦争のことを扱うことは少なかった。ところで、近代のある時期、朝鮮軍記物の想像力を極端にまで表現した文献が存在した。杉山藤次郎《すぎやまとうじろう》が一八八七年に自由閣から刊行した『仮年偉業《かねんいぎょう》／豊臣再興記《とよとみさいこうき》』がそれである。歴史上、壬辰戦争は秀吉の死とともに終了したが、作者は、秀吉が戦争の途中で死ななかったと仮定して、秀吉が全世界はもちろん、地獄まで征服したというストーリを展開する。

これほどの規模で秀吉の対外戦争のことを述べた作品は近世・近代を合わせて存在しなかった。ただし、このような想像力の兆しを示す文献が近世にあったことは確かである。まず、一八一〇年に序・跋が成立した、秦滄浪《はたそうろう》著・牧墨僊《まきぼくせん》編の随筆『一宵話《いっしょうわ》』には次のような一節が見える。

此兵威は、欧羅巴諸国へも鳴り轟きしと見え、近年来たりし彼国の人も、此公の威名を申出で、尚其詳なる事を聞かせ給へと乞ひしよしなり。公の大武はいと遠き事なり。〔割注〕此は朝鮮より韃靼へ震動し、韃靼より欧羅巴東偏の諸国へ震動せしならん。（「朝鮮征伐」）▼注(16)

ヨーロッパ（おそらく、オランダ）から来た人が、「かねてより秀吉公の威名を聞いているが、もっと聞かせて欲しい」と申し出たという。これを聞いた著者は、秀吉の対外戦争の噂がヨーロッパにまで広がったことに感激し、秀吉の名声が朝鮮から韃靼（清など北アジアの諸民族・国家を漠然に指す名称）を経てヨーロッパに伝わったのだろうと推測する。これは、秀吉が韃靼やヨーロッパを攻撃したというような伝聞ではないが、東アジアの領域を超え、世界的な規模で壬辰戦争を捉え、秀吉のことを世界的な英雄と称える姿勢が注目される。

次に、『鎮《ちん》西《ぜい》菊《きく》池《ち》軍《ぐん》記《き》』という戦記には一八二六年の序文が載っているが、この序文には、南朝に尽くして日本から逃げた菊池氏の墓がイタリアにあるという主張が展開される。近世文学研究の泰斗である浜田啓介氏は、近世末期における、読本・実録などを含む諸文献の傾向について述べる中で当該序文を引用する。

当時の市民の覚醒がよみ物の上に現われる場合、概略二つの方向をとっている、且つ（当然）それらは相互に関係し合っている。その一は国外への関心である。…海外への関心というものも、大凡二つの方向をとる。その一つはロマンチシズムである。これは海外征伐の夢を、或は歴史に、或は虚構の上に打ち立てようとするものである。… 暁鐘成《あかつきのかねなり》著「絵本菊池軍記」▼注(17)（文政一〇）の序文（独酔外史と署名）には、「…或曰閲二スルニ健布爾之風土記一ヲ、則伊達刺亜之地方、具載レス有二コトヲ菊池氏之墓一矣。以レ此ヲ観レバ之ヲ則其於二勢窮レ力極ルノ之時一ニ、尚不レ屈二セ於時勢一ニ、毫モ不レ改二メ於忠義之心一ヲ、遠ク入二リ異域一ニ、而以養レヒ力ヲ、欲三ス再ヒ復二セントス天下ヲ南朝一ニ者、余於二菊池氏一ニ不レ疑也。…」とある。英雄をして日本を逃れしめ、遥かなる国においてその夢を生かし続けたい、そういう願いがここにも表れている。▼注(18)

序文に見える『健布爾之風土記』についてはよく分からないが、十九世紀の初期に日本に入っていたオランダ語の書籍類ではないかと思われる。もしくは、序者の創造の産物だったか。ともかく、序者は、日本で志を果たせなかった菊池氏が海外に渡ったという伝承を伝えており、源義経《みなもとのよしつね》の蝦夷《えぞ》地渡海伝承や源為朝《みなもとのためとも》の琉球渡海伝承、朝比奈義秀《あさひなよしひで》の韓半島渡海伝承に相通じるメンタリティーを示す。このような伝承を形象化した文献は十八〜十九世紀に少なからず著わされ、そのうちのいくつかの文献に関しては拙著『異国征伐戦記の世界』の第二部で詳述した。ただし、江戸期に作られたこの種の「英雄海外渡海」文献に、朝鮮軍記物が含まれることはなかった。壬辰戦争に関する諸言説のうち、これらの伝承に最も近似するのは加藤清正のオランカイ合戦伝承である。朝鮮国の東北地方である咸鏡《はむぎょん》道《ど》を征服した清正は、豆満川《どうまんがん》を越えて旧満州地域の南側に軍を進め、そこでオランカイ人と呼ばれる異国人と合戦を繰り広げ、朝鮮への帰還の途中、位置の分からないところから富士山を見渡す。この伝承が帯びる非現実性・ファンタジー性に関しては拙著で分析しているので割愛するが、このオランカイ伝承でも、冒険談の主人公は清正であって、秀吉に関しては、歴史に記された以上に幻想化されることはなかった。

やがて、明治に入り、義経がモンゴルに渡ってジンギスカンになったと主張する、末松謙澄《すえまつのりずみ》（一八五五〜一九二〇）の有名な『義経再興記《よしつねさいこうき》』（一八八五）が刊行される。一八八六年には清水市次郎《しみずいちじろう》の小説『通俗義経再興記《つうぞくよしつねさいこうき》』、一八八七年には高木真斎《たかぎしんさい》の『為朝再興記《ためともさいこうき》』、そして、一九一一年には杉山藤次郎の『豊臣再興記』という「仮作小説《つくりものがたり》」（『豊臣再興記』「凡例」）が自由閣から刊行される。作者の杉山は、自身の小説が『義経再興記』に触発されたことを認めるが、『義経再興記』が真偽不明のことを主張するのに対して、自分はあくまで小説を書くのだという意識を打ち出す。

> 其題号は時好に催されて末松氏否な内田氏の訳述せられたる義経再興記に擬へたるものありと雖ども其趣向の如きは烏鷺《こくびゃく》の相違にして彼の通俗義経再興記若くは為朝再興記の如く敢て其轍を踏みにしものにあらず全く別に一大新機軸を出したるものなり之を要するに彼の義経再興記は実（真偽は霎時《しばらく》措《お》き）をもて成り此の豊臣再興記は虚をもて成る虚実は兵家の必決なり荀子称することあり曰く青は藍に出で、藍より青く氷は水に生じて水より寒しと今夫れ豊臣秀吉は源義経の

後に出で、義経より強く虚記は実史より生じて…〈ママ〉余りは何とやらん自ら其推理あらん然れども余が此の豊臣再興記は全く彼の義経再興記の妙案に催されて始めて其戯著《たはふれかき》を起さんことを感触しぬるものなれば謹みて其催恩を謝さゞるべからず（十四・五頁）

この文章のとおり、作者はこの作品のいたるところで、どのような先行文献や歴史を利用してどのように虚構の話を述べるつもりであるという断り書きを繰り返し提示する。その際、彼が想像力の二大源泉にしたのが、頼山陽《らいさんよう》の『日本外史《にほんがいし》』とナポレオン（本書では拿破崙と表記）の史跡である。『日本外史』が近世末期から近代にかけて広く読まれたことは周知の事実で、作者は、『日本外史』「豊臣氏」所収の記事を多く利用している。ところで、『日本外史』は日本人向けの漢文で人気を博し、その文体は「軍記物語のさわりを巧みに再構成した」▼注(19)ものといわれるが、『日本外史』における壬辰戦争関連の記事は、『朝鮮太平記』などの先行文献の内容を収斂したものと言える。その結果、『日本外史』の壬辰戦争記事に依拠した『豊臣再興記』は、近世における広義の太閤記物や朝鮮軍記物を受け継いだ、近代の朝鮮征伐記となったのである。

多くの朝鮮軍記物には、遠征軍に続いて自らも渡海する意思を述べる秀吉に対して、浅野長政《あさのながまさ》が、秀吉が渡海すると日本の各地で反乱が起きるだろうと批判したというエピソードが載っている。例えば、一七〇五年に刊行された通俗軍記『朝鮮太平記』の当該記事は次のようになっている。

> 秀吉公此言ヲ聞モ敢玉ハズ。大ニ怒リ両眼ニ血ヲ灌ギ。声ヲ奮テ・・・傍ナル刀ヲ取テ既ニ討ントヌキカケ玉フヲ。利家氏郷周章テ。秀吉公ヲ抱留メ奉リ・・・利家氏郷掌ニ汗ヲ握テ。先退出セラレヨト。長政ヲ睨デ退カシム。（巻十五「秀吉公軍議附浅野長政諫言事」、四ウ）▼注(20)

諫言を止まない長政を秀吉が殺そうとしたが、前田利家《まえだとしいえ》・蒲生氏郷《がもううじさと》がその場を収拾し、長政が自宅で切腹の命令を待っていたところ、諫言どおり、熊本で梅北国兼《うめきたくにかね》の蜂起が起きたので（一五九二）、秀吉は長政を許し、反乱の鎮圧を命じたという風になっている。ところで、『豊臣再興記』第二回「那古耶の軍議小弼秀吉を諫言す／一奇人の弁論軍談趣向を一転す」には、この場面で作者の南柯亭夢筆がストーリーの中に入り込んで秀吉に世界征服を勧め、秀吉は大陸渡海を決心することになっている。ここで、この作品が史実から空想へと決定的な転換が起きているのである。引用文の中に登場する「杉山地球守蓋世」という人物が、作者・杉山藤次郎の分身であることは容易に想像できる。

> 秀吉益々怒りて・・・将に刀を抜き之を斬らんず状態に利家氏郷進み之を擁きて・・・小弼を斜睨《めくばせ》し曰く去るべしと小弼乃ち去らぬ体にて人々に色代《しきだい》し徐に起て已が陣所に還りける此時夢筆子右手《めて》に筆を操《と》りたるまゝ左臂《かたひぢ》机に凴《もた》れて霎時《しばし》こと間睡《まどろむ》こと覚えけるが此軍談の席上稍々《やや》蕭然《しめやか》にて敢て言を発する者なかりしに遥か末席より一人進み出づる…拙者は武蔵国の住人杉山地球守蓋世と申して・・・此武力をもて亜細亜大陸に押渡り天下を震動さんこと亦敢て難きにあらず（十八〜二十

頁）

『日本外史』に収斂された近世の朝鮮軍記物の内容とともに、作者が重視するのがナポレオンの史跡である。ナポレオンに関する書籍は、『仏蘭西偽帝《ふらんすぎてい》／那波列翁一代記《なぽれおんいちだいき》』（一八五四）、林田《リンデン》著・小関《おぜき》三英《さんえい》訳『那波列翁伝《なぽれおんでん》』（一八五七）、ダキュラル著・福地源一郎《ふくちげんいちろう》訳『那破倫兵法《なぽれおんへいほう》』（一八六七）など、近世末期から筆写・刊行されていて、当時の日本に、ナポレオンのことが一定程度知られていたことが分かる。▼注(21) そして、近代になると、ナポレオン関連文献は爆発的に刊行されるようになる。敗戦までに刊行されたナポレオン関連の文献は百点を超える。中には、伊藤政之助『総力戦叢書／四／奈破翁と秀吉の戦略比較論』（富山房、一九四三）のように、ナポレオンと秀吉を直接比較するものも見える。『豊臣再興記』の作者である杉山も、再興記物のブームが起きた頃に『通俗絵入《つうぞくえいり》／拿破崙軍談《なぽれおんぐんだん》』（前橋書店、一八八六）や『通俗那波列翁軍記《つうぞくなぽれおんぐんき》』（望月誠、一八八七）などの作品を出版している。

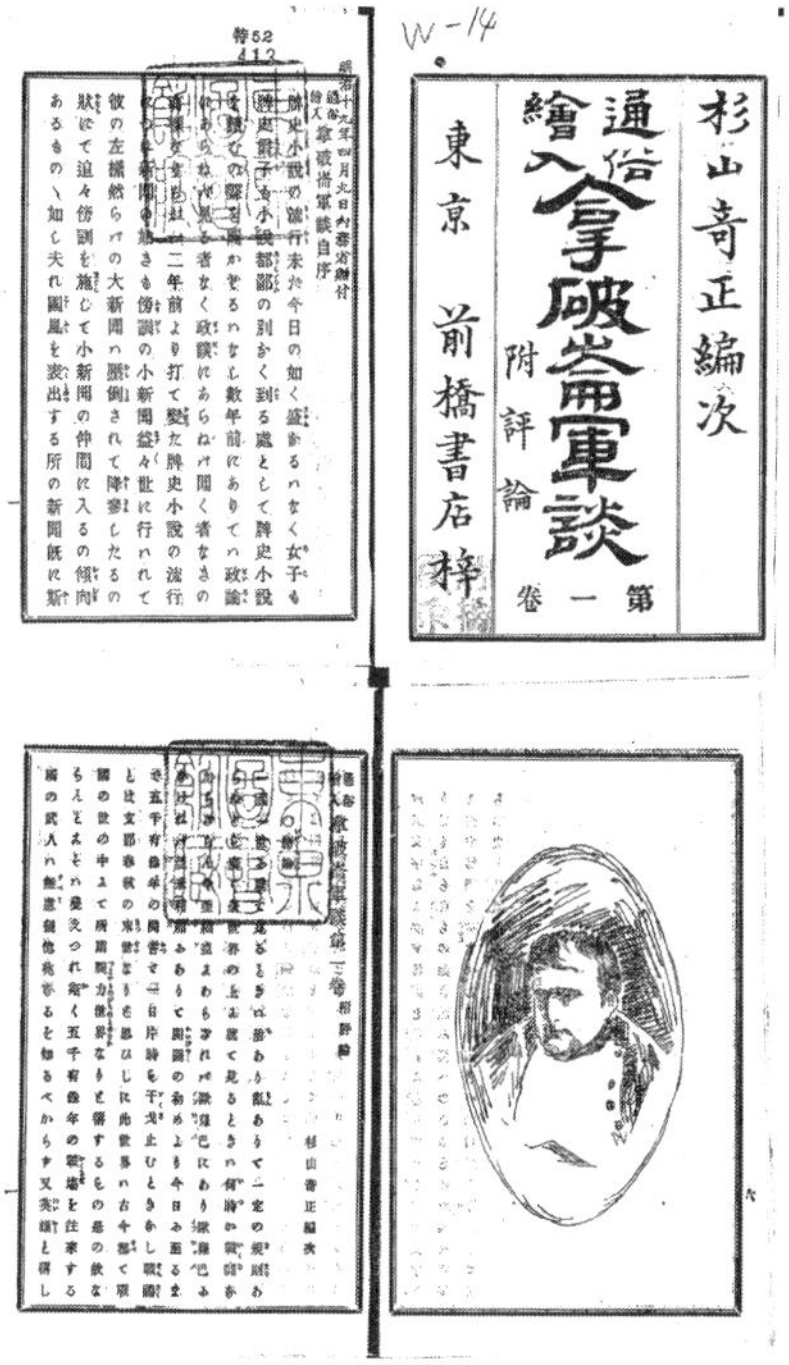

【資料十三】杉山藤次郎『通俗絵入／拿破崙軍談』（国立国会図書館蔵）

作者は『通俗絵入／拿破崙軍談』【資

料十三】でも、ナポレオンのことを「全欧土を震動して以て千古より積重りし腐敗たる空気を洗除《あらひのぞき》たる仏皇帝拿破崙一世」などと褒め称えるが、ナポレオンへの作者の傾倒が、当時の再興記物から受けた刺激と融合するまでに十年余の時間が必要だったのである。作者は『豊臣再興記』の序文で、「余は専ら之を想像に訴へて一個東洋の拿破崙を造出せるなり」と抱負を述べ、第一回では世界五英雄論を展開する。

> 拿破崙三世の言に称すらく此世界の歴史は皆軍談戦記なりと…今古英雄夥しく東西豪傑多きこと恰も晴夜の列星《ならべるほし》の如しと雖ども其英雄中の英雄豪傑中の豪傑と称する者は僅々数人に過ぎず即ち西人は希臘《グリース》の亜歴山大《アレキサンダー》、羅馬《ローム》の愷撒《シーザア》、蒙古《モンゴリー》の成吉思汗《ジンキスカン》、韃靼里《タルタリー》の帖木児《タメルラン》、仏蘭西の拿破崙一世の五将之を名づけて世界五英雄と云ふ此五英雄は何れも皆世界を震動したる者なれども東洋の孤島に一人の英雄右の五英雄に優ればとて敢へて劣らざるの雄才大略ありて存する者ありそを誰とかなす即ち豊臣秀吉なり…若し秀吉をして大陸の中に生れしめしならんには啻《ただ》に朱明の国を覆す者覚羅氏《かくらし》を待たざるを知るのみならず一個東洋の拿破崙何んぞ我れを妨《さまたぐ》得る喜馬拉《ヒーマラア》山あらんと奮進電撃東半球を席巻震動し遂には西半球をも撃従へて全世界を併呑《あはせのみ》しやらんも未だ測るべからず去るまでもなく今日の如く既に交通盛んなる社会に生れしめば遠く東洋の孤島に排出せしむと雖ども東洋の拿破崙たるに恥ざるの偉業を奏せしこと疑ひなし又去るまでもなく彼の交通開けざる東洋の孤島に生れたるまゝにし置くも若し之れに仮すに年を以てせば蓋し亦全世界一統の功業

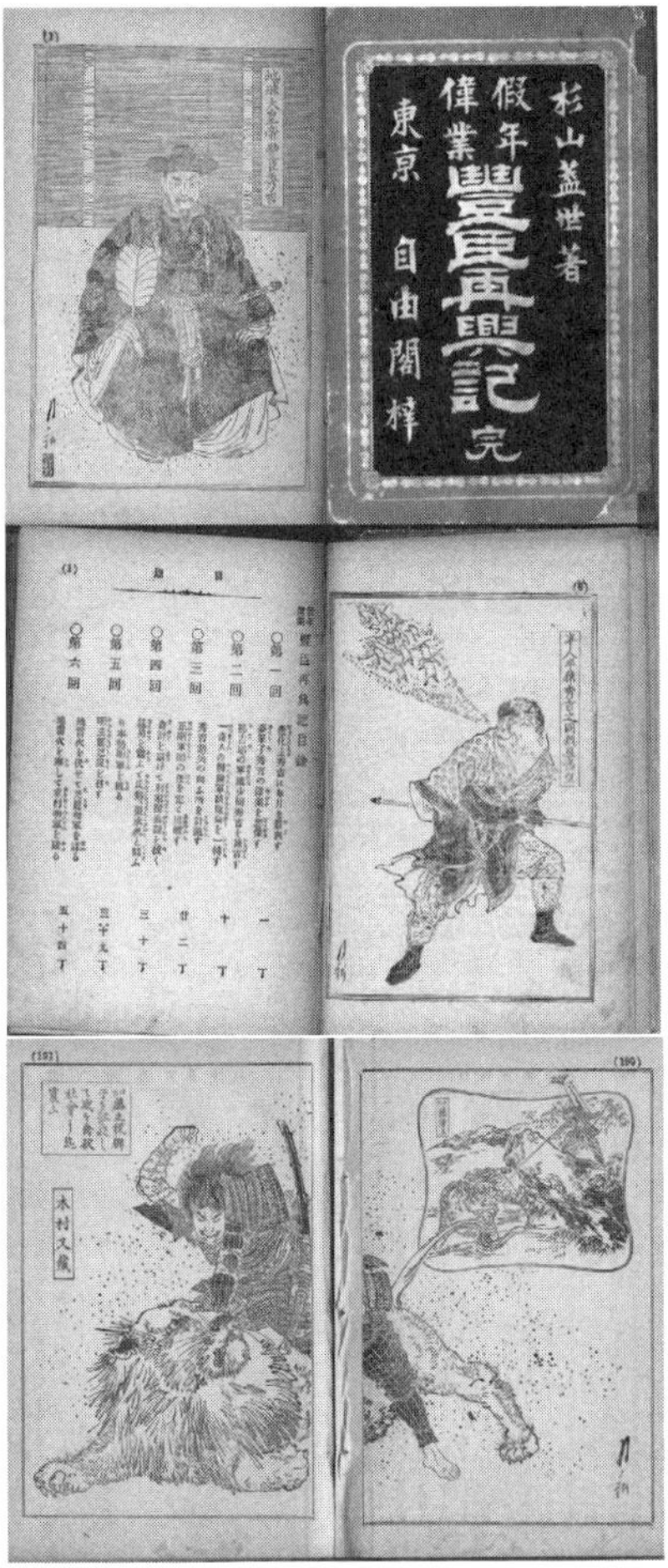

【資料十四】『豊臣再興記』
（国立国会図書館・国文学研究資料館蔵）

を遂げしやらんことを想見るに足るものあり此英雄にして彼の五英雄中に加へて世界六英雄と云はざりしは是れ日本の遠く東海に離れて交通稀れなるをもて西人此非凡の雄傑あるを知らざるに座するのみ（一〜三頁）

秀吉は五英雄に劣らない英雄であったが、アジアの島国に生まれたので世界規模の軍事活動をすることができなかったことを嘆く作者は、秀吉に年を仮せ、即ち、秀吉を長寿させて世界征服の夢を果たさせようとするのである。この作品のタイトルが『仮年偉業／豊臣再興記』であるわけである。そうして、秀吉は海路で直接天津・北京を攻め（第四回～）、韃靼軍と戦い（第十回～）、夢の中で諸葛孔明と戦って孫悟空に助けられ（第十三～五回）、ヒマラヤ山脈で加藤清正軍が獅子を殺し（第二十回）、インド・ペルシア（～第二十二回）、ヨーロッパ（～二十四回）、アフリカ・アメリカ（第二十五回）、遂には地獄まで征服し（～第二十九回）、「地球大皇帝」に即位するのである（口絵）。

戦争の具体的な描写は朝鮮軍記物に頼るところが多いと見られ、加藤清正が朝鮮の虎を殺す図と木村又蔵がヒマラヤの獅子を撃ち殺す図【資料十四】が一緒に掲げられたりする（一九〇・一頁）。日本軍が世界のどこで戦うにしても、その描写は朝鮮軍記物における合戦描写の繰り返しのようになっていて、作品のスケールの割には地味な内容といわざるをえない。この文献の地味さの原因を考える際に参考になるのが義経伝承である。義経の最期をめぐる状況は、歴史的には明らかであるが、北方史研究者の菊池勇夫氏の指摘するように、近世には政治的な理由から義経の蝦夷地渡海伝承が生まれ、▼注(22) この、新しく創出された冒険談の結末が出されないまま、日本は近代を迎えた。なので、近代の日本人には想像力を馳せる余地があったのである。一方、秀吉の一生と壬辰戦争のことは殆どすべてが明らかで、近世の朝鮮軍記物には、加藤清正のオランカイ挿話以外は、ファンタジー・冒険談的な要素は入ってくる余地がなかった。近代になって、急に、史実を超えて想像を馳せることは困難だったはずである。こうして、近世・近代を含めて稀に見る試みは優れない結果に終わった。おそらく、これが、この作品が空前絶後の存在となった理由であろう。

5　結論と課題

この発表では、近世における太閤記物・朝鮮軍記物のカテゴリを設定し、それぞれのカテゴリに属する文献が「近代化」する過程を検討した。近世における太閤記物・朝鮮軍記物は、壬辰戦争のことをメインテーマとする「朝鮮軍記物」と、壬辰戦争のことを除く秀吉の伝記である「狭義の太閤記物」、そして、両方を含む「広義の太閤記物」の三つに分けられる。近代になり、『太閤記』『絵本太閤記』のような一部の文献は、長い変遷の過程を経て翻刻に至る。一方、近代以降も新しい太閤記物が多く著わされるが、歴史小説では、渡辺霞亭などが広義の太閤記物を執筆する一方、吉川英治・司馬遼太郎などは広義の太閤記物を目指したと見られるが、敗戦という時代の変化によって果たせなかった。近世においても、『絵本豊臣勲功記』などの文献は広義の太閤記物を目指したと見られるが、結果的には狭義の太閤記物に終わった。この場合は、近世の整版と近代の金属活字印刷との競合に負けたのがその原因であった。また、近世末期に多く作られた切附本や小本の絵本類、その流れを汲む近代の「絵本太閤記」類や偉人伝は、最初から狭義の太閤記物を目指したものと思われる。これらの文献の主眼は、秀吉の異例の出世振りを庶民や少年少女に伝えることであった。最後に、朝鮮軍記物の方では、明治初期に流行った再興記ブームを受け、「東洋のナポレオン」である「地球大皇帝」秀吉の世界征服の話を述べる異色の小説『豊臣再興記』が著わされた。

ここまで検討したように、近世に人気を博した太閤記物・朝鮮軍記物は、近代になり、様々なジャンルの形を採用した。しかし、その背後には、近世につながる要素が認められる。その要素とは、秀吉という人物の辿った非凡な人生と、前近代の日本における最大の対外戦争という異様な歴史への、日本人の飽きない共感・興味であった。このような要素を含む文献のうち、近世における太閤記物・朝鮮軍記物については拙著で大略を提示したが、近代に刊行された夥しい量の太閤記物・朝鮮軍記物に関しては、この発表を通して、ごく一部に触れたに過ぎない。その全貌を明らかにすることが今後の課題である。また、太閤記物・朝鮮軍記物の流れと、日清戦争・日露戦争や大陸侵略・併呑といった諸事件との関係についても、より深く検討する必要がある。最後に、秀吉・壬辰戦争に関する浄瑠璃・歌舞伎と編纂史書・史論の流れとその近代化の実状の分析も欠かせないことであろう。

注……

（1）拙著『異国征伐戦記の世界—韓半島・琉球列島・蝦夷地—』（笠間書院、二〇一〇）二十三頁。

（2）高木元氏によると、「小口を残して三方を裁つという簡易製本法」である「切附け」の方法で作られた、「合巻風摺付け絵表紙付きの末期中本型読本」のことである（『江戸読本の研究』（ぺりかん社、一九九五）二二〇・一頁。

（3）注2前掲書『江戸読本の研究』、第四章「江戸読本の周辺」第二節「江戸読本享受史の一断面—明治大正期の翻刻本について—」。

(4)中村幸彦「絵本太閤記について」『中村幸彦著述集』六(中央公論社、一九八二)三三一頁。
(5)『大坂城の男たち―近世実録が描く英雄像―』(岩波書店、二〇一一)二六四・六頁。
(6)『太閤の巻・後編』(東亜堂、一九一四)二五三頁。
(7)因みに、児童教育文庫に収録された「偉人」たちは次のようである：上杉謙信・豊臣秀吉・加藤清正・徳川家康・新井白石・大石内蔵助・水戸黄門・乃木大将・リンカーン。
(8)池田浩士『〔海外進出文学〕論・序説』(イザラ書房、一九九七)二七九頁。
(9)井上泰至・金時徳『秀吉の対外戦争』(笠間書院、二〇一一)一三六・七頁。
(10)注9前掲書、『秀吉の対外戦争』(笠間書院、二〇一一)一三七・八頁。
(11)注9前掲書、『秀吉の対外戦争』(笠間書院、二〇一一)一五五・六頁。
(12)児童文学・児童文化史研究家の上田信道氏による「高橋太華の児童文学―史伝とお伽話を中心に―」『児童文学研究』二十六(日本児童文学学会、一九九三・九)を参照。
(13)谷口流鶯『豊臣秀吉』(求光閣、一八九六)三十二頁。
(14)『絵本豊臣勲功記』第九編巻十、四十ウ。早稲田大学所蔵本による。
(15)これに関しては『読本事典』(笠間書院、二〇〇八)三十五・六頁で詳述した。
(16)『日本随筆大成　第I期十九』(吉川弘文館、一九二八)四〇九頁。
(17)「日本古典籍総合目録」による統一書名は『鎮西菊池軍記《ちんぜいきくちぐんき》』。
(18)浜田啓介「幕末読本の一傾向」『近世文藝』六(日本近世文学会、一九六一・五)三十五・六頁。(19)杉浦明平『維新前夜の文学』(岩波書店、一九六七)一三八頁。
(20)架蔵本を利用した。
(21)ここでは、国文学研究史料館の「日本古典籍総合目録」と立川京一「日本におけるナポレオンの人気と理解」『戦史研究年報』十三（防衛省防衛研究所、二〇一〇・三）を参照した。
（22）菊池勇夫『幕藩体制と蝦夷地』（雄山閣出版、一九八四）七十九～八十五頁を参照。

第3部

討議

報告者
目黒　将史
報告者
徳竹　由明
報告者
松本　真輔
報告者
金　時徳
コメンテーター
牧野　淳司

佐伯■　討論に入ります。初めにコメンテーターのお二人からご発言をいただきます。まず軍記物語の研究者で、近年よく韓国にもいらっしゃっている、明治大学の牧野淳司さんです。

●コメンテーターより［牧野淳司氏］

牧野■　情報量が多くて、整理しきれていないので、本当に一面に関するコメントしかできないのですが、私が思ったことや考えたことを少し述べさせていただきます。

牧野 淳司（まきの・あつし）

明治大学文学部准教授。名古屋大学大学院博士後期課程修了。博士（文学）。専門は日本中世文学、平家物語と寺院資料の研究。著書に『延慶本平家物語全注釈（巻一〜巻六）』（共著　汲古書院）、『真福寺善本叢刊　東大寺本末相論史料』（共著　臨川書店）などがある。

最初に今回お話を伺って思い浮かべ、考えさせられたのは、異国という言葉や、徳竹さんのお話では異域という言葉も使われていましたけれども、そういう異国や異域に対する言説の総体の中での、特に戦いというものを通した部分というのが、日本において持った意味ということについてです。

異国や異域に関して、気候や情報などさまざまな知が蓄積されるわけですが、その知というものの中での戦いというものの位置づけや意義が、日本ではかなり大きな部分を占めたのかもしれない、という漠然とした印象を持ちました。

それに関連して、まず目黒さんのお話の中で特に強調されていたのが、いただいた資料の六ページにある「架空の異国」です。この架空の異国「琉球」という場所において、架空の人物たちが架空の合戦を行うという、ある意味、想像力を飛翔させるような場でこういうものが作られていたということです。

一方では、絵図もたくさん挙げていただきました。現段階で見つけられたものすべてを挙げていただいたということで、大変興味深かったです。

琉球に関する知ですね、産物や地図といった知識の情報が入ってくる。そうすると両者のバランスが問題になる。知ということを専有することは支配することだと思いますが、想像力の飛翔と、専有することによる支配のバランスについて、もう少し詳しくお話を伺いたいというのが、目黒さんに対するお願いです。

それから徳竹さんのご発表で大事なのは、「武威」という言葉だと思います。この「武威」というものが面白いと思ったのは、明神や神として祭られ、神社になるというところです。ちょっとレベルは違うかもしれませんが、「武威」という言葉は、神国の武威というものとも、重なってくると思います。

その神と祭られている人物が強大な力を持っていて強いものであり、それが日本国内にはいられなくなって、境界を越えて外に放逐されるという一つの構造のようなものがあるように思えました。

逆に言うと、外から日本へ入ってきて、秦河勝のように荒神のような存在になるという型がある。このような一つの構造というものがあり、それを核としていろいろな現象のバリエーションというものを考えるといいのかなという感想を持ちました。武威と神国、あるいは神になる人たちの持つ意味、ということで何かお考えがあれば伺いたいと思います。

松本さんのご発表は、パワーポイントを見ているだけでうっとりとして、すごいなと言うしかありませんでした。ここでは、神々の戦いはリアルではなく、一方の太子伝での戦いというのはリアルに描かれており、同じ戦いでもリアルなものとそうでないものという対比が強調されていると思います。太子伝でリアルな合戦描写をする意味が一体何なのかがすごく気になりました。

しかもリアルというのは、先ほどの神なる人物たちが結構素直な形で武威を発揮していくのに対して、毒や暴力など知略を用いるという形の戦いが描かれていたので、ちょっと質が違うのかなと思いました。そこで一層、太子伝のリアルさが何なのかなと感じました。

全体として気になり、皆さんに何かお考えがあればお伺いしたいと思うのは、戦争というものは宗教が関わるとしばしば皮肉なことにより悲惨なことになるわけですが、その宗教というものの位置がどうなっているのかということです。

戦いを描く文学で、神や仏教といった宗教の問題はなかなかすぐには重ならないのかもしれませんが、異国を描く合戦文学で宗教というのがどの程度作用しているのかということです。

金さんのご発表はご著書もそうなのですが、例えば太閤記や壬辰戦争に関する言説の総体を捉えようとなさるところがいつも圧巻です。近代は今日が手始めだと思いますが、文学とか、記録のような文書に限らず、あらゆる言説の全体像を見て、その言説の編成、見取り図を提示なさるところに、私は改めて感銘を受けたところです。

金さんも強調されていたのですが、資料の八ページのところで（編集部注●本書中、金論文「3 近代太閤記―歴史小説と偉人伝」の「（4）狭義の太閤記物が生まれる理由」に該当）、近代に関する先入観について書かれています。壬辰戦争を始めとする対外戦争に関心が払われているのかなという予想に反して、実はそれがしぼんでしまっていると。むしろ近世の方が多様な形で展開しているということです。

これは当然、この朝鮮軍記物の合戦を描く場面が、いろいろな言説の全体の中で担った役割が変化したのでしょう。いろいろなジャンルの言説がある中で、近世から近代にかけて、戦いを通して異国の何かを表象するという文学で担ってきたものが、何らかの使命を終えて変わったのだろうという印象を持ちました。

ということは逆に、近代の状況が判明することによって、そうではない近世社会の言説編成のありようというのが、より一層鮮明に分かるようになるという印象を持ちました。

質問というよりは感想のようなものを含めて、簡単なコメントを申し上げました。

佐伯■ ありがとうございました。それでは引き続き、大屋多詠子さんからもコメントをいただきます。大屋さんは青山学院大学で近世文学を担当されています。今日のお話は近世文学に関わる部分が多かったという気がいたします。しかし実は近世を専門にしているのはパネリストでは金さんだけという、少しややこしい関係にあるわけですが、その近世の専門家の立場から一言お願いします。

●コメンテーターより［大屋多詠子氏］

大屋多詠子（おおや・たえこ）

青山学院大学文学部准教授。東京大学大学院人文社会系研究科日本文化研究専攻日本語日本文学専門分野（国文）博士課程単位取得満期退学。博士（文学）。論文に「京伝・馬琴による読本演劇化作品の再利用」（『国語と国文学』83-5）、「『南総里見八犬伝』の大鷲」（『鳥獣虫魚の文学史 2』三弥井書店）等。

大屋■　今日は中世の発表が多い中で、私は近世の側から、少しコメントさせていただきます。今、牧野先生が全体を統括するようなご質問、ご感想を言われたのに対して、私は近世、特に曲亭馬琴を中心とした読本を専門にしておりますので、そういった関心から感想を述べさせて頂きます。

まず目黒さんの発表についてです。『薩琉軍記』についてお話くださいまして、とても面白く伺いました。

牧野先生もおっしゃったように、興味深かったのが、架空の合戦を詳細に描くということです。詳しい資料をお示しいただき、勉強させていただきました。資料6に挙げられていたところに〈編集部注●本書中、目黒論文「3 〈薩琉軍記〉の語る琉球侵略」に該当〉、徳川家康の指示によるというような記述がありました。実際には『薩琉軍記』はそれほど大きくない合戦であったものが強調されて描かれ、その際にその戦いの名目についてどのように記載されていくのかという点に興味があります。

この問題意識というのは、おそらく金さんが、著書の中で書かれていることとも通じてくると思います。なぜそう思ったかと申しますと、曲亭馬琴は『椿説弓張月』という為朝を主人公とした作品の中で、琉球に為朝が渡ってその子孫が琉球王として繁栄するといった話を書いております。

馬琴の場合は琉球を治める名目として、ひとつには日本の国境を昔は鬼界島が西の果てであったものを、その鬼界島を琉球に読み変えることで、琉球がそもそも日本国内にあったと判断されること、ふたつには乱れている政治を立て直す、民を救うという目的、さらに三つめとして日本の神話と琉球の神話というものを重ね合わせて、同一視することで琉球の神話＝日本神話であるから、琉球を日本が治めるのは問題がないということを論じています。その辺りを『薩琉軍記』ではどのように書かれているのかに興味があります。

また架空の記述が多いということで、またそれが特に学問施設で読まれていた、書写されていたのではないかというご指摘がありましたが、とても面白く伺いました。読本というジャンルそのものも、大名家等で読まれているということがありますが、『薩琉軍記』は架空の合戦であるのに、学問施設で読まれたのはどういうことなのかについてお考えがあれば教えていただきたいと思いました。

それに関連して資料の後半の方だったと思いますが、琉球使節の江戸上りについて、嘉永三年が最後になっていると思います〈編集部注●本書中、目黒論文「4〈薩琉軍記〉の描く歴史叙述の背景—琉球使節到来から貸本屋、寺子屋まで—」の「江戸上りの記録」の表に該当〉。それよりあとに書写された『薩琉軍記』も存在するようですが、その使節を介さない、それよりあとにいくつも写本が出てくるというのは、幕末の時代背景を反映しているものかと思います。そのことについて何かお考えがあれば教えていただきたいと思います。

次に徳竹先生の朝夷名義秀のお話です。曲亭馬琴という人は、為朝もそうですけれども、朝夷名や義経のことなどを作品化しております。ご発表を伺って、中世の資料から江戸への流れの詳細を再確認し、勉強させていただきました。

馬琴の場合は、『朝夷巡島記』という作品を書いております。ただ、実際に島めぐりに行くことなく、中絶してしまうので、馬琴がどのように後の構想をたてていたのかは分かりません。

義経の方も『俊寛僧都嶋物語』という作品の中で、俊寛が実は生き延びて、鬼一法眼として義経を助けるという形で登場します。この作品も後半がないので、義経がどこに行くというところまで書かれぬままで終わってしまっています。ただ馬琴がそういった異国について、興味関心が高かったということもありますので、とても面白く伺いました。

徳竹先生のご発表の中で、特に戦勝者、国内の体制への復讐を機とせずに、外に征服を行っていくということをおっしゃいました。それをなるほどと納得しながら伺いました。馬琴も、例えば『弓張月』の為朝ですと、自分が滅ぼされてしまったわけですが、それは天皇の勅命で倒されたわけなので、仕方ないことと甘んじて受け入れました。また、『巡島記』朝夷名の方でも北条に対しては敵対しますが、自分自身がそういう立場になったことを恨むというようなところまでは書かれていないというふうに思います。そういったところは、近世の読本、特に馬琴の読本では受け継がれていくのかなと思いながらお伺いしました。

また、朝夷名が門破り伝説等で怪力であると武威を示すということに関してです。江戸時代は、特に朝夷名が草双紙の中でもかなり活躍していますし、為朝の図像も、桃太郎や金太郎のようによく知られた、子どもたちが読む絵本、草双紙の中の図像と同じように、石を持ち上げるとか怪力を示すといった絵に書かれることもあります。疱瘡絵として疱瘡を防いだり、避けたりする魔除けとしても書かれますので、そういったイメージといったものが受け継がれているということを改めてお話を伺いながら考えました。

次に、松本先生のお話です。聖徳太子伝の資料をたくさん挙げていただきまして、とても面白く伺いました。特に聖徳太子の戦いがリアルな合戦を描いており、奇襲をしたとか、毒薬を盛るとか、非常に人間的に描かれていたと仰っていました。

ご著書の中では、殺生を犯してはいけないということと矛盾しないためでしょうか、武威を持って恐れさせることで戦いを回避するというようなことも書かれていて、その後に、今、私たちが聖徳太子に抱くようなイメージにつながるような文献も出てくるのかなと思いながら伺いました。

馬琴の作品の『南総里見八犬伝』で、八犬士と呼ばれる、八人の主人公のうち一番若い犬江親兵衛という人物は、唯一殺生を犯さないということでよく知られています。その犬江親兵衛の造形というのが聖徳太子伝の影響を受けているという湯浅佳子氏の指摘がありまして、生まれてきたときに手を握ったままでいるというような太子伝のイメージがあります。その手に握っている珠というのが仁と言って、仁を握って生まれてきたというのが、世に仁を広めるということなのだというような見方が提示されています。そのようなこともあって、近世の八犬伝に至るまで、その太子伝が受け取られ方を変えつつも、受け継がれているというその様相を大変面白く思いながら伺いました。

最後に、金さんの発表ですが、いろいろなご著書を含め、これまでの研究をずっと通して、朝鮮軍記物や太閤記物等、異国征伐記についてご研究されていらっしゃって、今回も近代に至る太閤記物の著作に関して大変詳細に調べていらして、素晴らしいと思いながら伺っておりました。

特に一番面白かったのが、最後のお話である朝鮮軍記物の終末ということです。『仮年偉業／豊臣再興記』のお話をされていましたが、それは仮想戦記の始まりに重なってくるのではということをおっしゃっていました。

私はそれもそうだろうとは思いながら、また一方で読本的でもあるのかなということを思いながら伺いました。絵本物というものがそもそも実録や写本の軍記を読本化したものとされているかと思いますが、軍記が読本化されて絵本物と呼ばれるようなものになって、あるいはまた講談になって、さらに歴史小説になっていったわけです。

その流れに位置しながら、このナポレオンに関するもの等は「通俗絵入り軍談」というふうにうたっておりますから、まさに絵本物や通俗的な歴史物の流れにあると思います。一方で、荒唐無稽に『西遊記』等を交えてしまったり、何でもありの内容になっているところが、むしろ読本的なところもあって、そういったものを合わせ持ちながら作られるのかなというようなことを思いながら伺いました。質問というか感想というか、まとまらないことになりましたが、以上です。どうもありがとうございました。

佐伯■ ありがとうございました。それでは順に、今のコメントに対してお答えをいただければと思います。

●目黒将史氏による返答

目黒■ ありがとうございました。まず牧野さんからいただいた質問についてです。

想像力と知識、支配と権力のバランスといった話です。今日出した絵図に関してのものなのですが、年次がはっきりと分かっているものとしてあげられるのが、明和三年に書かれた『琉球属和録』です。

資料にもあげましたが（編集部注●本書中、目黒論文の図Ⅳに該当）、この明和三年のすぐ前の明和元年に、琉球使節が来ているわけです。やはりこういった琉球使節等の盛り上がりと一緒に、いろいろな知識も入ってきて、そういった知識が架空の合戦にさらに想像力を膨らませていく、こういった工程を繰り返し、〈薩琉軍記〉のような膨大な伝本を作っていったのではないかと思います。

始めはそうは知識がなかった段階から、さまざまな知識を流入しながら、だんだんと膨れ上がらせていったというのが、私の〈薩琉軍記〉に関する考え方です。

佐伯■ それでは茨城大学の伊藤聡さんからいただいている質問で「近世の日琉同祖論の展開と〈薩琉軍記〉における琉球の異国視とはどのように関わるのか」というものがありますので、目黒さんにいただいているご質問と合わせてお答えいただきます。

目黒■ 為朝に関することでお答えしたいと思います。まず日琉同祖論についてですが、いわゆる羽地朝秀が唱えた日琉同祖論と、〈薩琉軍記〉の関係性は薄い、あるいはないと思います。

ただ為朝が入ってくることによって、琉球が源氏になり、結局日本の王と琉球の王が同祖になるというような考え方は、それこそ知識が入ってくる中で生まれたものなのかなと思います。

始めの『薩琉軍談』の段階においては、為朝渡琉譚は知っていたとは思いますが、描かないわけです。なぜ描かないのかという理由については、島津の琉球侵入を持って源氏が琉球に入っていくという初期のテキスト『薩琉軍談』の作意というふうに考えています。『薩琉軍談』の結末は島津と琉球王家とが婚姻をもって平和になったというふうにして終わります。それにより琉球王の系譜が源氏化し、それにともなって日本になり平和になったという結末ですので、つながりはあると思います。

これが先ほど大屋さんからいただいた質問にもつながると思います。為朝を描くことについて、馬琴の意識と〈薩琉軍記〉の意識とでは若干違うものがあるのかなと思います。

使節以後の書写についての話ですが、確かに嘉永以降に使節が来なくなっても書写されるわけですが、やはり資料にも挙げたとおり、貸本屋の存在が大きかったのではないかと思います。貸本屋を介してさまざまに書写されていったのではないかということです。これが嘉永以降に琉球使節が来ていないのに、その後の書写がなぜつながったかという質問に対する回答です。

もう一点、学問施設についてです。長友千代治氏が、いわゆる軍記物語が学問の基礎としてのテキストとして読まれているのではないかという論考を立てられていたと思いますが、やはりそのつながりで〈薩琉軍記〉も読まれたのではないか、またそういうふうにつながっていけば面白いなとは思います。これについてはまだ論が足りないかというふうに自分自身も思っております。

●徳竹由明氏による返答

徳竹■ 牧野さんのご質問につきましては、日本が神国である、あるいは武威の国であるという言説・イメージについては、かなり研究の蓄積があるとは思います。ただ、今回は神国、あるいは神ということは取り敢えずおいておいて、義経・義秀が歴史的にも文芸的にも華々しい活躍をした武者であって、その武者が近世文芸の中で、異国・異域で、武威を顕して侵略を行っていくということに焦点を当てさせて頂きたいと思っております。

また大屋先生のご意見でありますが、なかなか馬琴は大部なものが多くてしっかりと読み込んでいないのですが、『朝夷巡島記』も確かに今回挙げようかどうか迷いました。第七・八編を含めても途中で断絶しているので、挙げなかったのですが、確かにある意味『絵本和田軍記』と同じような形で、北条等悪役に対する恨みがあっても、体制に対する反逆ということはないのでしょう。

また為朝についてもいろいろとご意見をいただきました。今回は時間の都合でどうしても、義経と朝夷名に絞らざるを得なかったのですが、為朝についても今後考えていけたらと思っております。

佐伯■　ありがとうございました。では、続いて松本さんお願いします。

●松本真輔氏による返答

松本■　松本です。牧野先生、大屋先生、ご質問ありがとうございました。

お二人からいただいたご質問はかなり似通った質問ではないかと思います。私が発表のときに、神功皇后の話はどうも神話的というか、言葉を変えますとちょっと作り話っぽいような内容になっていたのに対して、聖徳太子伝はもっとリアルに書いてあるというように申し上げました。

もちろんこのリアルというのは、例えば毒酒を置いておいてそれを敵が飲むなどということは、現実的にはおそらくないだろうと思いますので、そういう意味ではリアルさに欠ける場面でありますけれども、人間が実行可能かというレベルの作戦においては、まあ、知略を使ってという意味で、リアルという言葉で申し上げました。

例えば合戦譚が繰り返し太子伝の中に取り込まれていく、それが殺生の問題と関わっていくというのは、非常に太子伝の中でも大きな問題であります。と言いますのは、太子伝で一番大きなハイライトになるのは、太子の十六歳条の守屋合戦譚だからです。

これは物部守屋が反仏教を唱えたために聖徳太子と合戦になりまして、最後に矢で殺されてしまい、さらには秦河勝に首を切られてしまうという話があります。これは聖徳太子伝の中でも非常に大きな位置を占め、しかも場面としても大きく描かれる、ある意味ハイライトの場面です。

これはもろに殺生をやっているという場面です。もちろん手を下すのは、太子ではありませんので、太子が直接殺生をしているわけではありませんし、今回の新羅侵攻の話に関しても、敵陣に行っているのは来目皇子であり、太子は命令を出すだけという形ではあります。しかし、例えば守屋合戦の場面であれば、首を持っている秦河勝が走っている場面や、胸に矢を打たれてやぐらから落ちていく守屋が描かれています。新羅侵攻の話にしても、敵陣で矢に当たって血を流しながら倒れている敵兵の姿が描かれています。表現としてはそんなにリアルに書いているわけではないのですが、かなり凄惨な場面が太子伝には登場してきます。

これは不殺生を旨とする仏教を広めた人物の事績としては、戒律的にも問題が多い場面です。仏教的な文脈では修羅道を示しているとも考えられるのですが、こういったものが、太子伝に取り込まれているというのは、一つ大きな問題であろうというように私も常々考えております。

実はこれに対する明確な答えはもちろん自分では持っていないのですが、事実としてこういうものが絵伝の中に取られていて、かなり凄惨な場面になっているということは確かであります。

その一方で例えば『聖徳太子伝暦』の中では、太子は不殺生を貫いた人物として描くような造形があります。これを解決する手段として、例えば守屋合戦であれば、これは架空の戦記であるということを書いています。もう一つ、蝦夷合戦もあるのですが、ここでは全く死人が出ていないというように取り込まれています。日本国内の戦争に関しては、何とか殺生を避けようという意識があるのですが、新羅の侵攻の話に関しましては実はあまりそういうようなことが取られておらず、もろに戦争に行って、やっつけて帰ってきたというものが書かれております。

これは何かというと、問題が一つあるのですけれども、的確な答えになるかどうかは分かりません。しかし、やはり新羅というのは外国の人たちなので、言葉は悪いのですが、同じ人間として見ていたのかどうかという問題があるのではないかと思います。

例えば異類合戦譚ということが、特に神功皇后の話では異国・異類、特に異類を退治したのだという見方がされます。そういったものをやっつけたという形で理解しているのかもしれません。ただ絵を見る限りは、人間として戦っているような形になっていますので、そういった単純な解釈ができるのかどうかはちょっと分かりません。

新羅に関してはどうしてもはやはり、神功皇后もそうなのですが、ちょっと高圧的なところが全体的に見られるのは事実でありますので、そういった視点から他国に対する戦争というのは国内とは少し分けて描いている部分がひょっとするとあるのかもしれないと思っています。

それから、逆に宗教的な問題としましては、これを鎮魂するという問題も出てくるのかなと思います。守屋に関しては、例えば四天王寺でも守屋祠を作ってそこに祀っていて、鎮魂のようなことをやっております。太子の殺生と、それに合わせた鎮魂という問題が一方で取り上げられていくだろうと思います。

これは例えば金時徳さんがやられている朝鮮軍記の問題と逆に関わってくるのですが、朝鮮軍記の話を見ていると、日本人が朝鮮半島に渡って敵を大量に殺して帰ってくるわけです。その際に、例えば耳塚を作って供養するようなこともあるわけですが、現地で殺した人たちに対する供養というものがどうなっているのかというのが、私の昔からの疑問でした。

ですから、国内に対する戦争の問題と、海外、特に新羅や朝鮮に対する問題は、少し分けて考えられているのかというふうに考えられるわけです。これは別の質問になるかと思うのですが、今はそこまでのところを考えております。

八犬伝の件に関しては、私も全然気づいていなかったので、すぐにコメントを出すことはできないのですが、近世の太子受容ということを考えたときに、不殺生という問題があったということに関してです。どこが源泉かというのが分からないのですが、一応近世の太子伝の一番大きなものとしては、寛文版本というのが恐らくあって、その太子伝を元にして何か太子の像が形成されていたのではないかということは考えられます。ただ、不殺生がどう影響しているのかということについて、今すぐにお答えはできません。

佐伯■ 先ほど伊藤聡さんから、目黒さんと、もう一つ松本さんにも質問がありまして、これも関わることかと思いますので、今一緒にやってしまおうかと思います。

「対新羅意識と対中国意識の位相差をどのように考えるか。特に神国という呼称をめぐって、この呼称が新羅に対してばかり使われているのではないか」というご質問ですが、いかがでしょうか。

松本■ ご質問ありがとうございます。実はあまり考えていなかった問題でもあるのですが、確かに重要な問題でありますので、今ちょっと思うところを申し上げたいと思います。

まず中国に関して言いますと、聖徳太子の前提として、南嶽慧思という中国の天台のお坊さんの生まれ変わりであるという大前提があります。

この大前提からすると、聖徳太子というのはもともと中国の人であって、それが日本に渡り、仏法が広まっていったという形になっています。したがってまず敵対関係にはなかったということです。そこで新羅のようなもの、先鋭的な対立観はまずなかっただろうというふうに思われます。

新羅の問題に関して話を戻しますが、例えば聖徳太子伝もそうなのですが、実は日本側が新羅を非常に敵対視している根本的な理由は何かということに関しては、よくは分かりません。しかし伊藤先生のご指摘にもありました、貞観年間のいわゆる神国の問題であるとか、新羅の海賊みたいなものがあって、あのあたりから急速に意識が悪化していくということはよく言われている話ではあるかと思います。

こういった、九世紀ぐらいとはっきり言って良いのか分かりませんが、新羅が日本を脅かしているという恐怖感みたいなものが、逆に反映されて新羅に対する、かなりひどい言説みたいなものが発展していったのではないかとも考えております。中国に関してはそこまで考えてはいないのですぐにはお答えできません。考えさせていただきたい問題かなというふうに思っております。

佐伯■ ありがとうございました。それでは金さんお願いします。

●金時徳氏による返答

金■ 牧野先生のご意見の中に、研究者の先入観の問題に関するお話がありました。朝鮮軍記はその歴史的な使命を終えたので、このような流れになったのではないかというご意見だったと思いますが、私も賛同します。

要するに、朝鮮を現実の植民地にしてしまったので、想像力を発揮する余地がなくなってしまって、歴史の方では実証的な学問の対象となり、一方の民衆レベルの読み物としては面白くなくなりました。その代わりに、旧満州・ロシア・南洋地域などを素材とした小説が、その役割を担うようになったのではないかと思います。

例えば南洋での冒険をテーマとした小説を読んでいると、文明の日本が野蛮の「土人」を支配し教化するといったような姿勢が強烈に出ているのです。このような姿勢は朝鮮が実際に植民地になる以前に書かれた作品にも明確に現されていて、それが、今度は韓半島以外の「異国」を舞台とした作品に受け継がれていったという意味で、太閤記物・朝鮮軍記物は日本文化における歴史的な使命を終えたというのはおっしゃるとおりだと思います。

あと、大屋先生のご意見の中で、『豊臣再興記』を読本的構成として読んではどうかというお話がありました。

私も、そのように理解される側面があると思うのですが、一方で、この文献が著された当時、その他の読本的作品の有様がどうだったのかという点を考えなければいけないと思います。

私は今日の発表で読本という言葉を慎重に避けていました。作者自らも、この作品は、江戸時代の『絵本太閤記』のような通俗軍書ではなく、兵事小説だと言っていますが、この作品から読本的な構成を見出すことができるかについてはちょっとためらいを感じています。他のジャンル・テーマの作品をもっと読まない限り、何ともいえないでしょう。この作品が、近世の読本・草双紙などを痛烈に批判する『小説神髄』の後に出版され、作者の序文にも『小説神髄』のタイトルが見えるということを考慮すべきだと思います。

佐伯■　それでは残り時間が少なくなっているのですが、質問票の中で小峯和明さんからいただいたご質問があるのですが、全員に対する質問ということですので、私が読み上げるよりも、小峯さんご

小峯和明（こみね・かずあき）

立教大学文学部教授。早稲田大学大学院修了。日本中世文学　物語、説話、絵巻、琉球文学、法会文学など。著書に『説話の森』（岩波現代文庫）、『説話の声』（新曜社）、『説話の説』（森話社）、『今昔物語の世界』（岩波ジュニア新書）、『野馬台詩の謎』（岩波書店）、『院政期文学論』『中世法会文芸論』（笠間書院）、『東洋文庫８０９　新羅殊異伝』（編訳）などがある。

自身におっしゃっていただいて、その後また一人ずつできる範囲でパネリストが答えるという展開にしたいと思います。

●フロアーより［小峯和明氏］

小峯■　立教の小峯です。あまり長くならないようにしたいと思いますが、それぞれ大変興味深いお話で、ありがたかったです。コメントには五つくらい書きまして、聞いているうちにまた二つくらい増えてしまいました（笑）。

まず基本的な問題として、以前「侵略文学論」という論文を書いたことがあり、これは蒙古襲来を中心に花火を打ち上げただけでしたが、今日のお話を聞いてけっこう有効ではないかと意を強くしました。特に侵略する問題とされる問題を同時に合わせて考えるべきではないかというふうに思います。

たとえば、琉球侵略の場合は、される側の琉球はどうだったのかをも考える必要があります。蝦夷の場合も、朝鮮の場合ももちろんそうです。特に朝鮮の壬辰倭乱に関しては、朝鮮でたくさんの言説、テキストが生まれて膨大な資料集成が出ています。そういう言説群と朝鮮軍記とを合わせて読んでいく必要がこれからあるのではないかと考えます。これがまず第一点です。

二番目は、侵略神話といっていいのではないかと思いますが、伺っていて神功皇后の存在がやはり非常に大きいと思います。これは全テーマに共通することです。天照大神ではないしヤマトタケルでもないし、とにかくこの手の問題には必ず神功皇后が出てくることの意味をもっと深く考えたいと思います。これにはイメージの問題も関わっていて、ドイツにいるメラニー・トレード（Melanie Trede）さんという日本の美術史が専門で、「大織冠」の大変優れた研究書を英語で出しているのですが（『Image, Text And Audience: The Taishokan Narrative In Visual Representations Of The Early Modern Period In Japan』Peter Lang Pub Inc,2004）、彼女は今、「八幡縁起」や神功皇后のイメージもテーマにしていて、一度発表を聞いたことがあるのですが、戦前のお札の肖像にまで出て来るわけで、神功皇后がおおきい存在になるのはまさに中世神話の問題であり、侵略神話といってよいかと思います。

第三に、さらにもう一つ大きい問題としては蒙古襲来です。蒙古がやってきたことに対するトラウマが、それこそアジア太平洋戦争にまでつながってきているわけで、これも神功皇后ともあわせて共通項として出てくる問題ではないかと思います。近世の『伴天連記』など反キリシタンものの物語類にもかさねて出てくるほどですので。

第四は、これは私の関心なのでないものねだりになりますが、今日の共通テーマで言えばもっと取り上げて欲しいのが、蝦夷の軍記ですね。シャクシャインの乱とか、今日徳竹さんが取り上げた以外に「蝦夷軍記」と言ってよいジャンルがあって、「北方資料集成」などに活字化されています. そこではお伽草子の『御曹子島渡』なども使っていて、そういう島渡りの問題などにもつながってくるかと思います。

これに加えて、第五に目黒さんがちょっと取り上げていましたが、「島原天草軍記」です。これは量的にはおそらく一番多いです。「朝鮮軍記」は写本もありますが、主に版本が多く、『薩琉軍記』は写本でひろまり、版本は一点だけです。「天草島原軍記」は両方とも量的にもたくさんあって、ほとんど研究が進んでいません。全貌がまだつかめていません。

それから、これにあわせて最近少し手を出しているところですが、反キリシタン物という物語系の歴史叙述の分野です。宣教師らのキリシタン文学とは違って、近世に作られた反キリシタン物がたくさんあります。さっきふれた『伴天連記』は早い例ですが、『切支丹来朝実記』が最もひろまり、これはほとんど写本でして全部はつかみきれません。二百点くらいあるのではないでしょうか、私が買った写本だけでも八点ありますので。いくらでも出てきますし、まだ買えますね（笑）。それを見ると、キリシタンが単にキリスト教を伝えるだけでなくて、やはり日本を占領しにくるという征服幻想が色濃くあらわれています。異国に侵略される恐怖感が物語を作る原動力になっています。これらは島原天草の乱に集約されていくので、「島原天草軍記」ともかさなります。これらも今後の課題であり、自分一人ではやりきれないので、ぜひ一緒にやって欲しいという要望でもあります。

こられにあわせてもう一つみるべきは、近世に流行する異国の軍記ですね。『三国志演義』は特に有名ですが、『呉越軍談』とか、中国における軍記の和刻本がいっぱい出て、非常に読まれているわけですが、これもまだ研究が進んでいない分野だと思います。

しゃべっているうちにどんどん問題が出てきてしまっていますけれど、佐伯さんが『百合若大臣』のことを最初に取り上げられていましたが、これは異国と異界の双方がからみますよね。異国と異界の狭間を揺れ動くようにして、今日とりあげられたそれぞれの言説論もあるのではないかという印象です。ですから異界論も視野に入れた異国論になり、それぞれのテキストがどういう位置にあるのか、位相論が必要ではないかと思いました。あとは対外認識を読者がどう形成していったのか、それぞれのテキスト群がどういう影響を及ぼしていったのか、読者論的な問題があります。

それから人物論の観点も重要で、古代・中世のスーパースターが近世・近代に再生し、巨大化していくプロセスが問題になります。為朝や義経、聖徳太子、秀吉もすべてそうですが、そういう問題がはっきり前景化してきたということで、私も以前から関心を持っていますが、大変興味深い問題だと思います。聖徳太子がいい例ですが、聖徳太子が実在したか、しないかという論争をやってもあまり意味がないわけで、むしろ後の時代にどうなっていったのかの問題です。今までのような古代・中世・近世といった時代割りの学会が限界に来ていることを改めて感じます。

最後に、東アジアの視野が必要だということで、外国の文献をもっと読む必要がこれからもっと出てくるだろうと思います。朝鮮の壬辰倭乱が一番いい例ですし、たとえばモンゴル襲来に関しては、ベトナムがやはり攻められて、神風ではなくて実際に撃退したわけで、それに関する伝説や物語があります。だから、モンゴル襲来のトラウマは日本だけではないわけです。韓国の高麗時代が圧倒的に制圧されて最も悲惨だったので、そういう横のつながりで広く見ていく必要があります。

長くなって申し訳ありません。私の関心と今日のシンポがマッチしたので思わず興奮して自分の関心だけ述べてしまいました。もし何かかかわることがあるようでしたら、ご意見お聞かせください。

佐伯■ ありがとうございます。私のメモでは九点くらいの質問だったようですが、全員が九つずつ答えていると、もう夜を徹した議論になりかねないので、最も答えたいことを各自それぞれにお答えいただければと思います。

●小峯和明氏の発言を受けて［パネリスト全員］

目黒■ 〈天草島原軍記〉についてお答えいたします。やはりキリシタンとの戦いは日本と異国との戦いであろうというのは、加藤敦子さんが書いているとおりだと思います。やはり〈薩琉軍記〉もその流れに入っていて、今日見た絵図の中にも天草が描かれているのは、異国としての天草ですので、これも対外戦争につながるのではないかと思います。

特に〈薩琉軍記〉と〈島原天草軍記〉というのは、用語も近く、流布した時代も近いので、もっと見ていかなければならない資料だと思っております。

徳竹■ 私は蒙古襲来について回答させていただきます。確かに、蒙古襲来のトラウマが非常に大きいと思います。義経の蝦夷の問題についても、報告ではロシアとだけ言いましたが、ロシアのイメージもありつつ、実際に出てくるのは、『通俗義経蝦夷軍談』にしても、もちろんロシアそのものではなくて、蒙古なのです。おそらく古の蒙古のイメージと、実際に迫り来るロシアのイメージが重なっているのだろうと思います。

時間の都合であまり触れることができなかった『義経磐石伝』に至りましては、大陸に渡った義経が元を攻めて、元の帝が病になって死んでしまうというような場面もあり、やはりそういう蒙古襲来のトラウマの裏返しのようなところも見てとれるのかなという気もいたします。ですから今回はロシアの問題にだけ触れましたが、その背景にあるのは、一つ蒙古襲来が大きいのかなというふうに思います。

松本■ 私はさっきの神功皇后の話、それから近世・近代の話とからんでお話をしたいと思います。今まで私が研究であまり絵を扱ってこなかったものですから、慣れない絵を扱って不備なところもあったかと思うのですが、絵をつらつら眺めていて感じるのは、似たような図柄というのが繰り返し登場してくるということです。

例えば、神功皇后の話にしても、太子の話にしても、船に乗っていて、船とその上陸の場面を描きながら戦っている場面というのが、そっくりとは言わないまでも、割と似たような構図として取られているのがあとの方まで続いていくわけです。

それと同じように、今日金さんが取り上げられた朝鮮軍記の中の話でも、清正が富士山を見るという有名な場面で、敵に頭を下げさせるという場面が出てきます。あれも実は蝦夷合戦の聖徳太子伝の絵の中で、蝦夷を降伏させた太子と、そこにひざまずいている人たちがいる場面や、神功皇后の話の中で神功皇后が新羅は日本の犬であると岩に文字で書き付けていて、その前に新羅王が降伏して土下座している場面があるように、割と似たようなイメージが反復して繰り返し登場してくるようなこともあります。

こういったものが、おそらく意味づけが変わりながらやっていくと思うのですが、ある程度一貫して受け継がれています。実はあまりバリエーションがないということになるかもしれませんが、そういった形で受け継がれていくという意味では、中世、近世、あるいは近代までつながっていくような図像の構図のようなものも一つ探していけるかなと感じております。

そういう意味では、私はまだ読んでいないのですが、メラニーさんの神功皇后の図像的なイメージの重なりと、そこから派生していくような物語の展開というものが、密接に関わって展開してくると思います。やはり神功皇后の話を特に詳しく見ていく必要があるのではないかと思いました。

金■　ここにただ一人の外国人として参加している私の役割を果たすためにも、両国の文献を読み比べるということについてお答えしようと思います。

確かにおっしゃるとおりで、壬辰戦争に関しては、『壬辰録』という、膨大な数の異本を有する文献群が存在します。『壬辰録』を読んでいて感じることは、私は本格的な比較文学をやるわけではないので今日はふれませんでしたが、朝鮮が徳川日本の方に報復戦争を起こして当然だというようなことを主張しているということです。

この作品では、朝鮮国の軍隊が江戸まで攻めて来ているのです。反面、歌舞伎の方では、日本は朝鮮に攻められて当然だと想像されていたようで、『天竺《てんじく》徳《とく》兵《べ》衛《え》韓噺《いこくばなし》』の場合もそうですが、朝鮮の軍人が日本の中に攻めてくるのです。そういった意味では、実際は二回で終わった壬辰戦争ですが、近世の両国民の想像の中では、第三回目の戦争が起こっていたともいえます。こういった点は、東アジアの文学といった視点に立って両方の文献を読まないと落としてしまいます。

因みに、『葉隠』のような文献を読んでいると、鍋島家は本当に三回目の戦争を準備していたようで、お金を貯めていた等と書かれているのです。戦後も、ある時期まではそういう気運が残っていたかも知れませんね。

中国の通俗軍記に関しては、私よりは、フロアに来ていらっしゃる井上泰至先生がご専門かと思われますので、この辺りでそろそろ…。

佐伯■　今日はフロアを見ると、ご意見を伺いたい方が本当にたくさんいらっしゃるのですが、既に予定時間を超えておりまして、私の方からお一方だけ、防衛大学校の井上泰至先生に一言お願いしようかと思ったら、金さんから言ってくれたというようなところでございます。すみませんが、よろし

井上泰至（いのうえ・やすし）

防衛大学校人間文化学科准教授。上智大学文学部国文学科卒。同大学院文学研究科国文学専攻博士後期課程単位取得満期退学。著書に『サムライの書斎─江戸武家文人列伝』（ぺりかん社）、『雨月物語の世界上田秋成の怪異の正体』（角川選書）、『恋愛小説の誕生─ロマンス・消費・いき』（笠間書院）、編著に「江戸文学 41 軍記・軍書」（ぺりかん社）、金時徳と共著『秀吉の対外戦争：変容する語りとイメージ─前近代日朝の言説空間』（笠間書院）、田中康二と共編『江戸の文学史と思想史』（ぺりかん社）などがある。

くお願いいたします。

●フロアーより［井上泰至氏］

井上■　言いっぱなしでたぶん時間がいっぱいでしょうが…。牧野さんの感想にかなり共鳴しています。つまり「知」と「想像力」ですか。私は「想像力」という言葉ではなく「ロマン」という言葉が浮かんでしまったのですが、ただ「知」と「想像力」が結婚したジャンルというのは、場合によって「ロマン」がグロテスクになると思います。特に戦争がテーマで死者が出るということですので。

小峯先生のお話を伺っていて、私ももっと勉強しなくてはというロマンが浮かんでくるのですが、一方で非常に暗いイメージがどうしても残ってしまい、重い問題があります。当時の政治の体制からできている歴史の意識を抜きにおそらく語れないのですが、それがロマンと結婚しているジャンルだということで、取扱注意かなというイメージが改めてしまいました。

特に徳竹先生もおっしゃっていましたが、源氏の問題が大きいのだろうと思いました。江戸時代は『吾妻鏡』が相当、出版されています。それに付属する形で林家の歴史が一応公にできてきて、そこから今度は想像力を膨らませたジャンルか、もっと学問に向かってゆく方向か、その両方が影響しあって新しい研究と文学を生んでいくのが一八世紀なのです。今日目黒さんのお話を聞いていても、徳竹さんのお話を聞いていても、だいたいそういうものが生まれてくる、ロマンが膨らんでくるのが一八世紀なのです。

学問にもロマンめかしたというか、ロマンが動機の学問があり、そして一方で想像力を発揮した小説が出てくるという意味で、われわれがやっていることも実は同じ面があるのかもしれませんが、そういう面白さと怖さを感じました。

徳竹先生のお話で感じたのは、義経が中国に渡るという説は加藤謙斎の『鎌倉実記』という本があるのですが、これは完全に歴史めかした書物で、『金史』というでたらめな中国の書物まで作ってそれを注釈にかかげています。

江戸時代にもそういういんちきな考古学者がいっぱい出てきて、宣長まで含めたロマンが動機で学問になっていることの怖さ、それが政治とくっつく怖さ、そして逆に面白さがこの分野には暗い影を持ちつつもあるのかなという感想を持ちました。

佐伯■　ありがとうございました。司会としては最後にちょっと気の利いたことの一つも言わなければいけないなと思っていて、でも何も考えていないので困っていたら、大変素晴らしいまとめをしていただいた感じであります。私の方から余計なことを言わなくてもよろしいかなと思っております。

　本当はパネリストの方にもう一言ずつくらいおっしゃっていただきたい気もするのですが、だいぶ時間を過ぎておりますので、本日はこれでお開きということにさせていただきます。今日は本当に寒くて雨の中、ありがとうございました。（了）

あとがき……………佐伯真一

青山学院大学文学部日本文学科では、二〇〇四年度から二〇〇八年度にわたり、五年連続で国際シンポジウムを行い、それぞれを報告書にまとめてきた。今回の企画は、その続編ともいうべきものである。趣旨を理解して、ご支援くださった関係各位に、まずはお礼を申し上げたい。

シンポジウム当日は冷たく強い風雨に見舞われ、一部の交通機関が止まってしまうほどの荒天であったが、その中を集まってくださった方々は、文学研究に新たな視野を開こうとする熱気に満ちていた。午後一時から五時三〇分までという予定時間は、この種の企画としては決して短いものではなかったと思うが、時間はとうてい足りず、延長を重ねることを余儀なくされた。その熱気は、報告書としての本書にも引き継がれ、当初予定した枚数をだいぶ超過しつつ、一つの書物にまとまろうとしている。枚数だけのことではない。内容そのものが、コーディネーターとして私が当初考えていた規模を大きく越えて、豊かな発展を遂げたと思う。「趣旨説明」で述べたように、私自身は、近代の初めに作られた「文学史」の枠を越えることを一つの問題意識としていたし、また、時代別学会という日本文学研究の制度の枠をどう揺さぶるかを考えてもいたが、そのような問題意識自体、なお、従来の枠組みにとらわれたものであったかと思う。パネリストの報告は、最初から、そうした既成の枠を軽々と飛び越えて、日本人の精神の歴史という舞台上を縦横にかけめぐった。そして、コメンテーターも、小峯和明氏や井上泰至氏を初めとするフロアの方々も、充実した新鮮な議論を展開してくれた。私自身、司会をしながら、さまざまなことを教えられ、蒙を啓かれたことであった。

〈異国〉とは何か、「合戦」とは何か、私たち日本人は、それらをどのように考えてきたのか……それらの問題を、古代から近代にわたるさまざまの材料によって考える議論は、何学と呼ぶべきなのだろうか。それもやはり、「文学研究」であるだろう。日本人が考えてきたこと、感じてきたことはすべて「日本文学研究」の対象であり、今生きている私たちの思考や感性がどこに由来するのか、それを追究することはすべて「日本文学研究」であり得るということを、今、改めて感じている。

シンポジウム終了後、「行きたかったけれど、電車が止まってあきらめました」などという声を、何人もの方から聞いた。その方々には、「当日の熱気は味わえないけれど、議論自体は整理されて一段とわかりやすくなった本書を、どうぞ手にとってください」と申し上げたい。もちろん、「そんな企画があったなんて知らなかったよ」という方々も。そして、本書が開いた視野を共有し、これから、共にさらなる議論を展開していきたいと思う。

最後にもう一度、私の意図を越えた成果をもたらしてくれた、シンポジウムの参加者すべてに、心から感謝の言葉を申し上げて、あとがきとする。

青山学院大学文学部 日本文学科　国際学術シンポジウム・シリーズ 既刊一覧

『文字とことば―古代東アジアの文化交流―』
2005 年 5 月刊、A5 判、162 頁

【目次】
はじめに／和文成立の背景（矢嶋泉）／古代東アジアの国際環境（佐藤信）／韓国の古代吏読分の文末助辞「之」について（南豊鉉 NAM PUNG-HYUN）／文字の交流－片仮名の起源－（小林芳規）／古代日本の漢字文の源流－稲荷山鉄剣の「七月中」をめぐって－（安田尚道）／萬葉集の文字法（小川靖彦）／かな文学の創出／－『竹取物語』の成立と享受に関する若干の覚書－（高田祐彦）／あとがき

『源氏物語と和歌世界』
2006 年 9 月刊、四六判、196 頁
新典社刊
ISBN978-4-7879-6769-5
定価 : 本体 1,500 円（税別）

【目次】
はじめに（高田祐彦）／○シンポジウム報告／物語作中歌の位相（土方洋一）／「袖ふれし人」は薫か匂宮－手習巻の浮舟の歌をめぐって－（藤原克彦）／夕顔、詩歌、絵画－創作的読みの力（ハルオ・シラネ）／饗宴の楽しみ－討議と展望（高田祐彦）／○「源氏物語と和歌世界」に寄せて／『源氏物語』における代作の方法（高木和子）／歌と黙読の音声－『源氏物語』と本居宣長の〈あや〉－（立石和弘）／あとがき（土方洋一）

『海を渡る文学』
2,007 年 8 月刊、四六判、196 頁
新典社刊
ISBN978-4-7879-6771-8
定価 : 本体 1,500 円（税別）

【目次】
はじめに（佐伯真一）／○シンポジウム報告　日本から東アジアへ／日本中世文学研究の内外（佐伯真一）／詩の物語・絵の物語（楊　暁捷）／四方四季と『浄瑠璃物語』（邊　恩田）／肖像画・賛からみた禅の日中交流（村井章介）／○討論　東アジアから日本へ
討論 1…大上正美コメント／討論 2…藤原良章コメント／討論 3…フロアの質問／あとがき（廣木一人）

『文学という毒　諷刺・パラドックス・反権力』
2009年4月刊、四六判、160頁
笠間書院刊
ISBN978-4-305-70391-0
定価：本体1,500円（税別）

【目次】
よみがえる外連…はじめに（篠原進）／第一部【対談】／歌舞伎の毒と悪をめぐって（武藤元昭×市川團十郎）／第二部【シンポジウム】／ガリヴァー旅行記および当時の政治諷刺（富山太佳夫）／ミュリエル・スパークのユーモア（マイケル・ガーディナー）／パラドックスの毒（高山宏）／秋成小説の毒（長島弘明）／中国古典文学の「言志」と〈毒〉（大上正美）／浮世草子の〈毒〉と奇想（篠原進）／第三部【討議】

『異郷の日本語』
2009年4月刊、四六判、208頁
社会評論社刊
ISBN978-4-7845-0951-5
定価：本体2,000円（税別）

【目次】
［第1部］文学的想像力と普遍性（金石範）／［第2部］シンポジウム・もうひとつの日本語／「ことばの呪縛」と闘う——翻訳、芝居、そして文学（崔真碩）／いかんともしがたい植民地の経験——森崎和江の日本語（佐藤泉）／菊池寛の朝鮮（片山宏行）／討論…李静和（司会）・佐藤泉・金石範・片山宏行・崔真碩／［解説］非場所の日本語——朝鮮・台湾・金石範の済州（佐藤泉）

■購入方法

○『文字とことば—古代東アジアの文化交流—』は書店で販売いたしておりません。
青山学院大学文学部日本文学科合同研究室にお問い合わせください。
電話 03-3409-7917
○その他は全国の書店でお買い求め頂けるものです。見あたらない場合は、各出版社までご一報下さい。

【書名】
日本と〈異国〉の合戦と文学
―日本人にとって〈異国〉とは、合戦とは何か

【編者】
青山学院大学文学部日本文学科編

【著者】
佐伯真一
目黒将史
德竹由明
松本真輔
金　時德

［コメンテーター］
牧野淳司
大屋多詠子
（登場順）

2012年10月25日　初版第一刷発行
ISBN978-4-305-70677-5 C0095

【装幀】笠間書院装丁室
【印刷・製本】モリモト印刷

【発行者】池田つや子

【発行所】笠間書院
〒101-0064　東京都千代田区猿楽町2-2-3
電話　03-3295-1331 Fax 03-3294-0996
kasamashoin.jp
mailto:info@kasamashoin.co.jp